ŒUVRES COMPLÈTES

DE

HENRI HEINE

CALMANN LÉVY, ÉDITEUR

ŒUVRES COMPLÈTES

DE

HENRI HEINE

Nouvelle édition. — Format grand in-18

Poissy. — Typ. S. Lejay et Cie.

CORRESPONDANCE

INÉDITE

DE

HENRI HEINE

AVEC UNE PRÉFACE ET DES NOTES EXPLICATIVES

— TROISIÈME SÉRIE —

C · L

PARIS

CALMANN LÉVY, ÉDITEUR

ANCIENNE MAISON MICHEL LÉVY FRÈRES

RUE AUBER, 3, ET BOULEVARD DES ITALIENS, 15

A LA LIBRAIRIE NOUVELLE

—

1877

CORRESPONDANCE

INÉDITE

CCLIV

A MAX. HEINE

Paris, le 12 avril 1843.

Très-cher frère,

Si je ne t'écris pas, la raison en est simple.
J'aurais tant de choses à te dire, que je ne sais
ni par quoi commencer ni comment finir. Mais
je pense continuellement à toi, presque chaque
jour je parle de toi avec ma femme, qui voudrait
tant te voir une fois. Dans mes plus amères détresses, je suis souvent raffermi par le sentiment
d'avoir en toi un frère fidèle qui m'est dévoué de
toute son âme. Et les chagrins ne m'ont pas manqué dans ces dernières années ! — Je suis dans ce
moment assez tranquille, il y a une trêve entre moi

III.   1

et mes ennemis; mais ceux-ci n'agissent pas moins
activement dans le secret, et je dois me préparer à
tous les éclats de la haine la plus mortelle et de la
bassesse la plus lâche. Pourtant tout cela ne signifierait pas grand'chose, si je n'avais pas mon pire
ennemi dans mon propre corps, c'est-à-dire dans
ma tête, dont la maladie est entrée ces derniers
temps dans une phase très-grave. Presque tout le
côté gauche est paralysé et insensible, mais le mouvement des muscles existe encore. Au-dessus du
sourcil gauche, à la racine du nez, il y a comme un
poids de plomb dont la pression est incessante; depuis près de deux ans cette pression est station-
naire; ce n'est que dans les moments de violents
efforts, en travaillant, que je la ressens le moins;
mais, après, la réaction est d'autant plus forte, et
comme tu le penses bien, je ne puis maintenant
travailler que peu. Quel malheur! Avec cela l'œil
gauche est aussi très-faible et souffrant; parfois il
ne s'accorde pas avec le droit, et alors il en résulte
un trouble de la vue qui est beaucoup plus pénible
que la cécité complète. Depuis deux mois, j'ai un
séton à la nuque, mais ce n'est qu'un palliatif, et
je n'ai confiance en aucun moyen de guérison. Je

ne te raconte pas cela parce que j'attends de toi des conseils, mais parce que je veux satisfaire ta curiosité de médecin. J'ai peu d'espoir d'amélioration, et je prévois un triste avenir. — Ma femme est une enfant bonne, naturelle, gaie, capricieuse comme le sont seulement les Françaises, et elle ne me permet pas de me plonger, comme j'y ai un si fort penchant, dans des rêveries mélancoliques. Depuis huit ans, je l'aime avec une tendresse et une passion qui touchent au fabuleux. Pendant ce temps, j'ai joui d'une somme de bonheur effrayant, du plus horrible mélange de tourments et de félicité, plus que ma nature sensible n'en pouvait supporter. Me faudra-t-il avaler maintenant avec toute son amertume le dépôt qui est au fond de la coupe? Je te l'ai dit, l'avenir me fait peur. — Mais qui sait? tout ira mieux peut-être que ne le pressent mon âme troublée. — Garde-moi seulement ton affection, très-cher frère, et ta fidélité fraternelle sera un sûr appui pour mon cœur.

A Hambourg, tout semble être *in floribus*. C'est un grand bonheur, et dont je remercie Dieu, que Mariette fasse un aussi bon mariage. Quelle joie pour notre sœur et notre mère! Cette dernière vieillit beaucoup, mais c'est dans la destinée humaine; j'espère que nous la conserverons longtemps encore, cette bonne, excellente mère.

Je suis assez bien avec la famille, même avec notre oncle Heine; il me donne annuellement huit mille francs; la moitié à peu près de ce que je dépense. Mais je suis satisfait d'avoir une pension fixe, maintenant que je suis souffrant et ne puis plus compter sur mon travail. — Je ne retournerai jamais en Allemagne. Je vis ici en paix au moins, quant aux contacts extérieurs. — Et maintenant adieu, cher frère, et écris-moi bientôt. Mon adresse est faubourg Poissonnière, 46.

Puisse cette feuille te trouver heureux et en bonne santé !

A part ma tête, je suis tout à fait sain de corps et d'esprit.

CCLV

A MADAME HENRI HEINE [1]

Hambourg, 20 novembre 1843.

Ma femme chérie,

Je t'ai écrit hier d'acheter chez ta modiste deux

1. Cette lettre est écrite en français.

chapeaux, un pour ma sœur, l'autre pour ma nièce. Mais ma nièce vient de me faire dire qu'elle ne veut pas de chapeau dans ce moment, vu qu'elle a encore deux chapeaux magnifiques, et qu'elle accouchera à la fin du mois prochain, ce qui l'empêchera de faire usage d'un nouveau chapeau de sitôt. Pour cette raison, tu n'as besoin d'acheter que le chapeau de ma sœur, qui doit être conditionné comme je te l'ai dit hier. Elle a la figure mince, mais ce n'est pas une grande femme; elle est à peu près de la grandeur d'Élisa. Si le velours simple ou le velours crépé est le plus à la mode, tu prendras un chapeau de cette étoffe ; mais, je le répète, il ne doit pas être trop cher ; la caisse doit être adressée comme je l'ai dit dans ma lettre d'hier. — Adieu, je t'embrasse. Mes affaires vont très-bien, et je suis sur le point de régler mes intérêts avec mon libraire d'une manière très-avantageuse. Il était bien nécessaire que je vinsse à Hambourg. — Je ne perds pas mon temps. Tu trouveras ici tout bien préparé.

Adieu! Je ne pense qu'à toi, et je t'aime comme un fou que je suis.

CCLVI

A. J. CAMPE

Paris, le 20 février 1844.

Très-cher Campe,

Voilà huit jours que j'ai reçu votre lettre, et, aujourd'hui encore, je ne suis pas en état d'y répondre comme il faut. Depuis une dizaine de jours, mon mal d'yeux a reparu plus horrible que jamais, et ce n'est qu'avec le plus grand effort que je vous écris ces lignes; à peine puis-je voir les lettres. J'étais justement au milieu d'un grand travail, quand ce malheur est revenu. Depuis mon retour, j'ai beaucoup produit : ainsi, par exemple, une épopée de voyage tout à fait humoristique [1], le récit de ma tournée en Allemagne, un cycle de vingt poésies rimées, et, grâce au ciel, tout est prêt ; j'y joindrai une portion en prose, et très-prochainement vous aurez le petit volume qu'il vous faut. Vous serez très-content de moi, et le public me verra sous ma véritable figure. Ces poésies sont un genre tout à

1. *Germania, conte d'hiver.* (Voir *Poëmes et Légendes,* Lévy frères, 1865.)

fait nouveau, des *Reisebilder* en vers, elles respireront une politique plus haute que les puantes rimes politiques qui courent les rues. Mais hâtez-vous de songer aux moyens d'imprimer, sans passer par la censure, quelque chose qui n'arrive peut-être pas à vingt et une feuilles.

Pour ce qui regarde Rothschild [1], je n'ai pu le voir encore, et je vous en écrirai la semaine prochaine. En attendant, je vous remercie de tout mon cœur de me donner l'occasion de lui rendre service. Je ne doute pas que cela ne me soit, à moi, aussi utile qu'agréable, car l'influence de ce monde-là sur les chancelleries allemandes est très-grande, et j'en aurai peut-être besoin si j'écris encore beaucoup de poésies dans le genre des incluses, — ce que Dieu me garde de faire !

Je vous envoie en effet ci-joint mes poésies [2] de la *Revue* de Ruge ; ne montrez à personne ces épreuves avant que la *Revue* soit arrivée à Hambourg, de peur qu'on ne crie trop tôt *holà !* Ces vers feront peur aux nobles sires, car ils verront de quoi je

---

1. Voir *Correspondance inédite*, tom. II, pag. 447.

2. Trois poésies satiriques sur Louis de Bavière, où la raillerie franchit toutes les bornes, « ce que j'ai jamais écrit de plus sanglant », disait Heine lui-même.

suis capable quand je veux. Mais vous savez pourtant, cher Campe, que je sais être aussi la modération même, quand il y va des intérêts de votre librairie.

Je veux, la semaine prochaine, essayer de dicter; si cela réussit, vous aurez bientôt le nouveau volume, et je pourrai ensuite livrer plus de manuscrit qu'autrefois. — Mais quel malheur que ce mal d'yeux ! — j'en deviens à moitié fou ! Pourtant je suis sain d'âme et d'esprit. — Votre ami.

CCLVII

AU MÊME

Paris, le 17 avril 1844.

Cher Campe,

Depuis un mois, je suis de nouveau rétabli de mon mal d'yeux. Auparavant j'étais presque aveugle. — Impossible d'écrire, et, ce qui est plus terrible encore, de lire. Vous n'avez pas idée du chagrin qui me minait. Par bonheur, mon grand poëme était presque achevé. La conclusion seule manquait, et peut-être ai-je assez faiblement rempli ce vide. Depuis, je me suis occupé de la copie de ce travail, et j'ai là devant moi un beau manuscrit sans ratures. Je veux le revoir encore une fois à la loupe, et vous l'enverrai directement par le Havre. C'est un poëme rimé qui, en comptant quatre strophes par page, doit dépasser dix feuilles d'impression, et qui reproduit, de la façon la plus hardie et la plus personnelle, toute la fermentation actuelle de notre Allemagne. Ce poëme politico-romantique donnera, il faut l'espérer, le coup de mort à la poésie de tendance avec son enflure prosaïque. Je ne suis pas un hâbleur, vous le savez, mais je suis sûr cette fois d'avoir donné un petit volume qui fera plus fureur que la brochure la plus populaire, et aura pourtant le mérite durable d'une composition classique.

Je voulais d'abord y joindre dix à douz feuilles de prose où j'aurais parlé des remarquables changements que j'ai trouvés en Allemagne. Mais, pendant ma cécité, ce sujet s'amplifia dans ma tête, et je vois maintenant que, si un second voyage en Allemagne me permet de rassembler les matériaux qui me manquent, il en peut sortir un de mes ouvrages les plus importants. A elles seules déjà, les peintures personnelles des amis et connaissances

1.

littéraires qui sont morts depuis treize ans, pourraient donner un fort volume plein d'intérêt : Hégel, Gans, Cotta, Immermann, Michel Beer, Schenk, Arnim, Chamisso, Fouqué, madame de Varnhagen, les Robert, Maltitz, et une foule encore de mâtins petits et grands — sans oublier Grabbe, le plus considérable; — bref, un livre qui ne serait rempli que de personnes que je vois devant moi en grandeur naturelle. Aussi, je ne vous envoie que mon poëme, et, si j'y ajoute encore quelque chose en prose, ce ne sera que deux, trois, ou quatre feuilles au plus.

Maintenant se pose la question essentielle: comment pouvez-vous imprimer le livre?

Pour que vous sachiez exactement comment il est et ce qu'il est, je vous l'envoie immédiatement, en toute confiance.

Aussitôt que vous l'aurez lu, vous verrez bien vite que, s'il paraît sous la forme d'un petit volume de dix à douze feuilles, la vogue sera prodigieuse, que c'est une affaire considérable, et que dans ce moment on peut être sûr du plus énorme débit. Mais vous verrez en même temps que ce petit livre ne peut nulle part passer à la censure, et vraiment, en l'écrivant, j'ai renoncé à toute censure, et, au pis aller, j'ai songé à le faire imprimer à Paris. — Ainsi, il ne peut être question de censure. Vous jugerez vous-même si vous pouvez mettre votre nom sur le titre; je crois que vous le pouvez. Mais il s'agit de savoir si vous pouvez faire imprimer, sans la censure, un volume de moins de vingt feuilles? Si ce n'est pas le cas, il faut que, par l'adjonction de matières étrangères, je grossisse le livre jusqu'à vingt feuilles, et, dans ce cas, je vous proposerais d'y joindre *Atta Troll*, je veux dire dans la forme où il se trouve encore, tandis que, dans mon nouveau recueil de poésies, je le donnerais amplifié et complété. Toutefois, ce n'est qu'à regret que je prendrais ce parti. Joindre à l'ouvrage des morceaux en prose lui ôterait son caractère poétique. — Répondez-moi tout de suite sur ce point, qui est le plus important. En attendant, je vous envoie le manuscrit, comptant tout d'abord sur une discrétion absolue, et vous recommandant ensuite mes intérêts de la manière la plus pressante. Il faut que je puisse compter absolument sur vous; alors, je ferai de grandes choses; alors, j'aurai du courage, et même du talent. Quant aux honoraires, je vous

jure que je n'y ai point pensé encore, et que l'essentiel pour moi était de voir mon poëme imprimé
sans mutilation. Ici, je dois vous avouer que des
personnes qui n'en ont pas lu une ligne, mais qui
pressentent l'actualité de son contenu, m'ont fait
les propositions les plus brillantes pour le faire
imprimer à Paris. — Je vous l'ai dit, je n'ai montré à personne une ligne de ce poëme, et je n'en
laisserai pas imprimer une ligne chez Laube ou
ailleurs (bien qu'il s'y trouve maints passages des
plus poétiques, et tout à fait innocents). Bref, je
veux surprendre, frapper un coup, — et je compte
sur votre savoir-faire et votre amitié. Je n'ai pas
oublié non plus Hambourg (à votre *joie* et votre
profit), qui est mentionnée avec un humour inof-
fensif. — Mais, cher Campe ! soyez muet comme
un poisson. Le titre du livre est *Allemagne, conte
d'hiver.*

Je ne vous ai pas écrit à propos de Rothschild, non
pas tant à cause de mon mal d'yeux que par une
singulière fatalité qui ne m'a pas permis de le rencontrer, et de causer tranquillement avec lui.
Maintenant que je suis plus libre, je lui parlerai,
et je pense que, dans l'intervalle, rien contre lui ne

s'est fait. Je vous écrirai à ce sujet la semaine prochaine. — Nos révolutionnaires de jadis sont presque tombés au rang des mouchards des ambassades : on a pu le voir à l'occasion de la *Revue* de Ruge. Elle se continuera sous une autre forme; l'insuccès est venu de la désunion, et non pas du manque d'argent, moins encore du manque de bons manuscrits (hier encore, quelqu'un s'offrait à payer quarante mille francs si je voulais devenir rédacteur, ce que j'ai refusé : je me suis suffisamment compromis *pro patria*). Leske propose de l'imprimer à Darmstadh en volumes de vingt et une feuilles. Il n'y a pas jusqu'à des philistins de Cologne qui n'offrent de fortes sommes pour que la *Revue* soit continuée. Il est venu d'Allemagne des manuscrits anonymes, mais excellents. — Vous voyez par quels mensonges on a présenté, dans les journaux allemands, la cessation de la *Revue* comme un signe d'insuccès. J'espère que prochainement, nous pourrons causer de tout cela à Hambourg. — Votre ami.

CCLVIII

AU MÊME

Paris, le 3 mai 1844.

Cher Campe,

J'ai reçu vos lettres des 13 et 22 avril, et je vois par la dernière que vous n'avez rien compris à tout ce que je vous disais sur mon œuvre, car, autrement, vous ne me proposeriez pas de la faire censurer par Sieveking. Fût-il mon père, ce dernier ne pourrait pas me donner l'*imprimatur*; et puis, d'ailleurs, le poëme touche de la manière la plus rude à la Prusse et à son souverain, de sorte que Sieveking, par des raisons d'État et des sympathies personnelles, ne saurait être bien disposé pour moi [1]. De censure, il ne peut pas en être question. Le poëme doit être imprimé en un volume de vingt et une feuilles, sans la censure, ou bien, si c'est impossible, il faut que je le publie ici ou en Suisse. Je ne vois pas d'autre ressource. Avec la

1. Malgré les craintes de Heine, M. Campe parvint à obtenir l'*imprimatur* du syndic Sieveking.

ensure, il ne *peut* être imprimé, bien qu'en le envoyant, j'aie effacé les passages les plus vifs, à cause de vous; comme à cause de vous, je me suis bridé dans la conception du poëme, et encore aujourd'hui je serais tout prêt à faire quelque sacrifice. Car c'est, en définitive, pour vous avant tous que j'ai écrit l'ouvrage.

Dites-moi donc tout de suite si vous pouvez imprimer le poëme sans qu'il soit censuré, pourvu que le volume atteigne à vingt et une feuilles. Si c'est impossible, il est tout à fait inutile que je vous envoie le manuscrit; si, au contraire, vous pouvez l'imprimer de la manière indiquée, vous recevrez le manuscrit sans aucun retard, et il ne restera plus qu'à décider une chose, à savoir ce que j'ajouterai au poëme. Je vous avais proposé *Atta Troll*; mais, en tenant compte de plus près de vos intérêts, je me suis aperçu qu'il vaudrait beaucoup mieux mettre le nouveau poëme à la place d'*Atta Troll* dans le second volume des poésies. J'assure ainsi à ce second volume la vogue la plus extraordinaire, je lui imprime un élan qui vous surprendra. Vous pourriez ensuite publier à part *Atta Troll*, et, avec quelques adjonctions que j'ai dans la tête, ce petit livre ferait joyeusement son chemin dans le monde; comme, cette année, j'irai de nouveau prendre les bains dans les montagnes; la muse des ours ne manquera pas de m'aider vigoureusement à achever le poëme.

Je ne resterai plus ici qu'un mois, puis je devrai absolument, à cause de mes yeux (me voilà de nouveau à demi aveugle), partir pour les bains. Les médecins me conseillent Louèche en Suisse. J'en ai absolument besoin, si je ne veux pas perdre complétement la vue. Pendant la dernière quinzaine, j'ai écrit quatre grands articles pour la *Gazette d'Augsbourg* [1], qui, en augmentant mon mal, me coûteront plus qu'ils ne me vaudront. Voilà la

---

1. Nous reproduisons ici une lettre adressée par Heine à son ami le docteur Gustave Kolb, principal rédacteur de la *Gazette d'Augsbourg*, et qui n'a pu prendre place, à sa date, dans le second volume :

    « Très-cher Kolb,

« L'article ci-joint est de M. A. Weill, de Paris, qui a beaucoup d'esprit et de connaissances, mais malheureusement ne pense ni n'écrit avec beaucoup de méthode. Il m'a prié de vous l'envoyer pour la *Gazette d'Augsbourg*, et je m'acquitte de sa commission. Je souffre moi-même, dans ce moment d'un mal de tête très-opiniâtre, et mon médecin me défend de rien écrire. Aussi vous ne recevrez de moi que peu de lettres ce mois-ci; toutefois, dans les moments importants, vous me trouverez tou-

misère des écrivains : rendre ses yeux malades afin de gagner de quoi les guérir.

Quant à Rothschild, j'aurais plus à vous en écrire que mes pauvres yeux ne me le permettent. Je lui ai parlé, et, la semaine prochaine, je vous communiquerai notre entretien; vous pourrez alors juger vous-même jusqu'à quel point il mérite d'être ménagé. La chose dure depuis si longtemps qu'une semaine de plus importe peu. Je ne vous écris aujourd'hui que pour l'affaire essentielle. Mais répondez-moi tout de suite.

Ma lettre vous trouvera sûrement à Leipzig; vous pouvez donc me rendre un service pour lequel je ne veux pas m'adresser à Laube. J'ai besoin, pour mon

jours à mon poste. Je crois avoir prévu en temps utile tout le bruit de cette année. Maintenant, je pense que les choses vont reprendre un cours tranquille.

« Ici les ambassadeurs sont furieux de ce que Thiers a dévoilé devant tout le monde les mystères d'Éleusis de la diplomatie. — Les radicaux allemands de Paris sont plus que jamais, dans ce moment, montés contre la *Gazette d'Augsbourg*; je ne sais pourquoi.

» Votre ami,

» H. HEINE.

» 25, rue Bleue.

» Paris, le 1er décembre 1840.

» Saluez pour moi, Lehret. »

second volume de poésies, d'une copie des morceaux
que j'ai fait paraître depuis quelques années dans
l'Élégante. Si je puis obtenir les numéros du journal, j'en serai bien aise; sinon, veuillez me faire
faire de ces poésies des copies très-distinctement
écrites; il faut que chaque morceau soit écrit sur
une petite feuille à part de papier à lettre. Je sais
que vous avez beaucoup à faire à la foire, et pourtant il faut que je vous importune de cette commission. Je vous en prie, envoyez-moi sans retard
ces feuillets, car je veux en tout cas, avant de partir pour les bains, mettre en ordre le manuscrit.

Sans qu'il y ait la moindre faute de ma part,
Laube s'est conduit horriblement envers moi. D'a-
bord, j'en ai été mortellement affligé, je pleurais
comme un enfant; c'était l'homme sur lequel je
comptais le plus entre tous, je l'aimais comme un
frère, et, fût-il devenu conseiller aulique ou censeur,
je ne l'aurais pas renié. Maintenant je suis consolé,
il ne me reste qu'un profond dégoût. Peut-être dans
quelques semaines rirai-je de tout cela, en m'aper-
cevant combien peu de chose j'ai perdu. — Votre
ami.

CCLIX

AU MÊME

Paris, le 23 juin 1844.

Cher Campe,

Voilà huit jours déjà que je pourrais avoir votre réponse à ma dernière lettre. Et pourtant, je vous avais dit avec tant d'instance qu'il me fallait partir pour les bains, et que je ne puis quitter Paris avant d'être tranquille sur le sort du dernier venu de mes enfants poétiques! Votre silence, il est vrai, me fait espérer que vous êtes en tout d'accord avec moi, et que vous allez faire mettre le livre sous presse. Pourtant je ne veux pas partir avant d'avoir reçu de vos nouvelles. Si donc vous ne m'avez pas écrit, hâtez-vous. Vraiment, tous ces retards sont des plus fâcheux pour ma santé. — Si le livre est sous presse, adjurez sur son âme le compositeur d'être fort attentif à la ponctuation, et surtout de ne pas mettre un point, comme cela arrive souvent, devant un signe de suspension (.—). Ci-joint trois puces [1], que vous pourrez incorpo-

1. Trois petites poésies politiques.

rer, si cela vous plaît, aux poésies politiques; mais, à cause du roi de Prusse je ne vous le conseille pas précisément. En hâte, avant le départ de la poste. — Votre ami.

CCLX

AU MÊME

Paris, le 11 juillet 1844.

Cher Campe,

Depuis quatre ou cinq jours, j'aurais pu avoir votre réponse à ma dernière lettre, où je vous annonçais l'embarras que me cause votre silence. Ce silence est inexplicable pour moi, et m'inquiète à un point que je ne puis dire. Que se passe-t-il donc? Êtes-vous malade? N'auriez-vous pas reçu ma lettre? Est-ce le diable qui vous tourmente? Ou suis-je fou moi-même? Je laisse passer la belle saison où je devrais absolument aller aux bains pour mon mal de tête, et je reste ici sur l'asphalte brûlant de Paris, assourdi par le vacarme des voitures, altéré d'arbres verts et d'air pur, les nerfs fiévreusement irrités, trop impatients pour pouvoir tenir une plume en main, — et tout cela parce que je ne re-

ois pas une ligne de vous! Si ce sont des raisons
utiles, ou même mercantiles, qui sont ici en jeu,
ce serait impardonnable. Ma santé souffre un dommage vraiment irréparable; quant à la perte de
temps, je n'en parle pas, et je me plains seulement
du retard de mon voyage. Vraisemblablement,
comme j'attendrai encore une lettre de vous jusqu'à la fin de la semaine prochaine, je ne pourrai
plus aller aux bains. — Si c'est ce que vous avez
voulu, si vous avez vu de mauvais œil mon voyage
en Suisse, vous aurez réussi à le rendre impossible.
Mais que diable ! pourquoi laissez-vous un ami dans
cet embarras? Vous savez pourtant que je n'aurai
pas de repos avant d'être fixé sur le sort de mon
manuscrit. — Je crois que je finirai par n'y plus
pouvoir tenir, et que je partirai en toute hâte pour
Hambourg [1]. — Hier, j'ai passé trois heures à
aller et venir avec Hebbel, et comme il n'avait non
plus aucune nouvelle de vous, nous nous cassions
inutilement la tête. Je finis, la plume me tombe des
mains. — Votre ami.

1. C'est ce qui eut lieu, en effet, un peu plus tard. Entre cette
lettre et la suivante, se place le second et dernier voyage que
fit Heine en Allemagne.

CCLXI

AU MÊME

Paris, le 4 novembre 1844.

Cher Campe,

J'ai été de nouveau un mois aveugle ; maintenant, j'y vois un peu mieux ; mais mes yeux sont si faibles, que je ne puis que peu écrire. Aussi je ne vous dirai que le plus pressant.

D'abord mes félicitations les plus cordiales pour les fiançailles de votre fille, — une nouvelle qui m'a fort réjoui.

J'ai reçu vos deux dernières lettres, ainsi que les journaux ; s'il y en a d'autres du même genre, envoyez-les-moi, je vous prie.

Je me mettrai prochainement à *Atta Troll* ; je le ferais tout de suite si je n'avais déjà sur les bras un travail que je ne puis ajourner ; une petite campagne m'attend aussi, que les agences des gouvernements allemands à Paris m'ont préparée. Je suis harcelé d'une manière indigne, et qui vous surprendra. On compte de nouveau sur mon silence,

et l'on se trompe. Bientôt vous en saurez davantage. — En vue de campagne, je veux mettre
en ordre ma caisse de guerre, et, puisque j'ai
encore chez vous cette année mille marks banco,
je désire en disposer. — C'est à peine si je puis
lire ce que j'écris, tant mes yeux sont en triste
état !

D'ailleurs, je me porte tout à fait bien, et j'espère pouvoir déployer cet hiver plus d'activité qu'on
ne le croirait. Les nouvelles d'Allemagne au sujet
de mes *Poésies* sont ce que j'attendais, et je me réjouis de ne pas m'être trompé; mais que vous ne
fassiez rien pour réagir contre la suppression de
mon nom dans la presse prussienne, c'est très-mal.

Adieu, cher Campe, et écrivez-moi bientôt et
beaucoup. — Votre ami.

CCLXII

AU MÊME

Paris, le 19 décembre 1844.

Cher Campe,

J'ai tardé avec l'*Atta Troll,* parce que je voulais
y ajouter quelques morceaux que je comptais écrire

ce printemps, sur le théâtre du poëme, dans les Pyrénées. En général, les poëmes épiques doivent être
plus d'une fois refondus. Combien souvent Arioste
a changé! combien souvent le Tasse! Le poëte n'est
qu'un homme, et ses meilleures pensées lui viennent après coup. Le *Conte d'hiver*, dans sa forme
actuelle, est aussi inachevé; il a besoin d'amélio-
rations importantes, et les morceaux essentiels y
manquent encore. J'ai le plus vif désir de les écrire
aussi vite que possible, et de vous engager à préparer une nouvelle édition du poëme, refondue, et
fort augmentée. Vous verrez comme il sera ainsi
plus parfait, et quel second triomphe s'ensuivra.

Mes yeux sont dans le plus triste état, et j'ai été
obligé de dicter. Que Dieu vous pardonne de me
tourmenter juste au moment où je m'occupe de
mes lettres sur l'Allemagne, qui doivent paraître
simultanément là-bas et ici. J'ai besoin de bonne
humeur, et vous me la volez. Et vous êtes maintenant si riche, et j'ai contribué pour ma part à vos
succès, et vous voulez encore me prendre mes
pauvres sous? — je ne puis le croire, c'est fabuleux, — c'est un affreux conte d'hiver!

CCLXIII

AU MÊME

Paris, le 8 janvier 1845.

Cher Campe,

Je viens, dans une circonstance des plus délicates, faire appel à votre activité et à votre
sagesse. Vous comprendrez bien vite de quoi il
s'agit. Je vous envoie deux lettres : l'une est de
Charles Heine [1], et vous voudrez bien me la conserver. Vous y verrez ce qu'on se propose à mon
égard. Je crois que, si je me laisse garrotter, la pension me serait payée après comme avant; on veut
seulement me lier les mains, afin d'obtenir mon

---

1. Le fils de Salomon Heine, et le principal héritier de son
immense fortune. — Salomon Heine, oncle paternel de l'écrivain,
mourut le 23 décembre 1844, laissant des dotations considérables aux établissements de bienfaisance de la communauté
israélite de Hambourg, comme à ceux des autres confessions
religieuses. Il avait déjà rendu de grands services à la ville de
Hambourg, deux ans avant sa mort, lors de l'incendie de 1842,
et fondé de son vivant l'institution philanthropique qui porte
son nom. Salomon Heine, qui s'était établi pauvre à Hambourg
(il était né à Hanovre en 1766), créa seul sa fortune. Il laissa
trois filles, et un fils. Il fallait rappeler ces détails pour l'intelligence des lettres qui suivront.

III.   2

silence au sujet du testament, et que je n'entreprenne rien contre les Fould, c'est-à-dire la femme
et la belle-mère de Charles Heine, dont j'ai traversé
les intérêts. Je vous remets en outre une lettre pour
Charles Heine, que vous lirez et dont vous garderez
copie. Envoyez sans délai l'original cacheté à
Charles Heine. — J'écris dans la plus grande hâte.
Vous vous apercevrez que j'entreprends une guerre
à mort, et que, si Charles Heine ne cède pas, il faut
que j'aie pour moi non-seulement les tribunaux,
mais l'opinion publique. Je veux mon droit, dussé-
je le sceller de mon sang. Causez-en avec Sieveking,
afin que, par le moyen de Halle [1], qui a fait beaucoup de mal là dedans, il cherche à décider mon
cousin. Connaissez-vous quelqu'un d'autre qui soit
en relation avec lui ? Je vous écris très-précipitam-
ment. *Est periculum in mora.*

Dans quelques jours, je vous enverrai une procuration pour un avocat. Qui choisir ? Charles
Heise, je crois. Puis je vous enverrai les papiers,
et pièces justificatives ; bref, j'agirai sans délai,
bien que je sois malade et malheureux, et puisse à

---

1. Le docteur G. Halle, gendre de Salomon Heine, et rédacteur de son testament.

peine tenir la plume. Mais quel malheur ! Vraiment, je n'ai rien provoqué. Quels tombereaux de fange ! — mais j'y suis accoutumé. D'autres ne le sont pas, et réfléchiront peut-être avant de donner le signal d'un spectacle réjouissant pour la populace. Je suis prêt à tout, — aigri par ces choses incroyables. Depuis deux jours, ma femme est là comme une statue de marbre près de la cheminée, et ne dit pas un mot : cet événement inouï l'a comme pétrifiée. Je n'ai jamais été aussi résolu que maintenant, et ces gens avisés ont fait une grande sottise en ne m'épargnant pas. Agissez pour moi. — Votre ami.

N'allez pas oublier de garder une copie de ma lettre à Charles Heine.

Conférez, je vous prie, avec ma sœur.

CCLXIV

AU MÊME

Paris, le 13 janvier 1845.

Cher Campe,

Je ne puis pas encore aujourd'hui vous écrire tranquillement. Je suis si malade, j'y vois si peu,

et tant de choses sinistres fondent sur moi ! Levée
de boucliers de mes ennemis, qui jugent le moment
favorable. M. Straus et consorts courent les bureaux de journaux et calomnient, et payent même
des insertions. Outre cela, l'état de ma femme devient plus grave, et les nuits sont mauvaises. Il n'y
a que ma conscience qui me tienne debout, avec le
mépris du mal et mon sentiment du juste froissé.
A tout prix, il faut que ce dernier reçoive satisfaction, et ce n'est pas ici une simple question d'argent.

Avec de la souplesse et des moyens vulgaires, je
pourrais bien écarter la difficulté d'argent. J'ai oublié de vous dire que même les chiffres ont été mal
indiqués par Charles Heine. Depuis mon mariage,
j'ai reçu de mon oncle quatre mille huit cents
francs par année (antérieurement il n'avait stipulé
que quatre mille francs), en payements mensuels de
quatre cents francs, et cette pension viagère est
reversible sur ma femme après ma mort. Je suis
enfoncé dans les paperasses, où je fais plus d'une
trouvaille qui me tranquillise. Emmauuel Arago
et Crémieux se sont déjà consultés ; de sorte
que, s'il le faut, je poursuivrai le procès avec le

nt en poupe. Mais quel malheur qu'une extrémité
mblable! Et pourtant on m'en fait une nécessité.
Je n'ai trouvé personne ici qui connaisse la pro-
dure allemande, et n'ai pu formuler encore
ne procuration; bien que docteur en droit, je
mprends diablement peu de chose à l'avocasserie.
e no sais à qui je m'adresserai. C'est au docteur
arles Heise que je pense tout d'abord.

Tout à l'heure j'ai reçu une lettre des plus ami-
ales du *Sræses* Adolphe Halle. Il y célèbre sur le
lus haut ton les louanges du défunt; oui, l'héritage
allumé quelque chose comme de l'enthousiasme
ans son sang glacé. Il est très-proccupé de ma
nté, me conseille un traitement sérieux, et s'in-
rme avec intérêt de mes travaux littéraires.
autres m'irritent par leur compassion grossière-
ent maligne, lui par sa prudente politesse, et sa
esse à se taire sur mes embarras matériels qu'il
sinon causés (Dieu me garde de l'attaquer!), du
oins laissés tranquillement se produire; il était là
isible pendant qu'on m'assassinait. Toutefois,
e le tiens encore pour le meilleur de tous, et je
ai pas le droit de prétendre qu'il montre plus de
eur que la nature ne lui en a donné.

2.

Dans ce moment arrive mon médecin, qui est furieux de ce que j'écrive malgré sa défense expresse. Saluez mes amis. — Votre dévoué.

CCLXV

AU MÊME

Paris, le 4 février 1845.

Cher Campe,

Je vous remercie de l'intérêt qu'exprime votre dernière lettre, et votre intervention m'est tout à fait agréable; vraiment, rien de ce qui peut être obtenu par des voies pacifiques ne doit être négligé. Je vous aurais déjà écrit si, depuis quinze jours, je n'étais tourmenté par une meute d'ennuis, surtout à l'occasion des poursuites prussiennes contre tous ceux qui ont écrit dans le *Vorwaerts*; aujourd'hui déjà, il faut que Marx prenne le large, et je suis vraiment furieux. Puis viennent les manœuvres de la plus lâche espèce, dirigées contre moi par de grossiers Juifs de Francfort, et leurs spadassins. Ma femme malade, et moi à demi aveugle. Vous le voyez, je pouvais bien me payer de la guerre de succession de Hambourg, — et, si vous pouvez m'en débarrasser, cela sera d'autant meilleur, et je poursuivrai plus vigoureusement mes autres campagnes. Je remercie cordialement le docteur Heise de l'assistance juridique qu'il me promet; il se trompe en croyant que Charles Heine n'en viendra pas à un éclat; je connais mieux Charles Heine, il est aussi entêté que dissimulé.

Au point de vue de l'ambition, il n'y a rien à faire avec lui, car il est sur ce point le contraire du père, qui flattait l'opinion publique comme un courtisan; quoi que disent les gens, cela est fort indifférent à Charles Heine. Il n'a que trois passions : les femmes, les cigares, et le repos. Si je pouvais ameuter contre lui les donzelles de Hambourg, il céderait bien vite. Je ne puis pas lui prendre ses cigares, mais bien son repos. Là est le défaut de la cuirasse, et j'en profiterai, et c'est à cela que me servira le procès qui ne sera que le cadre des tribulations que je médite : réclamer incessamment dans les journaux, écrire des mémoires, prendre Dieu et le monde à témoin, à chaque incident faire prêter serment *more majorum*, — non, il n'y tiendra pas, et me priera au nom de Dieu d'en finir, même avant d'avoir perdu mon procès. Que, pour le gagner, je possède des preuves suffisantes, c'est chose secondaire, bien que pour cela aussi je ne sois pas mal approvisionné. Mais je connais trop bien la fatalité du *lieu* et de l'arbitraire des juges, pour ne compter que sur le succès.

Il y a une huitaine de jours, il m'est tombé sous les yeux un article de Hambourg qui avait passé de la *Gazette de Cologne* dans le *Journal de Fancfort*, et renfermait les insinuations les plus indignes au sujet de Halle. Eût-on produit de semblables choses contre O.., cette vieille punaise qui sort souriante d'une épaisse cravate, j'y aurais peut-être ajouté foi. Mais Halle, avec la finesse de son tact et de son éducation, n'eût jamais agi si grossièrement. Dans le premier mouvement de mon cœur, je voulais déjà défendre généreusement, dans la *Gazette d'Ausgbourg*, le bon renom de l'accusé, mais, toutes réfléxions faites, je m'aperçus que j'étais sur le point de commettre une sottise sentimentale. D'ailleurs, je sais maintenant quels gens hostiles s'empresseraient d'exploiter ce malheur de famille, afin de trouver à mordre sur le docteur Halle, et de me lâcher contre lui. Ces jours-ci, par un temps affreux, à travers l'eau et la boue, j'ai dû aller d'un bureau de journal à l'autre pour

empêcher, par mon intervention personnelle, la publication d'un article de Hambourg dont j'avais eu
vent, et qui était dirigé essentiellement, il est vrai,
contre le Sénat, mais aussi d'une façon terrible contre le docteur Halle. Et je vous assure qu'il n'était pas
de sucre. Mais cet homme mérite-t-il bien que je
prenne à cœur l'injustice qui lui est faite ? S'il n'a
jamais rien fait contre moi, il n'a jamais rien fait
pour moi non plus ; il connaissait mon avenir en
chiffres précis, et il m'a endormi dans le présent ;
— son silence tout au moins m'a fait beaucoup de
mal. Non, il était là tranquille quand on aiguisait le
couteau qui devait me percer le cœur, et, au moment
où je tombais à terre tout sanglant, il m'écrit une
lettre aimable où il exprime le plus grand intérêt
pour ma santé et mes travaux littéraires !

Il peut se justifier toutefois en disant que je ne
l'ai jamais chargé expressément de mes intérêts.
C'est vrai, et, bien loin de voir en lui un adversaire,
après y avoir mûrement pensé, j'ai résolu de remettre mes intérêts dans ses mains, en toute confiance, et de le prendre pour arbitre entre moi et
Charles Heine. C'est là le but essentiel de cette
lettre, et je vous prie d'aller en mon nom chez le

docteur, et de lui demander pour moi son intervention officieuse. Il saisira peut-être cette occasion
de me montrer un zèle généreux, et il emploiera
certainement tout son crédit auprès de Charles
Heine pour mettre fin aussi vite que possible à ce
fatal conflit. Il est assez avisé pour s'apercevoir qu'il
y a réellement ici péril en la demeure. — Vraiment,
ce qui n'est encore qu'une faible étincelle, éclatera
bientôt en flammes, et mettra, sans qu'on s'en aper-
çoive, le feu à la forêt tout entière ; et ce ne sont
pas seulement les loups et les renards, mais aussi les
lièvres les plus inoffensifs qui courront risque d'être
rôtis vivants. Halle a plus d'intelligence et de
discernement que les autres; il sait que, maintenant que le tyran redoutable devant lequel je
tremblais est mort, la famille n'a plus aucune garantie de ma soumission ; que la brèche faite à mes
finances m'irrite plus qu'elle ne me retient ; que,
traité sans ménagement, je puis agir aussi sans
ménagement, et que, si l'on me pousse à l'extrémité, je me mettrai très-tranquillement au pilori,
mais entouré de toute ma chère famille, qui y figu-
rera aussi et fera des grimaces beaucoup plus cha-
grines que moi, qui suis déjà un peu habitué à

tout cela, et puis d'ailleurs m'envelopper dans le
manteau de pourpre de ma gloire. « Où peut-on
être mieux qu'au sein de sa famille ? »

Mais il est à espérer que les choses n'en viendront
pas là ; — et c'est pourquoi je vous donne des pouvoirs illimités pour arranger l'affaire de ma pension, soit directement avec Charles Heine, soit
indirectement par l'intermédiaire du docteur Halle.
Comme mes finances, aussi bien que mon honneur,
vous tiennent au cœur, je vous laisse parfaitement
libre d'agir comme bon vous semblera. Voici, en
deux mots, mon ultimatum :

1° La pension viagère me sera *légalement* assurée,
absolument telle que je l'ai reçue pendant les
dernières années (à savoir quatre mille huit cents
francs par an), de sorte que, si je survis à mon
pauvre cousin (le ciel m'en garde !) je ne puisse
être inquiété par ses héritiers légitimes ; que la
moitié de la pension, au cas où je mourrais avant
ma femme, lui soit attribuée, c'est ce que certainement Charles Heine voudra accorder, ne
fût-ce que par dignité, car il ne peut vouloir que la
veuve de Henri Heine meure de faim.

2° De mon côté, je suis prêt à signer une

contre-lettre, par laquelle je m'engagerai sur ma parole d'honneur à ne pas écrire une ligne qui puisse blesser ma famille. Quelque stricts que soient les termes de cet acte, du moment qu'il aura votre assentiment, ma signature ne se fera pas attendre. Pourvu que je puisse compter sur la paix, je serai aussi doux et maniable que je suis intraitable et dur, quand il s'agit de faire la guerre.

Il va de soi que le legs testamentaire de huit mille marks me sera également payé; ce legs n'a rien à faire avec ma pension. Il y a déjà huit jours que j'ai fait dresser par un notaire une procuration qui vous donne le droit de toucher cette somme. Ce n'est que dans quelques jours que je pourrai vous envoyer cette pièce, en raison des formalités à remplir. Je vous y ai donné en même temps les pouvoirs les plus étendus pour faire valoir juridiquement mes droits sur ma pension, et transmettre, à cet effet, une procuration suffisante à un avocat. Si l'on vous paye tout de suite la somme ci-dessus, je vous prie de me la faire payer en une traite sur Paris. Je vous écrirai d'ailleurs incessamment là-dessus.

Ce que vous me dîtes d'une clause testamentaire
qui déclarerait le legs nul et non avenu, en cas de
plainte juridique, est une pure forme qui se rencontre souvent dans les testaments; s'il fallait
exécuter sérieusement, l'héritier universel n'aurait en réalité aucun legs à payer : car, à cause des
chicanes, il faut pourtant se plaindre; autrement,
on ne recevrait rien de certaines gens; et cette
plainte devrait avoir pour résultat que l'on ne
recevrait rien ? Comment des gens raisonnables
peuvent-ils se laisser déconcerter par le non-sens
d'un tel dilemme? Non, cher ami, une plainte
pour obtenir ma pension ne portera aucun préjudice à mon legs, de même qu'en acceptant celui-
ci, je ne porterai aucun préjudice à ma pension.
Assez pour aujourd'hui. A propos du testament de
mon oncle, cherchez donc, mais sans me mettre en
frais, à en avoir une copie exacte, je serai peut-
être dans le cas de le publier plus tard avec des
annotations.

Tâchez de lire la *Revue des Deux Mondes* du
15 janvier; il s'y trouve un grand article sur moi,
il y est question, très-gracieusement, de Votre
Excellence.

III   3

Et maintenant, adieu, et faites que je sois vite
débarrassé de mes chagrins de famille, qui me
sont diablememt à charge. — Votre ami.

NOTA BENE

Très-cher Campe,

Encore quelques mots supplémentaires à la
lettre ci-jointe.

Je n'ai pas écrit cette lettre pour vous seul,
mais avec l'arrière-pensée que vous la feriez lire au
docteur Halle. Vous la lui montrerez, en le priant de
la lire *attentivement*, afin qu'il puisse se faire une
juste idée de vos pleins pouvoirs. Il faut se hâter.
Vous savez quelles plumes violentes étaient prêtes
à se mettre en campagne. Il est certain que je n'ai
besoin que de donner un coup de sifflet, et gare la
presse française et anglaise! Quelqu'un voulait
publier ici un article dans *le Charivari* sous ce
titre : *Comment on devient sénateur à Hambourg.* Si
cela s'était fait, Halle eût été perdu à jamais.
Laissez-le voir cela. Laissez-lui un peu flairer cette
procession de tombereaux immondes.

A propos de mon ultimatum, remarquez encore
ce qui suit :

Je ne puis me laisser soustraire un sou de la somme de ma pension (quatre mille huit cents francs.) Insistez autant que possible pour que, après ma mort, la moitié de cette pension soit assurée à ma femme. Au cas où vous trouveriez une résistance invincible, abandonnez ce dernier point. Plus tard, quand je serai réconcilié avec Charles Heine, je songerai à combler cette lacune. Ces gens-là ont ici une occasion d'être ou de paraître généreux. Il m'importe fort peu qu'ils se donnent l'air d'avoir tout fait par générosité. A ce point de vue, cher Campe, vous pouvez leur donner toute l'assistance possible. Dans l'explication, que vous vous hâterez de publier pour annoncer dans la presse la fin de l'affaire, vous pouvez rejeter sur moi toute la faute du malentendu, faire ressortir la générosité de la famille, bref me sacrifier. Je vous avoue franchement aujourd'hui que je n'ai aucune vanité à la façon d'autres hommes, que l'opinion du public ne m'importe en rien; une seule chose m'importe, la satisfaction de ma volonté intime, — le propre respect de mon âme.

Quant à la contre-lettre que je suis prêt à signer, peu m'importe encore une fois qu'elle me lie autant que possible. Vraiment, ce que j'écris, je ne le soumettrai pour aucun prix à une censure de famille; — mais j'avalerai volontiers ma rancune particulière, et je n'écrirai rien sur la séquelle..., qui pourra ensuite jouir en paix de son existence obscure, et compter sur l'oubli qui l'attend. Si je me retrouve plus tard en meilleurs termes avec Charles Heine, nous nous entendrons facilement sur ce que j'abandonne aujourd'hui sans restriction. Vous pouvez donc offrir de ma part les garanties les plus explicites, et satisfaire chacun. Au fond, j'ai de meilleurs personnages à portraire que les gendres de mon oncle.

Vous avez la main libre, et, je vous en prie, rendez le repos à mon esprit, qui est réellement digne d'une meilleure occupation. J'ai été interrompu par cette histoire dans le travail le plus exquis, et ces abominables discussions tuent en moi toute poésie. Et un procès encore! Si je n'avais pas une femme, et des engagements qui me lient, je jetterais au pied de ces gens tout ce sac à guenilles. Par malheur, ma volonté est aussi fixe que celle d'un maniaque. — C'est dans ma nature. Je finirai peut-être dans une maison de fous.

Dans quelques jours, je vous enverrai la procuration notariée pour que vous puissiez toucher le legs. Je ne doute pas qu'on ne vous le paie sans condition, sans chicane pour la rédaction de la quittance ; autrement, vous menacerez d'un scandale plus grand encore. On m'a déjà assez bassement traité ; ici, dans la société française, dans le monde comme il faut, où l'héritage de Salomon Heine excite l'attention, on est indigné de la manière d'agir de ma parenté. Pourtant, j'ai l'opinion publique pour moi.

Veillez seulement à ce que l'engagement que je réclame de Charles Heine ne puisse être annulé plus tard par une dernière volonté. Si l'on veut y introduire, comme un engagement de ma part, mon désistement de toute publication d'affaires de famille, soit ; l'acte sera alors, je suppose, un contrat. Suffit, la forme est indifférente, je ne veux que la chose, la garantie de la pension ; et, comme je pense tenir ma promesse *bona fide*, peu m'importe que je sois fortement lié.

Maintenant, adieu, cher ami ; agissez avec discrétion et aménité, et conduisez l'affaire à une prompte conclusion. Répondez seulement bientôt. — Votre ami.

CCLXVI

AU MÊME

Paris, le 28 mars 1845.

Très-cher ami,

Mes remercîments les plus sentis pour les marques d'amitié, et le zèle que vous m'avez montrés dans ces temps fâcheux! Il y a longtemps que j'aurais répondu à votre lettre du 16 février, qui m'a montré avec quelle activité vous vous êtes employé pour moi; — mais, depuis un mois, je suis plus aveugle que jamais; aujourd'hui encore, je n'écris qu'avec un œil, je vois à peine mes lettres, et dicter me donne des crampes à la tête. De plus, ma paralysie s'étend à la poitrine. Aussi je ne veux que vous dire en raccourci l'état des choses.

Que la négociation avec Halle ait échoué, c'est naturel, puisqu'il n'a aucune sympathie pour moi, et que son cœur de lièvre ne s'est pas aperçu qu'il y aurait péril pour lui si les choses allaient tout à fait mal pour moi, — car, de l'opinion de tous, il est en fin de compte la cause de ma mésaventure testamentaire, et je n'ai pas besoin de le ménager par un attachement enraciné, comme mon cousin Charles.

Toutefois, votre entretien avec Halle sera d'un bon effet, et il me semble déjà fort utile que Charles Heine ait appris par là combien je suis disposé à la douceur et à la réconciliation , et que toute négociation avec les miens ne peut être qu'inoffensive. Cela nous donne l'avantage de pouvoir, s'il est nécessaire, traiter directement avec Charles Heine pour terminer ce pénible différend. Mais probablement cela ne sera pas nécessaire. Avant-hier, je lui ai écrit la lettre la plus conciliante, lui demandant pardon pour le cas où il serait offensé, et le conjurant, au nom de l'amitié, de me faire savoir directement, ou par vous, quelque chose sur sa détermination actuelle. — Vous voyez que j'ai tout fait avant d'en venir à un procès ; quant à ce dernier, je suis de votre avis que mon bon droit ne court aucun risque, et que la précipitation ne pourrait que détruire pour toujours la paix de la famille. Le procès serait certainement une offense irrémédiable. Charles Heine ne peut et ne doit pas le faire. Mon droit est trop clair et trop notoire.

J'ai écrit en même temps à mon cousin que je

vous envoyais une procuration notariée pour recevoir en mon nom le legs de huit mille marks banco,
de la manière qui vous agréerait. Ci-joint cette procuration, et je vous laisse libre de vous adresser
aux exécuteurs testamentaires, ou directement à
Charles Heine. Vous pourriez saisir cette occasion
pour vous entretenir d'une manière générale avec
lui ; et, comme vous le trouveriez, par suite de la
démarche que j'ai faite, dans une disposition conciliante, vous pourriez à coup sûr tout terminer verbalement et obtenir de lui les garanties que je
désire. Dans ce cas, que ma dernière lettre vous
serve aussi de règle. En obtenant quelque chose
d'écrit, vous assureriez le repos de mon avenir. Je
partage aussi l'opinion de ma sœur que tout serait
terminé maintenant, si vous eussiez causé avec
Charles Heine lui-même, comme vous l'avez fait
avec Halle.

Pouvez-vous lire mon griffonnage? Pas moi !

Aussitôt que vous aurez touché pour moi les
huit mille marks, faites-vous donner, s'il vous
plaît, par mon oncle Henri Heine, une lettre de
change sur Paris de cette valeur, et envoyez-la-
moi aussi vite que possible; car j'ai furieusement

besoin d'argent. Depuis janvier, je n'ai pas gagné un sou ; je n'ai pas non plus touché ma pension (bien que Charles Heine ne semble pas avoir donné de contre-ordre à ce sujet), et j'ai dû beaucoup emprunter.

N'oubliez pas de me faire savoir exactement les termes dans lesquels mon legs est indiqué dans le testament.

Je ne vous dis rien de littéraire; dans ma prochaine lettre, vous en apprendrez quelque chose. Je n'ai rien écrit, mais j'ai beaucoup pensé cet hiver. Encore une fois, cordial et reconnaissnt merci pour votre zèle de pacificateur.

CCLXVII

A HENRI LAUBE

Paris, le 5 mai 1845.

Très-cher Laube,

Le porteur de ces lignes est Félicien David, le grand compositeur. Je vous le recommande avec une sympathie très-vive que vous partagerez certainement bientôt. Je ne doute pas qu'il ne vous plaise autant comme homme que comme musicien.

3.

Je suis toujours presque aveugle. Mon état a même empiré; autrement, il y a longtemps que je vous aurais écrit. C'est à peine si je vois mes lettres.

David vous arrivera probablement en compagnie d'un homme que vous connaissez de près : c'est le Père Enfantin, autrefois chef suprême des Saint-Simoniens — l'esprit le plus considérable de notre temps. — Votre ami.

CCLXVIII

AU MÊME

Paris, le 24 mai 1845.

Cher Laube,

Je vous aurais remercié depuis longtemps de la part que vous avez prise à mes chagrins de famille; mais l'état de mes yeux ne me permet guère d'écrire, et j'ai été, d'ailleurs, depuis, fort indisposé. Mon mal général est une paralysie qui malheureusement augmente. Je ne travaille pas du tout, ne puis pas lire six lignes de suite, et cherche à me distraire; le cœur et l'estomac, peut-être aussi le cerveau, restent sains.

Mes affaires de famille sont maintenant à moitié

arrangées, et, ne le fussent-elles pas, je ne m'en préoccuperais guère dans un moment où ma santé est si gravement atteinte ; ma disposition est gaie, je trouve du plaisir à vivre, il ne me manque pas d'approvisionnement, pas même de bonheur, et par-dessus le marché je suis amoureux... de ma femme. Mais, de corps, je vais cordialement mal.

Je voulais aller dans les Pyrénées ; mais le temps est trop mauvais, le soleil plus tard aurait trop ir-rité mes yeux, et je m'en irai probablement à la campagne près de Paris. Ma femme, qui ne se porte pas non plus très-bien, vous fait saluer très-affec-tueusement, vous et madame Laube ; j'ai promis d'expédier ces salutations avec les miennes. Quand vous reverrons-nous à Paris ? Puisque vous vous oc-cupez tant du théâtre, et avec tant de succès, Paris vous offrirait certainement un meilleur butin que par le passé.

Encore une fois merci pour votre actif appui dans mes délicates conjonctures. Dites-moi ce que vous avez payé pour moi en frais d'insertion, et comment je dois vous faire parvenir cet objet. — J'ai lu hier, dans la *Gazette d'Augsbourg*, une an-nonce de l'*Album de Kontzer*, et dans la table des matières ce titre : *Heine et son Héritage*. Je lirais volontiers cet article, et, comme le livre a paru à Leipzig, je vous prie de me l'envoyer sans retard en feuilles, sous bande.

Saluez pour moi notre ami Huranda [1], que je remercie aussi de tout mon cœur pour son zèle amical. Je lui écrirai aussitôt que mes yeux iront un tant soit peu mieux. Dites-lui, s'il vous plaît, que les *Grenzboten* qu'il voulait envoyer ici ne me sont point encore parvenus.

Je vis tout à fait seul ; je ne sais rien de ce qui se passe chez vous; Campe m'informe rarement ; aussi je vous prie de me communiquer ce qui en Allemagne m'intéresse directement.

Êtes-vous réconcilié avec Meyerbeer? Je vous ai recommandé Félicien David; personnellement, je le connais peu. Ici il fait fureur, conjointement avec Tom Pouce, et les actions de chemin de fer.

Écrivez-moi bientôt; toute marque d'intérêt me

---

1. Publiciste allemand, d'origine israëlite, né en 1812, fondateur de la revue politique *les Messagers des Frontières* (*les Grenzboten*), et membre du Parlement de Francfort, en 1848.

fait plus de bien maintenant que jamais, et vous êtes du nombre des trois hommes et demi que j'aime en Allemagne. — A vous.

CCLXIX

A J. CAMPE

Montmorency, le 21 juillet 1848.

Cher ami,

J'aurais répondu tout de suite à votre dernière lettre, si depuis quinze jours je n'avais gardé le lit, et si d'écrire avec la moitié d'un œil ne m'avait doublement éprouvé. Aujourd'hui, je me lève, faible et comme brisé, et pourtant mon premier soin est de vous tranquilliser sur l'état de ma santé, qui n'est aucunement aussi désespéré qu'on le croit en Allemagne, à en juger par les lettres que je reçois. Il est vrai qu'à mon mal d'yeux s'est joint encore une paralysie du haut du corps, mais qui disparaîtra, il faut l'espérer. Je n'ai pu aller aux bains, et suis venu à la campagne, à Montmorency, où ma femme me soigne avec amour. J'ai conservé toute ma sérénité d'esprit, je pense beaucoup, et plus tard, si mon état physique le permet, je pourrai m'asseoir encore cette année sur la chaise d'accouchement, et réclamer vos offices de sage-femme littéraire. Mais le rétablissement de ma santé avant tout; c'est pour moi l'essentiel, tout le reste disparaît à l'arrière-plan, même mes embarras d'argent et mes différends avec ma famille qui semblent s'arranger, il est vrai, mais ne sont point complétement terminés; aujourd'hui, à aucun prix, je ne veux m'agiter et m'occuper d'explications désagréables : ainsi, à plus tard, des détails sur ma situation actuelle avec Charles Heine. Il a eu des torts cruels envers moi, et ne se doute pas de la gravité de son méfait.

J'ai encore à vous remercier de votre avant-dernière lettre; l'empressement de votre fidèle amitié m'a fait du bien, je vous en remercie du fond du cœur. Je vous félicite en même temps — mais un peu tard — de votre mariage; puisse le ciel vous avoir donné un bon billet à cette loterie! Le mariage est partout une bonne chose; mais, en Allemagne c'est une nécessité.

Il serait bon certainement que je puisse aller à Hambourg, et j'en avais la pensée, mais c'est purement impossible; il faut que je me garde de toute émotion. Si je vis longtemps, mes difficultés de famille s'aplaniront d'elles-mêmes; si j'ai peu de temps à vivre, cet arrangement me serait médiocrement utile. Voilà ce que je pense aujourd'hui, et je jouis dans le repos de la campagne de quelques moments sans douleurs.

Je satisferai bientôt à votre désir de recevoir enfin *Atta Troll*. La semaine prochaine, je le tirerai de mon bureau, et je m'y mettrai sérieusement; vous l'aurez bientôt.

Dites à Detmold que je ne lui écris pas, parce que je suis trop souffrant. Je n'ai pas voulu l'attrister en lui parlant de mon malheureux état, et voilà pourquoi il n'a pas reçu de mes lettres depuis six mois.

Les vôtres me sont soigneusement envoyées ici. Saluez mes amis. De fatigue, la plume me tombe des mains. — Votre ami.

CCLXX

AU MÊME

Paris, le 31 octobre 1845.

Mon cher ami,

J'ai longtemps renvoyé d'écrire par la raison très-simple que chaque lettre fait horriblement souffrir mes pauvres yeux, et aussi parce que je suis honteux de ne vous avoir pas envoyé encore cet *Atta Troll* promis depuis si longtemps. Mais ce n'est pourtant point ma faute; les malheurs de cette triste année ont si fort troublé mon âme, que, jusqu'aujourd'hui, j'ai attendu inutilement les heures sereines tout à fait nécessaires pour que je puisse écrire avec l'humour indispensable les morceaux gais qui manquent au poëme. Ah ! cher ami, on s'est affreusement rendu coupable à mon égard, on a outragé mon génie avec une turpitude inouïe; je ne puis me dissimuler plus longtemps ma blessure, et il se passera des années avant que ma fantaisie ait repris son libre essor d'autrefois. Un sérieux plus profond, un sourd emportement se sont emparés de moi, et il en sortira peut-être, en prose et en vers, des explosions terribles ; — mais ce n'est pourtant pas ce qui m'agrée et ce que je voulais. Autrefois, la plus douce vie, aujourd'hui assombrissement et désir de mort !

Aussi je vous prie d'attendre un peu, encore un peu *Atta Troll*, six semaines ou deux mois. Maintenant, dans mon humeur chagrine, je pourrais facilement le gâter. — Quant à ce qu'il adviendra de mes yeux, le bon Dieu le sait ; depuis janvier, le gauche est toujours fermé, et le droit aussi est trouble et paralysé. Je ne puis rien lire, mais j'écris encore, et je vais au-devant d'une complète cécité. Je me donne ici beaucoup de mouvement; mais je ne vais pourtant pas à la Bourse, comme M. Bornstein l'insinue dans plusieurs journaux allemands. Depuis quatorze ans, je n'ai pas mis le pied dans cette grande maison de jeu; mais les chemins de fer, auxquels mes amis (ainsi les anciens saint-simoniens, Enfantin à leur tête) vouent la plus remarquable activité, m'intéressent et m'occupent au point de vue financier comme intellectuel. J'en attends pour la suite de grands avantages, qui ne se sont pas encore réalisés dans le présent. Je suis toujours dans de très-pénibles embarras, et c'est à peine si j'ai de quoi vivre. Je vous le dis, afin que vous sachiez très-expressément que j'ai besoin de vous.

Je tirerai sur vous, ces jours-ci, la somme que notre contrat m'assure pour 1845. Vous voyez avec quelle ponctualité je vous fais remplir vos engagements. Ce n'est vraiment pas tant par l'esprit d'ordre que par un besoin d'argent, que je dispose de cette petite somme.

Je suis toujours dans les rapports les plus pénibles avec mon cousin Charles Heine. Tous ceux à
qui je confie l'affaire m'adjurent de laisser au
temps le soin de l'arranger, d'avoir foi dans le bon
caractère de Charles Heine, qui finira par prendre
le dessus; je n'y perdrais pas un denier. C'est ce
que me disait encore hier au soir le brave Meyerbeer, qui me garantissait sur sa bourse tout déficit,
et qui m'a remis, en outre, il y a déjà quelque
temps, un témoignage écrit que Salomon Heine,
lorsqu'il m'accorda, à la demande de lui, Meyerbeer, ma pension, la constitua comme une rente
viagère destinée précisément à m'épargner dans
mes vieux jours des soucis matériels, et à favoriser
dans l'intervalle ma liberté d'esprit. Mais il ne
manquait pas de preuves et de documents de la
propre main de mon oncle, et pourtant tout cela
ne me sert de rien parce que je n'ai pas voulu faire
de procès, et que Charles Heine persiste avec un
inconcevable entêtement dans son injustice première. Je lui dis dans chacune de mes lettres que
de fâcheux éclats seront toujours possibles aussi
longtemps que je prendrai un schelling de la pension qu'il est tenu à me payer au nom de son père,

bien que je sois prêt, pour ne pas me montrer entêté dans la forme, à être reconnaissant comme d'une grâce de ce payement, pourvu qu'il ait lieu sans délai ni condition. Je ne veux plus entendre parler de condition maintenant, — je ne veux rien céder absolument de ma dignité d'auteur, bien que je sois prêt comme homme à me soumettre aux convenances de famille.

Que savez-vous de Detmold? Depuis février, je ne lui ai pas écrit.

Je vous envoie sous bande un article que Phila-rète Chasles a publié il y a quelque temps dans la *Revue des Deux Mondes*. Il veut maintenant ampli-fier ce travail, le transformer en un véritable livre qu'il fera traduire sous ses yeux par un Allemand, et qu'il publiera lui-même à Hambourg, chez Hoff-mann et Campe, si monsieur l'éditeur veut en payer les honoraires. Il aura là-dessus à solder les frais de traduction. Je crois que le livre serait in-téressant pour vous et antiaristocratique, — anti-hanovrien même, conformément au goût du jour. Que faut-il lui répondre?

Adieu, cher ami, et gardez moi une amitié cor-diale comme la mienne pour vous. Saluez tous

les amis qui me veulent du bien. Que fait Wille ?
Amitiés à Schirges ! N'oubliez pas Mendelssohn. Je
n'entends et ne vois rien de là-bas, pourtant je
pense beaucoup à vous : maintenant surtout que
commence chez vous la belle saison des huîtres,
où chaque coquille est une véritable révélation, et
renferme une consolation précieuse. Portez-vous
bien ! mangez bien !

CCLXXI

AU DOCTEUR L. WERTHEIM

Paris, le 22 décembre 1845.

Cher docteur,

Je partage tout à fait votre idée sur l'honorabi-
lité de madame Straus, et l'injustice qui lui a été
faite. Si le mari de cette dame, lorsque je me suis
battu avec lui et que je fus blessé, n'avait pas négligé les politesses d'usage en cas pareil, je me serais certainement empressé de donner à sa femme
la déclaration d'honneur la plus formelle, d'autant
plus que j'avais déjà acquis alors la ferme convic-
tion que les allusions dont je me suis rendu coupa-

ble à son égard étaient tout à fait erronées et sans fondement. Je saisis avec plaisir l'occasion qui s'offre maintenant à moi de faire connaître, de la manière qui me semble la plus convenable, le changement qui s'est fait à cet égard dans mes sentiments. Je prépare, en effet, chez Hoffmann et Campe, à Hambourg, une édition complète et corrigée de mes écrits, et je vous donne ma parole d'honneur que les passages qui touchaient personnellement madame Straus, n'y seront pas reproduits. Je vous prie de communiquer ceci à cette respectable dame, et de lui faire remarquer en même temps que ces passages (comme peut l'attester mon édition) ne se trouvaient pas dans le manuscrit primitif, tel que je l'envoyai à Hambourg pour l'impression, et que ce n'est que plus tard, lorsque je l'eus fait revenir pour le reviser, que ces passages y furent ajoutés précipitamment, et non sans provocation. — Votre ami.

CCLXXII

A VARNHAGEN D'ENSE

Paris, le 3 janvier 1846.

Très-cher Varnhagen,

Voici la première lettre que j'écrive en 1846, et je la commence par les plus gais souhaits de bonheur. Puissiez-vous, cette année, jouir du bien-être du corps et de l'esprit ! J'apprends avec beaucoup de chagrin que vous êtes souvent courbé par la souffrance physique ; je vous aurais volontiers envoyé parfois une parole de consolation, mais Hécube est une mauvaise consolatrice. J'ai été, en effet, dans ces derniers temps, aussi mal que possible, et la correspondance me fait ressouvenir constamment de mon mauvais sort corporel ; c'est à peine si je vois ma propre écriture, car j'ai un œil complétement fermé, et un autre qui le sera bientôt, et chaque lettre que j'écris est une souffrance. Je saisis donc avec le plus vif plaisir l'occasion de vous faire parvenir verbalement de mes nouvelles par un ami, et, comme cet ami est initié à tous mes

chagrins, il pourra vous dire au menu combien j'ai
été cruellement joué par les miens, et ce qu'il y
aurait encore à faire pour moi sous ce rapport.
Mon ami, M. Lassalle, qui vous porte cette lettre,
est un jeune homme doué des qualités d'esprit les
plus distinguées : à l'érudition la plus solide, au
savoir le plus étendu, à la pénétration la plus remarquable que j'aie jamais rencontrée, au don d'exposition le plus riche, il joint une énergie de volonté et une habileté pratique qui m'étonnent, et,
si sa sympathie pour moi ne se refroidit pas, j'attends de lui la plus active assistance. En tout cas,
cet assemblage de savoir et de vouloir, de talent et
de caractère, a été pour moi un réjouissant spectacle, et vous qui êtes si capable d'apprécier le
mérite en tout genre, vous lui rendrez sûrement
justice. M. Lassalle est tout entier un fils de ces
temps nouveaux qui ne veulent rien savoir de
ce renoncement et de cette modération plus ou
moins hypocrites, dans lesquels, nous avons sotte-
ment consumé nos jours. — Cette génération
nouvelle veut jouir, et se faire sa place dans le visible ; nous, les vieux, nous nous inclinions humblement devant l'invisible, nous jouissions à la déro-

bée d'ombres de baisers et de parfums de fleurs
bleues, nous renoncions et nous pleurnichions, et
pourtant nous étions peut-être plus heureux que ces
durs gladiateurs qui vont si orgueilleusement au-
devant d'un combat mortel. Le millénium du romantisme est à sa fin, et moi-même, j'ai été son dernier
roi fabuleux, et descendu volontairement du trône.
Si je n'avais pas jeté la couronne de ma tête et re-
vêtu la blouse, ils m'auraient justement décapité.
Il y a quatre ans, avant de devenir mon propre
apostat, j'ai voulu me trémousser encore au clair
de lune avec les anciens compagnons de mes songes,
— et j'écrivis *Atta Troll*, le chant du cygne d'une
période déclinante, et c'est à vous que je l'ai dédié.
Cela vous appartenait bien, car vous avez été le
frère d'armes qui me ressemblait le plus, dans le
jeu comme dans le sérieux. Comme moi, vous avez
aidé à ensevelir le vieux temps, et fait l'office de
sage-femme pour le nouveau ; — oui, nous l'avons
produit au jour, et nous nous effrayons ; — il nous
arrive comme à la pauvre poule qui a couvé des
œufs de canard, et voit avec effroi sa jeune couvée
se précipiter à l'eau avec délices !

Je suis obligé par contrat de librairie de publier

Atta Troll. Cela se fera dans quelques mois, avec prudence, de peur qu'on ne me fasse mon procès et qu'on ne me décapite.

Vous voyez, cher ami, combien je suis vague et indécis. Cette disposition à la faiblesse tient surtout à la maladie; si la paralysie, qui comme un cercle de fer resserre ma poitrine, disparaissait, mon ancienne énergie retrouverait ses ailes. Je crains toutefois que cela ne tarde longtemps. La trahison, dont j'ai été l'objet dans le sein de ma famille, où j'étais désarmé et confiant, m'a atteint comme un coup de foudre dans un ciel serein, et presque mortellement. Celui qui pèsera les circonstances verra ici une tentative de meurtre; la médiocrité rampante, après avoir attendu vingt ans, dans son envie et sa rage secrète contre le génie a eu enfin son heure de victoire. Mais, au fond, c'est là une vieille histoire qui se renouvelle toujours.

Oui, je suis fort malade de corps, mais l'âme a peu souffert; fleur fatiguée, elle est un peu penchée, mais nullement flétrie, et fermement enracinée encore dans la vérité et l'amour.

Maintenant, adieu, cher Varnhagen; mon ami vous dira combien je pense à vous, et constamment;

4

ce qui se comprend d'autant mieux que maintenant je ne puis rien lire, et que, dans ces longs soirs d'hiver, je ne m'égaye que de souvenirs.

CCLXXIII

A J. CAMPE

Paris, le 3 janvier 1846.

Mon cher Campe,

J'espère que la nouvelle année s'ouvre agréablement pour vous. — Voici l'occasion de ma lettre d'aujourd'hui :

1° Si c'est encore possible, ayez la bonté d'effacer dans le passage de la préface d'*Atta Troll* que voici : « L'opposition, comme dit Ruge, vendit son cuir, et devint poésie, » — d'effacer, dis-je, les mots *comme dit Ruge*, mais, en revanche, de placer entre guillemets le passage cité, afin qu'on voie qu'il n'est pas de moi. J'apprends, en effet, que Ruge a de nouveau changé de cocarde, et écrit contre moi; c'est pourquoi je ne veux pas mentionner son nom.

2° Cher ami, envoyez-moi tout de suite sous bande un livre sur *Faust*, écrit par un certain Meyer, et

qui vient de paraître chez Hammerick à Altona. Je
crois qu'il traite particulièrement du *Faust* de
Gœthe. Envoyez-le-moi, je vous prie, parce que je
pourrais en tirer parti dans ce moment. Dites-moi
aussi, exactement, quand *Atta Troll* sortira de
presse; il faut que je le sache à cause de mesures à
prendre pour déjouer une méchanceté. — Santé et
bonheur. Le froid me fait un mal horrible, et il faut
que je garde constamment la chambre sans pouvoir
lire. — Votre ami.

CCLXXIV

AU MÊME

Paris, le 5 février 1846.

Mon cher Campe,

Je vous prie de veiller à ce que la réclamation
ci-jointe, c'est-à-dire ma lettre au rédacteur du *Cor-*
respondant, soit publiée sans retard dans ce journal.
Je désire aussi qu'elle paraisse dans le corps du
journal même. Runkel ne peut me refuser cela. Si
pourtant il le faisait, payez-lui pour moi les frais
d'insertion. Ayez soin encore que les journaux qui,
à l'instar du *Correspondant*, auraient propagé cette

horrible faute d'impression, reproduisent aussi ma lettre. Cette faute pourrait porter préjudice à l'édition complète de mes écrits, pour laquelle je compte être à Hambourg au printemps. Je suis toujours malade, et, il y a quinze jours à peine, je l'étais au point de ne pouvoir sortir. De cœur je suis bien portant, et même mon esprit travaille. Bientôt je vous écrirai davantage. — Votre ami.

CCLXXV

A M. LE RÉDACTEUR DU *CORRESPONDANT* A HAMBOURG

Paris, le 5 février 1846.

Une lettre de moi [1], qui primitivement n'était pas destinée à la publicité, et que j'avais écrite à un ami par une libre impulsion de mon cœur, et sans que rien d'extérieur m'y invitât, a été empruntée par vous à la *Gazette d'Augsbourg*, où elle avait été insérée parmi les annonces, et publiée dans le corps du journal, *le Correspondant*, à la date du 26 janvier dernier. Malheureusement, vous l'avez en-

1. Voir plus haut, page 56, la lettre au docteur L. Wertheim.

richie d'une faute d'impression très-intéressante. Il
est dit, en effet, dans cette lettre, que j'ai changé
d'opinion à l'égard d'une dame, et il s'y trouve ces
mots : « Je saisis avec plaisir l'occasion qui s'offre
à moi de faire connaître, de la manière qui me
semble la plus convenable, le changement qui s'est
fait à *cet* égard dans mes sentiments. » Or, comme,
dans les lignes qui suivent, je parle de l'édition corrigée de mes écrits dont je m'occupe maintenant,
il ne m'est pas indifférent que les mots mentionnés
ci-dessus *à cet égard* aient été changés; par le compositeur du *Correspondant*, en ceux-ci : *à tous les
égards ;* et je vous prie de communiquer sans retard
à votre honorable public cette rectification. — Recevez, etc.

Les journaux qui n'auraient pas emprunté directement la lettre dont il s'agit à la *Gazette d'Augsbourg*, mais au *Correspondant*, sont priés d'accueillir
cette rectification.

CCLXXVI

A J. CAMPE

Paris, le 6 février 1846.

Mon cher ami,

Je vous ai écrit hier en trop grande hâte. Je voulais, avant le départ de la poste, et au moment même où je venais de la remarquer au cabinet de lecture de Galignani, rectifier cette horrible faute d'impression. Malheureusement, ma lettre se sentira de cette précipitation, et deux Anglais qui étaient assis et coassaient près de moi sont cause sans doute que le commencement de cette réclamation est du plus affreux style, comme je m'en suis aperçu plus tard. Si ce chiffon n'est pas encore imprimé, je vous prie de remplacer le commencement par ces mots :

« *Le Correspondant* du 26 janvier contient une lettre que j'ai écrite à un ami sans aucune impulsion extérieure, par un simple mouvement du cœur, et qui, de la sorte, n'était point primitivement destinée à la presse. En empruntant cette lettre à la *Gazette d'Augsbourg*, où elle avait été insérée dans les annonces (de mon consentement), et en la réimprimant parmi les correspondances de votre journal, vous l'avez malheureusement enrichie d'une faute d'impression très-intéressante. Il est, en effet, question dans cette lettre, etc. »

Si donc il en est encore temps (et dussiez-vous pour cela courir à l'imprimerie), faites imprimer ce commencement corrigé à la place de celui que je vous ai envoyé hier[1]. Vous voyez combien je suis un styliste difficile. Vous vous en apercevrez davantage encore à propos de notre édition complète. Au commencement de mai, je serai à Hambourg. Alors, je surveillerai moi-même l'impression d'*Atta Troll*, dont je ne puis assez vous prier d'excuser les retards; mais je vous dédommagerai un peu par une préface importante. Puisse mon séjour à Hambourg, où j'aurai besoin de la plus sereine tranquillité d'esprit, n'être pas troublé par des ressouvenirs ou même le renouvellement de mes querelles de famille. En annonçant dernièrement à Charles Heine les motifs qui me faisaient aller à Hambourg, le printemps prochain, je l'ai prié, pour l'amour du ciel, de terminer avant ce moment-là le différend qui existe encore entre nous. Mais, malheu-

1. Cette demande de Heine arriva trop tard.

reusement, plus je macère mon orgueil et me montre soumis et suppliant, plus mon pauvre cousin devient hautain, arrogant et blessant; il prend la douceur pour de la faiblesse, et n'a jamais su comprendre que, contre quelqu'un que je n'aurais pas aimé comme lui, j'aurais mis en œuvre sans miséricorde ma force tout entière.

Je ne vous ferai pas de reproche de ce que, comme tant d'autres qui croyaient à la générosité de Charles Heine, vous m'avez poussé à m'humilier ainsi, et à en appeler à la puissance réconciliatrice du temps. Alors, j'ai tenté la voie de la douceur, que mes amis, et mon propre cœur, qui ne pouvait se résoudre à une guerre avec Charles Heine, me conseillaient si humblement; c'est ainsi que j'ai obéi à ma faiblesse, tandis que l'expérience et la froide raison me chuchotaient constamment à l'oreille que, dans ce monde, c'est rarement avec des larmes et des prières, mais avec l'épée, qu'on obtient quelque chose de ces hommes d'argent qui n'ont pas de cœur. Mon épée, c'est ma plume, et cette épée pourrait bien finir par défier les lingots d'argent et les pinces d'avocat, qui sont à la disposition de mon cousin! Cette contradiction con-

stante entre mon âme et ma raison m'a rendu malheureux et poltron pendant une année, et, maintenant
que je m'aperçois pour la première fois qu'aucun
cœur d'homme ne bat dans la poitrine de Charles
Heine, et, après avoir mendié auprès de lui, au lieu
d'affirmer mon droit, tout cela pour ne point être
forcé de tirer l'épée contre l'ami et le frère de ma
jeunesse, maintenant il ne me reste plus qu'à...
Oui, je suis occupé à rédiger un mémoire sanglant,
depuis que l'insolence de Charles Heine a fait dé-
border la coupe. Je ne ferai pas de procès, afin
qu'on voie qu'il ne s'agit plus d'une question d'argent. — Ici, je n'ai rien à craindre des machina-
tions du docteur Halle ; je suis sur mon propre terrain
où je suis *président*, et où je n'ai que faire de la routine et du trantran des villes impériales. Je tiens
ma pension pour perdue, et je la risque volontiers.
Mes médecins (le docteur Roth et le docteur Sichel)
m'ont avoué par amitié, et parce qu'ils savent que
la mort ne m'effraye pas, que je n'avais plus longtemps à vivre ; alors, ma femme ira au couvent, où
elle pourra vivre de la petite pension que vous lui
faites. La question d'argent perd de son importance ;
je suis tranquille parce que j'ai fait tout ce qu'un

homme peut faire par affection, — oui, plus encore, — et le génie accomplira la tâche que lui impose la fatalité. — Vous voyez, cher ami, que je
suis fort à plaindre, et ce n'est pas ma faute si je ne
puis écrire maintenant ni gaies chasses d'ours, ni
contes d'hiver. Adieu, vivez heureux, et rappelez-
moi très-affectueusement à votre femme et à ceux
qui me veulent du bien. — Votre ami.

CCLXXVII

A FERDINAND LASSALLE [1]

Paris, le 19 février 1846.

Mon cher Lassalle,

Si ce n'était pour moi comme un poids sur le
cœur de vous remercier sans délai de tout l'empressement affectueux que vous m'avez montré, je
ne vous écrirais pourtant pas aujourd'hui, car voici

---

1. F. Lassalle était né en 1825 d'une riche famille juive de
Breslau. Ses rares talents, sa vie aventureuse, et sa fin tragi-
que ont fait beaucoup de bruit en Allemagne. Il a laissé de
remarquables écrits sur la philosophie du droit, et des morceaux de critique littéraire d'une grande distinction. Ses idées
sur l'intervention de l'État dans la formation du capital des
banques ouvrières l'engagèrent dans une polémique ardente avec
M. Schulze-Deliksch et son école, dont il se sépara avec éclat.

trois semaines que je suis plus souffrant que jamais. Pendant quinze jours, j'ai dû garder la cham
bre, et maintenant il me faut ménager anxieuse-
ment ma tête malade, de peur qu'une fièvre céré-
brale ne survienne. — Pendant les huit jours qui
ont suivi votre départ, j'avais travaillé avec trop
d'ardeur pour regagner le temps perdu, et c'est
sans doute ce qui aura aggravé ma maladie. Vous
comprenez maintenant pourquoi je ne vous ai pas
envoyé encore la lettre au sujet de M...; dans quel-
jours, vous la recevrez. Aujourd'hui, je me borne à
vous remercier; jamais encore personne n'a tant
fait pour moi. Chez personne non plus je n'ai encore trouvé réunis, dans l'action, tant de passion et
de clarté d'esprit. — Vous avez bien le droit d'être
audacieux. — Nous autres, nous usurpons seulement ce droit divin, ce céleste privilége. — En comparaison avec vous, je ne suis qu'une mouche modeste. Je causais hier encore de cela avec Grün, à
qui j'ai remis une demi-douzaine des plus auda-

Il avait été mêlé de fort près aux incidents romanesques qui
amenèrent le divorce de la comtesse Hatzfeldt, et ses projets
rompus de mariage avec la fille du chargé d'affaires de Bavière
en Suisse, aboutirent à un duel avec un boyard valaque, où il
trouva la mort, près de Genève, le 31 août 1864.

cieuses poésies, pour l'*Almanach des Muses* de Putt-
mann.

Ce que vous me dites de Varnhagen me réjouit ;
c'est l'homme le plus expérimenté du monde, et
qui connaît le mieux les personnes et les choses.
Faites attention à ses paroles, et même à ce qu'il
ne dit pas. — « Sa parole instruit, son silence
forme. » — Où se trouve cela ? — Par exemple, ce
que Varnhagen dit de Sieveking, de Hambourg, est
tout à fait juste, et est pour moi d'une extrême
importance. — Je suis ravi que le ministre ré-
sident de Hambourg et sa femme soient gagnés à
ma cause ; c'est, pour la suite, d'une plus grande
importance que vous ne pensez. — Si Mendelssohn
ne veut pas écrire, cela me va tout à fait, car sa
lettre dans ce moment ne produirait rien, tandis
que plus tard une simple offre d'intervention de
sa part peut être de l'utilité la plus décisive. — Je
n'ai jamais douté de la sympathie de Humboldt ; sa
lettre est franche, et on y sent battre un cœur
chaud. — L'amitié de Dieffenbach est pour moi
une pensée consolante ; je dis à ma maladie :
« Prends garde de me trop molester, car le dieu
de la médecine est mon ami ! » Par bonheur, je

n'ai pas de douleurs caractérisées, seulement des
atteintes de paralysie, des empêchements de vivre
et de jouir. — Mes lèvres sont parfois si paralysées,
que je reste des soirées entières assis près de ma
femme au coin de la cheminée. « Quelle conversation allemande ! » s'écrie-t-elle alors parfois en
soupirant. — Mais que dirai-je du prince Puckler ?
Quel grand seigneur ! Sa lettre n'est pas seulement
le chef-d'œuvre d'un écrivain, c'est un monument
considérable, plus considérable qu'il ne le croit
lui-même, au point de vue des changements qui
ont transformé notre société moderne. — Il va de
soi que cette lettre doit être imprimée ; elle est de
l'intérêt le plus universel, et ceux qui ont des yeux
remarqueront bien que ce n'est pas là proprement
une lettre de Puckler à A. B., dans la cause de C. D.,
mais que c'est l'un des derniers chevaliers de
la vieille aristocratie de naissance, qui donne une
dernière leçon aux parvenus de la nouvelle
aristocratie d'argent, sur le sujet de l'honneur et
au profit du génie offensé. Oui, la leçon est
victorieuse, la générosité chevaleresque se montre
ici sur son plus beau cheval de tournoi et dans
son armure sans tache : le *point d'honneur* et la

III.   5

loyauté; le mercantilisme grossièrement égoïste, j'ai presque dit le bourgeoisisme, éprouve ici la plus pitoyable défaite; et les rires moqueurs ne manqueront pas, surtout du côté des plus modernes adversaires du règne actuel de l'argent; — vous savez de qui je veux parler. Il est vrai que le génie fait ici triste figure ; le romantisme, qu'il a combattu à mort, entre généreusement pour lui dans la lice, puisqu'en définitive, si Puckler est prince dans les provinces idéales de l'esprit, il l'est pourtant aussi dans la Silésie prussienne, et sa manière d'agir est aussi nobiliaire que noble.

A la première occasion, j'écrirai au prince ; en attendant, faites-lui, je vous prie, les remerciments de mon cœur ému. En tout cas, il faut que sa lettre soit publiée. Le mieux serait que Varnhagen écrivît un article de correspondance pour la *Gazette d'Augsbourg*, et y introduisît la lettre avec l'autorisation du prince, qu'il faut demander. — M. de Varnhagen devrait envoyer son article directement au baron Cotta à Stuttgart ; car, à Augsbourg, Kolb est mon plus intime ami, c'est vrai, mais je ne puis pas compter sur ses collè-

gues ; en revanche, on peut être sûr de Cotta là
où il voit les noms de Varnhagen, Puckler et
Heine.

Ici, tout est tranquille, ou plutôt je ne vois et
n'entends rien. Roger a donné un grand *bal paré* et
costumé, mais où je n'ai pu me trouver. Hermance
est toujours alitée. Je n'ai pas encore fait visite à
Madonna; à Eugénie, une seule fois. — Faiblesse,
ton nom est...! — Relations très-tendues avec
Rothschild, ce qui est précisément la circonstance
la plus favorable pour mon projet. — J'ai écrit
mon ballet[1], qui m'a excellemment réussi, mais je
ne sais encore s'il n'arrivera pas trop tard. — Je
me suis remis à jouer à la Bourse. J'ai toujours
besoin de l'homœopathie. — Mais la grande nouvelle, que vous savez sans doute depuis longtemps,
c'est que Calmonius arrive ici dans huit jours avec
votre sœur! Hier, j'ai reçu une lettre de lui. Il
paraît que le projet du zinc, dont j'ai donné la
première idée, lui trotte dans la tête. Je me réjouis
fort de le voir, lui et votre sœur. — Je suis curieux
de savoir si ses lèvres sont aussi finement passion-

---

[1] *Faust.*

nées. Je vous aime beaucoup ; c'est impossible
autrement, vous tourmentez les gens jusqu'à ce
qu'ils vous aiment.

11 février 1846.

Au moment où, hier au soir, je venais de vous
écrire, mon cher Lassale, j'ai reçu votre lettre en
date du 8 de ce mois. Je l'ai lue avec le plus grand
plaisir ; mais, malheureusement, vous avez oublié
de me donner votre adresse, et j'hésite à vous dire
sans détour, par l'intermédiaire d'un tiers, ma
pensée sur l'objet le plus important dont vous
m'entretenez. Je vous annonce, néanmoins, que
tout ce que vous désirez se fera. Relativement à
Mendelssohn (je ne comprends pas comment vous
pouvez attacher du prix à cette affaire insignifiante),
relativement à Félix Mendelssohn, je me rends volontiers à votre désir, et pas un mot méchant contre
lui ne sera plus imprimé. — Je lui en veux à cause
de son *Christelus* ; je ne puis pardonner à cet
homme, indépendant par sa fortune, de servir les
piétistes par son immense talent. — Plus je suis
pénétré de la valeur de ce talent, plus je m'irrite
du triste usage qu'il en fait. Si j'avais le bonheur

d'être un petit-fils de Mosès Mendelssohn, je ne voudrais assurément pas... Entre nous, le véritable motif pour lequel j'ai parfois picoté Mendelssohn est qu'il a ici quelques enthousiastes endiablés que je voulais vexer, — par exemple, votre compatriote Franck, et aussi Heller, — et qui ont été assez peu nobles pour attribuer ces attaques à l'envie de faire ainsi ma cour à Meyerbeer.

Je vous écris tout cela à bonne intention et avec détail, afin que plus tard vous puissiez mieux connaître que la foule (qui ne les apprendra que défigurés) les véritables motifs de ma brouille avec M. *** Jusque-là, tout reste entre nous. Je vous écrirai longuement aussitôt que j'aurai votre adresse. Je suis toujours très-souffrant : je n'y vois presque pas, et mes lèvres sont si paralysées, que le baiser me devient impossible, et pourtant il est moins facile de se passer du baiser que de la parole, dont je me priverais volontiers. — Je me réjouis beaucoup de l'arrivée de votre beau-frère et de votre sœur. Ici tout est coi : bals masqués et opéras; on ne parle depuis huit jours que des *Mousquetaires* d'Halévy, dont ma femme raffole. Cette dernière se trouve bien, et querelle aussi peu cette

année qu'on peut l'exiger d'une femme vertueuse.
— Adieu ; soyez persuadé que je vous aime inexpri-
mablement. Combien je suis heureux de ne m'être
pas trompé à votre égard ; mais aussi je ne me suis
jamais autant fié à personne, — moi qui suis si
méfiant par expérience, non de nature. Depuis que
j'ai reçu des lettres de vous, le courage m'est revenu et je me trouve mieux. — Votre ami.

CCLXXVIII

AU MÊME

Paris (je ne sais pas au juste quand), 1846.

Mon très-cher frère d'armes,

Je vous écris aujourd'hui bien que ma tête soit
dans un état affreux, et que chaque lettre me coûte
un lambeau de ma vie. Je ne parle pas de mes
yeux ; les lèvres, la langue, etc., sont bien plus
gravement atteintes, et le cerveau me semble de-
meurer neutre. Le froid et le tumulte de Paris sont
des plus fâcheux pour moi, et toutes mes espérances se tournent vers le Midi, que les médecins
me conseillent aussi. Je renonce donc volontiers au
projet de Berlin, et, du moment que l'affaire de

Charles Heine sera réglée, je n'irai pas du tout à
Hambourg, mais immédiatement en Italie pour ne
m'occuper d'autre chose que de rétablir ma santé...
Ceci entre nous. — Je suis misérable et malheureux comme je ne l'ai jamais été, et, si je ne lais-
sais pas une femme sans ressource, je prendrais
tranquillement mon chapeau et je dirais adieu
au monde. — Depuis un mois, il ne m'est arrivé que des choses agréables, mes finances se relè-
vent, ma femme est plus aimable que jamais, ma
vanité est flattée, je supporterais même avec rési-
gnation ma maladie dans sa phase actuelle; mais
les affaires — que j'avais suivies jusqu'alors tranquillement — ont commencé à produire dans mon
âme un tel tumulte, que je crains vraiment parfois
de devenir fou. Mais, si quelque chose m'a rendu réellement fou, c'est la lettre que j'ai reçue hier au soir
(avant de me mettre au lit) de Varnhagen, et c'est
pour cela que je vous écris tout de suite, malgré
mes douleurs de tête. Pensez donc que Varnhagen,
cet homme du monde si expérimenté, est encore
assez superstitieux pour me chanter l'*Eyapopeya* [1]

1. Chant de berceau avec lequel on endort les enfants en
Allemagne.

avec lequel il y a un an on m'a conduit à ma perte.
— Il faut que j'écrive de nouveau d'humbles et
douloureuses lettres à Charles Heine. — Mais c'est
ce que je fais depuis le mois de mai passé, et, après
chacune de ces lamentations, il se rengorge plus
orgueilleusement. — Mon premier plan, lorsque
le malheur m'arriva, était de lui imposer par une
attitude décidée, et d'accomplir tout de suite mes
menaces. Mais ce plan fut traversé par mes amis,
qui avaient une autre idée, et voulaient des moyens
émollients ; et, comme ils firent l'inverse de ce qui
avait été décidé, tout échoua grâce à l'inconsé-
quence. — Ainsi, par exemple, *** devait — etc.,
au lieu de cela, il eut recours aux prières, à la
sentimentalité, et tout fut perdu, et il me fallut
moi-même descendre de mon grand cheval de bataille, et me mettre sur une rosse larmoyante ! —
En m'humiliant ainsi, j'ai rendu à ces gens le courage qui déjà leur manquait, et qui, aujourd'hui,
troussera bagage aussitôt qu'ils verront quelque
chose de sérieux, une manifestation publique, et
sentiront véritablement qu'on est résolu à quelque
chose. Dites cela à Varnhagen, dites-lui : Les cœurs
des pharaons d'argent sont si endurcis, que la

simple menace des calamités ne suffit pas, quoiqu'ils sachent combien est grande la puissance de celui qui a déjà accompli, sous leurs propres yeux, tant de tours magiques ; non, ces hommes doivent sentir les plaies avant qu'ils y croient et renoncent à leur opiniâtreté ; il faut qu'ils voient du sang, et aussi des grenouilles, de la vermine, des animaux féroces, de la canaille, etc., et ce n'est qu'au dixième article, quand on tuera leurs premiers-nés chéris, qu'ils céderont par crainte d'un mal plus grand encore, c'est-à-dire leur propre mort. — Vraiment, si Moïse s'y était pris par la bonté, par des demi-menaces et de raisonnables discours, les enfants d'Israël seraient encore en Égypte. Dites à Varnhagen que tout ce qu'il conseille a été déjà tenté, et que mon piteux état d'aujourd'hui est précisément le résultat de ces tentatives. C'est vous, cher Lasalle, qui avez le mieux compris l'affaire.

Si M. de Varnhagen n'est pas disposé à entrer dans cette idée, ne lui demandez plus en aucune façon d'écrire l'article qui devait introduire la lettre de Puckler, et écrivez-le vous-même, mon cher ami : si, dans ce cas, il était trop juvénile et trop

5.

incisif pour la *Gazette d'Augsbourg,* tâchez de le faire imprimer ailleurs. — En aucun cas, ne vous laissez détourner, par l'opinion opposée de Varnhagen, de l'énergique unité de votre manière d'agir, pour prendre une voie intermédiaire qui, déjà une fois, a été désastreuse pour moi. — Si, par contre, M. de Varnhagen veut écrire l'article dans le sens ci-dessus, il sera certainement bon que les choses et les menaces les plus dures soient écrites précisément dans ce style plein de mansuétude et merveilleusement adoucissant, dont Varnhagen seul est capable, et par lequel il est devenu une puissance sans égale. — Varnhagen est notre grand styliste; ces jours-ci encore. j'en ai parlé pendant des heures avec mon ami Seuffert, qui a écrit, à ce point de vue, un article sur Varnhagen pour *l'Époque.* (Si cet article, comme Seuffert me l'a dit hier, paraît dans le numéro d'aujourd'hui de ce journal, je vous l'enverrai, et vous le communiquerez, s'il vous plaît, à Varnhagen.) — Oui, le style de Varnhagen est vraiment une main d'acier gantée de velours, et il donnera à mon cousin une poignée de main que celui-ci n'oubliera plus.

Si Varnhagen écrit l'article, il sera peut-être disposé à le signer, comme il l'a fait d'autres fois dans la *Gazette d'Augsbourg*. Cela serait d'une grande importance, et, par égard pour ma terrible position, peut-être que cet ami, d'ailleurs tellement circonspect, s'y résoudra. Mais c'est aussi à mon cœur, *à mon cœur offensé*, comme dirait Rahel, que cela ferait du bien, de voir un homme de la distinction de Varnhagen descendre ainsi sans peur de sa hauteur, pour me venir publiquement en aide. X... l'a fait, et s'est acquis mon éternelle reconnaissance, et ces gens vulgaires auront été fort humiliés par son action. Je ne puis lui écrire tout de suite, car, encore une fois, chaque lettre me coûte une part de ma santé, — mais faites-le-lui savoir. Sûrement il sera arrivé de Hambourg de très-indignes réponses. Je voudrais les voir, bien que je les devine.

Et maintenant, adieu, mon très-cher ami.

CCLXXIX

AU MÊME

Paris, le 27 février 1816.

Mon cher ami,

J'espère que vous avez reçu les trois lettres que

je vous ai écrites sous votre propre adresse, et que
trois autres lettres complémentaires, adressées par
moi à Varnhagen, vous auront été communiquées.
— Entre temps, j'ai reçu aussi votre seconde lettre, à laquelle il y avait peu de chose à répondre.
Je croyais tout en bon train, quand je reçois une
lettre de Varnhagen où je vois qu'il a renversé tous
mes plans. Il semble ne pas du tout comprendre ce
dont il s'agit, et je vois bien qu'avec son modéran-
tisme il ne peut agir de concert avec vous. Donc,
il n'écrira pas, pour la *Gazette d'Augsbourg*, l'article où la lettre de Puckler devait être intercalée ;
il me fait remarquer même que la publication de
cette lettre aurait été une inconvenance envers le
prince, et que celui-ci ne la permettrait pas. Cette
remarque, pour des motifs faciles à comprendre,
me fait renoncer à cette lettre.

Mon état physique est horrible. J'embrasse, mais
je ne sens rien, tellement mes lèvres sont paralysées.

Le palais aussi et une partie de la langue sont
affectés, et tout ce que je mange me semble ter-
reux. J'ai pris ces jours-ci des bains impériaux
russes, selon la stricte observance. Ce n'est pas le
courage qui me manque.

Je suis beaucoup avec madame votre sœur, et pendant des heures nous jasons de vous. Elle a extraordinairement d'esprit, et la plus précieuse ressemblance avec vous. Elle s'entend fort bien avec ma femme. Je veux, dans quelques jours, lui donner chez moi un grand dîner où j'inviterai Roger, Balzac, Gautier, Gozlan, etc., Si seulement je pouvais vous y voir ! Je voudrais aussi vous avoir près de moi pour une huitaine (pas davantage). D'abord, après votre départ, en deux matinées, j'ai écrit mon ballet (le *Faust*), qui peut-être sera encore donné cette année à Londres. Je me suis de nouveau mêlé d'affaires de Bourse, mais très-malheureusement. Il faut que je fasse cela ; autrement, mes chagrins de famille deviendraient une idée fixe, qui pourrait me rendre fou. En dépit du misérable état de mon corps, je cherche à me distraire, mais non près des femmes, qui m'achèveraient peut-être ; c'est pourquoi je n'ai pas eu encore le courage de visiter Madonna ; — elle pourrait, par distraction, se méprendre sur la personne. — Adieu, j'ai soif de savoir comment vous allez. Connaissant votre caractère, je ne puis réprimer à votre sujet les inquiétudes les plus dignes d'un phi-

listin. — Je bavarde affaires avec votre beau-frère,
les siennes vont bien, c'est vraiment un génie.

Votre ami.

CCLXXX

A. J. CAMPE

Tarbes, le 1er septembre 1846.

Cher Campe,

J'ai longtemps tardé à vous écrire, espérant que
cela irait mieux, et que j'aurais de meilleures choses à vous annoncer qu'aujourd'hui; par malheur, mon état, qui, depuis la fin de mai, avait sérieusement empiré, a pris dans ce moment une
forme si grave, que je m'en effraye moi-même. Pendant les premières semaines que j'ai passées à Barèges, je m'étais un peu remis, et j'avais repris
quelque espoir; mais, depuis lors, cela est allé à pas
de tortue; les instruments de la parole sont si pa-
ralysés, que je ne puis parler, et voilà quatre mois
que je ne mange pas, à cause de la difficulté de di-
gestion et de déglutition, et l'absence de goût. Aussi
je suis affreusement maigri, mon pauvre ventre a
piteusement disparu, et j'ai l'air d'un Annibal bor-

gne et décharné. De tristes symptômes (des fai-
blesses continuelles) m'ont décidé à repartir précipitamment pour Paris, et hier j'ai quitté Barèges. Je
ne suis nullement inquiet, mais prêt à tout, et,
comme je l'ai fait jusqu'ici, je supporte patiemment
ce qui ne se peut changer, ce qui est le vieux destin
de l'humanité.

Je suis porté à croire que je suis condamné sans
retour, mais que peut-être je me soutiendrai quelque temps encore, un an ou deux au plus, dans
une lamentable agonie. Cela ne me regarde pas,
c'est l'affaire des dieux éternels, qui n'ont rien à
me reprocher, et dont j'ai toujours défendu la cause
ici-bas avec courage et amour. Le doux sentiment
d'avoir mené une belle vie remplit mon âme, même
dans ce temps de misère, et m'accompagnera, j'espère, dans les dernières heures jusqu'au blanc
abîme. — Entre nous, celui-ci est ce qu'il y a de
moins effrayant ; mourir est quelque chose qui fait
frissonner, mais non pas la mort, si toutefois il y a
une mort. La mort est peut-être la dernière superstition.

Que dois-je dire du hasard qui, précisément dans
ce temps, a répandu en Allemagne la fausse nou-

velle de ma mort? Cette nouvelle ne m'a pas fort
réjoui. En d'autres temps, j'en aurais ri. Par bonheur, j'avais presque au même moment un article
dans la *Gazette d'Augsbourg*, qui aura certainement
troublé la joie de mes ennemis, si toutefois ce n'é-
tait pas eux-mêmes qui avaient forgé cette nouvelle.

Aussitôt arrivé à Paris, je vous écrirai au sujet
de mon édition complète, que je ne voudrais pas
voir ajournée plus longtemps. Puisque les bateaux
à vapeur circulent encore, faites-moi le plaisir de
m'envoyer tous mes ouvrages (les exemplaires que
j'avais sont tous éparpillés), et je me mettrai tout
de suite à la révision et à l'arrangement de l'édition
définitive. Si je ne vous ai pas encore envoyé *Atta
Troll,* ce n'est vraiment pas ma faute; ces affaires
de famille m'avaient ôté toute bonne humeur, et la
maladie croissante m'a empêché d'équiper de toutes
pièces le poëme, comme je le voudrais ; mais maintenant je veux en finir, coûte que coûte, et je m'en
occuperai aussitôt après mon arrivée. Mon esprit
est clair, dispos même et prêt à créer, mais non pas
avec la bienheureuse sérénité de mes jours de bonheur. Que Dieu pardonne à ma famille le péché

qu'elle a commis envers moi! Vraiment, ce n'est pas l'affaire d'argent, c'est l'irritation morale en voyant mon plus intime ami de jeunesse, et mon proche parent, ne pas faire honneur à la parole de son père, qui m'a brisé les fibres du cœur, et je meurs de cette rupture. — A ce que j'apprends, la fausse nouvelle de ma mort a fort effrayé mon cousin ; il avait vraiment des motifs de s'effrayer.

Dans les circonstances actuelles, il aurait sans doute été superflu de vous dire que je dois renoncer au plaisir d'être le parrain de votre petit garçon. Je serais allé très-volontiers cette année à Hambourg, pour y voir encore une fois ma vieille mère, et me consoler dans mon malheur par l'intérêt de mes compatriotes. Mais impossible. — Mes finances sont misérables ; cette maladie et le voyage de Barèges m'ont complétement mis à sec, et je ne sais vraiment pas comment trouver cet hiver de quoi suffire à des dépenses toujours croissantes ; même en disposant sur vous, en arrivant à Paris, à l'ordre d'A. Léo, de deux cents marks que vous me devez cette année, je ne serai guère avancé ! A eux seuls, mes médecins m'ont plus coûté dans un mois ! Mais silence là-dessus, je touche ici à un chapitre cruellement et entièrement rabâché dans la vie de tout poëte allemand.

Adieu, soyez heureux, et bien persuadé que mes sentiments pour vous ont toujours été bons et honorables, et que je n'ai jamais cessé d'apprécier votre amicale sympathie.

J'ai changé de logement à Paris, et je demeure maintenant *Faubourg Poissonnière*, 41.

Votre bien dévoué.

CCLXXXI

A HENRI LAUBE

Paris, le 19 octobre 1846.

Cher Laube,

Je ne puis encore répondre comme je le devrais à votre très-amicale lettre du 10, parce que je suis toujours extraordinairement souffrant; mais, pour peu que j'aille mieux ces jours-ci, je comblerai cette lacune. Aujourd'hui, je me borne à vous remercier de votre lettre, et à vous exprimer le plaisir que m'en a fait le point essentiel. Je suis ravi de votre projet de venir ici. Exécutez-le seulement bientôt. Mais il faut un peu vous hâter; car, bien que ma

maladie progresse lentement, je ne puis pourtant
répondre de rien quant au *salto mortale*, et vous
pourriez arriver trop tard pour causer avec moi sur
l'immortalité, la société littéraire, la patrie et
Campe, et autres questions capitales de l'humanité :
vous risqueriez de trouver en moi un homme des
plus silencieux. En tout cas, je demeure pour le
moment assez au large au *Faubourg Poissonnière,* 41 ;
si vous ne me trouvez pas à cette adresse, cherchez-
moi, je vous prie, au *cimetière Montmartre*, non pas
au *Père-Lachaise*, où il y a trop de bruit pour moi.
— Ma femme aussi se réjouit de voir ici cet hiver
M. et madame Laube, car nous présumons que cette
dernière vient avec vous.

Envoyez-moi donc mon nécrologe ; il est rare que
le plaisir de lire son propre nécrologe soit réservé
à un mortel. La fausse nouvelle de ma mort m'a
pourtant mis de très-mauvaise humeur, et je regrette que mes amis en aient été aussi affectés ;
heureusement, la rectification par laquelle j'annonçais que je n'étais pas mort, ne s'est pas fait
attendre. Vous vous étonnez que tant de fausses
nouvelles circulent sur mon compte, et vous dites
que je deviens complétement mythique. Il me se-

rait facile de vous donner la clef de ces mythes, et de vous indiquer la source d'où dérivent tous ces renseignements sur ma vie privée, plus ou moins absurdes, mais toujours mal intentionnés. Le sieur S... a avoué qu'il avait dépensé plus de quatre mille francs en frais de journaux et de journalistes, pour répandre dans le public ses grossières diffamations, raffinées encore par des *Spiegelbergs* [1] qui me sont bien connus. Je n'ai jamais voulu réclamer, pour ne pas donner, à ces gens-là, matière à discussion.

CCLXXXII

A J. CAMPE

Paris, le 12 novembre 1846.

Cher Campe,

Je vous ai laissé jusqu'à aujourd'hui sans réponse à vos deux dernières lettres, parce que j'éprouve à écrire une fatigue indicible, non pas tant encore à cause du seul œil affaibli qui me reste, que de la poitrine dont l'oppression ne me quitte ni jour ni nuit ; si bien que, par suite de ce hoquet

---

1. Spiegelberg, — nom d'un personnage abject du drame des *Brigands* de Schiller.

continuel, déjà dans ce moment où je me penche
sur mon bureau, l'eau me sort de la bouche et le
souffle me manque. Aussi je serai bref aujourd'hui,
et vous épargnerai tout reproche pour votre avant-
dernière lettre. Que vous n'ayez pas cru à ma maladie, je me l'explique par ceci, que, ayant sûrement pris chez ma mère vos informations, elles ne
pouvaient rien avoir d'inquiétant, puisque je lui
annonce toujours l'inverse de mon état.

Quant à *Atta Troll*, bien que vous fussiez en droit
de l'attendre, je vous dirai que j'ai cherché à remplir mes engagements aussi vite que possible, et
que je me suis hâté de préparer le poëme pour
l'impression ; mais tout est allé moins vite que je
ne pensais, j'ai dû changer beaucoup de choses,
composer de nouveaux morceaux, et, dans ce moment, mon copiste est à l'œuvre, de sorte qu'après
une révision nouvelle, c'est-à-dire dans une huitaine
de jours, je pourrai vous envoyer le poëme pour que
vous le mettiez immédiatement sous presse, et,
comme l'impression peut bien durer une quinzaine,
je vous enverrai la préface, qui est tout à fait indispensable, quinze jours après le manuscrit, c'est-à-
dire dans trois semaines.

Que vous ayez fait imprimer quelque chose de
ma dernière lettre, c'est assurément un tort, mais
je suis persuadé que vous aviez une intention
amicale. La nouvelle *prématurée* de ma mort m'a
valu beaucoup d'intérêt, — une foule de lettres
nobles et touchantes. Charles Heine, lui aussi, m'a
écrit la lettre la plus amicale. La petite misère, la
mesquine difficulté d'argent est arrangée, et cela
a vraiment fait du bien à mon âme blessée. Mais
la confiance en ma famille a disparu, et Charles
Heine, quelque riche qu'il soit, et quelques marques d'attachement qu'il me donne aujourd'hui, est
pourtant le dernier à qui je m'adresserais dans un
embarras quelconque de ma vie. J'ai insisté obstinément pour qu'il me payât jusqu'au dernier schelling, parce que je m'y croyais autorisé par la parole de son père; mais vraiment je n'accepterais
pas de lui un schelling de plus. Nous avons fait l'un
et l'autre de grandes folies, mais je les paye bien
plus cher par le reste de ma santé. Celle-ci va fort
mal, et il est possible que ma mort vous fasse une
excellente réclame pour l'édition complète; vous
verrez alors combien je serai plus populaire, bien
que, comme je l'apprends par des lettres insensées

de libraires (je vous en écrirai prochainement), ma
popularité doive être déjà fort grande. L'un d'eux
m'offre, pour une esquisse populaire de ma vie, la
somme la plus incroyable. J'ai trouvé fort plaisant
qu'une proposition semblable de Stuttgart me soit
venue par l'intermédiaire du misérable banquier
K..., qui me déteste de toute son âme.—Soyez tranquille, je n'écrirai rien. Je veux du repos, et c'est
de ma gloire que je me préoccupe le moins.

Votre ami.

CCLXXXIII

AU DOCTEUR ARNOLD MENDELSSOHN

Monsieur,

Vous vous exagérez mon crédit à Augsbourg, et
vous vous trompez en croyant que je suis en relations
suivies avec la *Gazette universelle* [1]. Maintenant je
n'y écris que fort peu. Toutefois, si vous le désirez
beaucoup, j'écrirai ces jours-ci à Augsbourg, et je
ferai connaître à la rédaction du journal combien
est injuste l'attaque dont vous avez été l'objet, et
comme elle est peu d'accord avec votre caractère

1. La *Gazette d'Augsbourg*.

personnel et vos mérites scientifiques. Vous pouvez, sous ce rapport, disposer complétement de moi. Je vous avoue pourtant que je n'attache moi-même aucune importance aux articles de journaux, même les plus indignes; cela pousse, se fane et tombe, sans laisser autrement de traces, comme la race humaine elle-même. Ne m'accusez pas de n'avoir que de froides paroles pour les chagrins d'autrui. Si vous éprouviez seulement trois jours durant mon état actuel, vous n'attacheriez plus qu'un intérêt secondaire à la très-pénible injure que vous avez reçue. Mais, si vous avez tout à fait envie de réclamer, faites-le. Cela vous procurera peut-être un allégement moral, mais en réalité cela ne sert de rien. Je ne doute pas que la *Gazette d'Augsbourg*, après que vous y avez été attaqué si violemment et si perfidement, ne s'empresse, avec sa loyauté ordinaire, d'accueillir votre réclamation,—pourvu, cela va sans dire, qu'elle soit formulée avec tact.

Je ne sors maintenant presque plus, parce que ma maladie s'aggrave, et j'ai donné l'ordre que vous fussiez en tout temps reçu chez moi. —Je vous envoie un cordial bonjour.

Paris, le 12 décembre 1846,

CCLXXXIV

A J. CAMPE

Cher Campe,

Voici la préface d'*Atta Troll*. Surveillez l'impression avec le plus grand soin. N'oubliez pas de faire remarquer au compositeur que le nom de Varnhagen doit être imprimé en grandes lettres, en tête du dernier chapitre du poëme, puisque c'est là ce qui indique la dédicace. — Cette maudite préface m'a plus coûté de peine que dix feuillos d'impression.

Je suis un peu mieux depuis huit jours, et, comme je me mets en garde contre toute mauvaise influence du dedans et du dehors, j'espère mieux supporter l'hiver que je ne pouvais d'abord m'y attendre. Je travaille déjà aussi avec plus de facilité. Je ne sors presque pas ; malheureusement, mon dernier œil est encore plus trouble depuis que je suis continuellement assis au coin de la cheminée. Si seulement je pouvais lire!

Je vous souhaite un gai Noël, à vous et aux vôtres.

Faites-moi donc savoir si le *Troll* a été mis sous presse, et envoyez-moi sans retard les premières épreuves. — Salut amical.

Paris, le 19 décembre 1846.

CCLXXXV

AU MÊME

Paris, le 26 décembre 1846.

Très-cher Campe,

J'ai oublié, dans ma dernière lettre, de vous donner, *in optima forma*, le titre de mon petit livre. Par précaution, je le fais aujourd'hui. Le voici :

ATTA TROLL

RÊVE DUNE NUIT D'ÉTÉ

PAR

HENRI HEINE

Je saisis cette occasion pour vous souhaiter, en 1847, tout le bonheur possible. — N'oubliez pas, aussitôt que vous serez sorti du tourbillon d'affaires d'une fin d'année, de m'annoncer tout de suite quand mon petit livre sortira de presse, à cause des mesures que j'aurai à prendre dans ce moment-là.

Ma santé est encore bien misérable, et je commence à en devenir tout à fait malheureux.

En Allemagne, l'hypocrisie du sérieux semble de nouveau sévir, et mon ours arrive au bon moment pour porter coup, mais aussi pour en recevoir.

CCLXXXVI

A BENJAMIN LUMLEY[1], A LONDRES

Paris, le 27 février 1847.

Mon digne ami,

Ci-joint le manuscrit que j'avais promis de vous livrer à la fin de ce mois. Je vous assure que je ne ferai jamais plus une promesse de ce genre. Vous n'avez pas idée du mal que je me suis fait, dans ma situation présente, pour remplir dignement ma tâche. Procurez-vous, aussi vite que possible, la

1. Directeur de *Her Majesty's Theatre*. — Il a publié, dans son livre intitulé *Reminiscences of the Opera* (London, 1864), sa correspondance avec Heine.

traduction anglaise, et lisez-la tranquillement dans une heure de loisir. Une semblable lecture vous fera mieux comprendre le libretto de mon ballet, dans lequel, par exemple, le *Sabbat des sorcières* est à peine esquissé, tandis que ma lettre en donne une description aussi complète qu'authentique. Vous jugerez vous-même si vous devez faire danser le prince des ténèbres avec sa domina. Pendant que j'étais occupé de mes recherches, j'ai découvert, relativement à cette danse fantastique, certaines choses étranges dont je vous parlerai plus au long si je vis.

Le petit nombre de remarques que j'ai ajoutées à ma longue lettre sont des citations que vous pourrez supprimer, si bon vous semble, dans la brochure à laquelle je pense donner le titre suivant :

LA LÉGENDE

DU DOCTEUR JEAN FAUST

BALLET-PANTOMIME

Avec une lettre explicative au directeur de Her Majesty's Theatre

PAR

HENRI HEINE

Si le contenu des remarques ne vous agrée pas.

l'éditeur devra faire remarquer en passant qu'elles ont été laissées de côté. Envoyez-moi, je vous prie, un exemplaire de la traduction anglaise du livre et de la lettre, pour que je puisse les corriger avant l'impression. Ma brochure serait fort intéressante pour ceux qui ne connaissent que le *Faust* de Gœthe. Aussi je compte la publier plus tard en allemand, toutefois sous une forme plus étendue, et avec quelques éclaircissements érudits, pour ne pas m'exposer aux critiques de nos savantissimes faustologues. Gardez secret jusqu'au dernier moment le titre de mon ballet, et nommez-le, en cas de nécessité, *Astaroth*. J'ai démontré, dans ma lettre, que ce nom, aussi bien que celui de Méphistophélès, appartenait au démon évoqué par Faust; aussi, dans vos annonces, vous pouvez l'employer à bon droit, comme titre provisoire. Vous apprendrez avec plaisir quelle peine je me suis donnée pour faire comprendre aux gens que vous leur donnez le Faust réel de la légende.

Votre dévoué.

O.

CCLXXXVII

A HENRI LAUBE

Samedi, le 3 avril 1847.

Très-cher Laube,

Tout à l'heure Mignet vient de me faire dire que Thiers t'invite pour demain à dîner, et que tu dois te trouver à six heures et demie précises, chez lui (Mignet), afin qu'il puisse aller avec toi chez Thiers pour y dîner. Craignant que tu ne sortes demain de trop bonne heure, j'ai voulu t'envoyer ce message ce soir. Je te prie, attends-moi demain jusqu'à onze heures chez toi ; je viendrai sans faute.

Je suis resté jusque vers deux heures à la maison, puis j'ai conduit ma femme au concert de David, et suis revenu tout de suite, espérant te voir, ce qui malheureusement n'a pas eu lieu. Ce matin, bien que dans le plus pitoyable état, j'ai fini par accoucher de la *Préface* de Weill [1].

Affreuses nuits de hoquets ; si je n'avais femme

---

1. La préface des *Nouvelles villageoises* d'A. Weill.

et perroquet, — Dieu me pardonne ce péché! — je mettrais, comme un Romain, fin à ma misère.

Ton ami.

CCLXXXVIII

AU MÊME

Cher Laube,

Mon état est toujours le même, — ma tête aussi faible que si j'étais l'auteur d'une nouvelle villageoise d'Auerbach, — mon estomac aussi dégoûtamment sentimental, et aussi languissamment religieux et moral qu'une desdites nouvelles.

Malgré tout cela, j'irai chez toi à onze heures.

Ton ami malade.

Lundi, huit heures.

CCLXXXIX

A BENJAMIN LUMLEY

Paris, le 7 avril 1847.

Excellent ami,

Je ne doute pas que vous ne soyez dans les affaires jusqu'aux oreilles, et que toutes vos pensées ne

soient tournées vers les tribulations de chaque jour.
Néanmoins, je vous prie instamment de me donner
quelques minutes, et de les employer d'abord à
m'envoyer un peu d'argent, puis à m'indiquer le
moment où mon ballet pourra être représenté.
Avant tout, n'oubliez pas l'argent. J'ai compté sur
vous pour le présent mois d'avril, et je me tiens
pour assuré que l'Angleterre, quelque énormes que
doivent être ses dépenses dans ces conjonctures bel-
liqueuses, est encore assez riche pour envoyer
quelques subsides à ses pauvres alliés, qui sont
très-braves mais très-gueux. En tout cas, écrivez-
moi tout de suite. Mes malheureuses affaires
industrielles m'ont plongé dans une détresse d'argent aussi fâcheuse que celle de Sa Majesté le roi
de Prusse.

Supposant que vous ferez représenter mon ballet
dans le courant du mois, j'ai pris des mesures pour
assurer en France mes droits d'auteur. J'ai fait
tirer secrètement, par un imprimeur discret, quelques douzaines d'exemplaires, et, en les déposant
conformément à la loi, aux archives du ministère
de l'intérieur, je me suis mis à l'abri des pirates...

Mille vœux affectueux de votre dévoué.

CCXC

AU MÊME

Paris, le 3 mai 1847.

Mon digne ami,

J'ai reçu votre lettre du 27 courant. On ne saurait être plus aimable que vous. Je vous remercie de l'avance de six mille francs, dont j'ai confirmé la réception à MM. Laffitte et Cº. Je vous avoue que cet argent m'arrive fort à propos : aussi, je vous en suis doublement reconnaissant. Je me réjouis de tout mon cœur d'apprendre quelque chose de la représentation de mon ballet, — le succès me semble infaillible. Tout ce que j'ai produit jusqu'ici a été favorablement accueilli du public; et, quant à vous, le bonheur vous accompagne, à en juger par les grands triomphes dont je vous félicite. Vous verrez que mon ballet fera fureur bien au delà de notre attente, et prendra même place dans les *Annales du théâtre*. Par le fait, votre générosité me serait fort à charge, si je doutais un instant du succès.

Quant à l'impression secrète du livre, dont je

vous ai parlé, je serais profondément blessé si je
pouvais croire que vos droits auront à en souffrir;
mais je n'ai rien de semblable à craindre. Mon
secret est en sûreté dans les mains d'un homme
qui, par nature, est excessivement discret : Buloz,
le directeur de la *Revue des Deux Mondes*, qui possède une presse sous le nom de son premier
commis. Ce dernier est indiqué comme mon éditeur, et tous les exemplaires sont dans mes mains,
à l'exception de ceux que j'ai déposés au ministère
de l'intérieur, et qui sont ensevelis dans les catacombes des imprimés, de la rue de Grenelle.
D'ailleurs, on ne peut s'apercevoir, d'après le titre,
que c'est un ballet. Tous les exemplaires, je le répète, sont en mes mains, et je vous les enverrai à
Londres par les messageries. Aujourd'hui même,
je vous en adresserai un, avec la lettre que je vous
écris malgré l'état affreux de mes yeux. Buloz,
d'ailleurs, est personnellement intéressé à me garder
le secret. Je lui ai communiqué mon intention de
publier mon libretto dans la *Revue des Deux
Mondes*, avec la lettre à M. Lumley, qui l'accompagne, aussitôt que le ballet aura été représenté à
Londres; et c'est lui-même qui m'a conseillé de

sacrifier quelques francs pour le faire imprimer secrètement à l'avance, afin d'avoir une garantie légale contre les pirates dramatiques qui pourraient s'emparer de mon œuvre, quand elle paraîtra dans la *Revue*, insuffisamment protégée à l'endroit de la contre façon. Vous voyez, mon ami, que j'ai agi pour le mieux, en toute bonne foi. Dites-moi donc si vous avez quelque chose à objecter à la publication de mon ballet dans la *Revue des Deux Mondes*, immédiatement après la première représentation à Londres, — car je ne veux rien faire sans votre autorisation. Envoyez-moi, en tout cas, une pièce que je n'aurai qu'à signer pour vous assurer, autant que cela est possible, le droit de publication. Je ne suis point au courant des lois anglaises sur la matière, mais il me semble qu'il y a un moyen très-simple d'écarter tout ce qui pourrait vous être préjudiciable. Vous n'auriez qu'à faire imprimer quelques exemplaires en anglais, et les garder sous clef jusqu'au jour de la première représentation. D'ailleurs, vous qui êtes l'habileté même, vous saurez bien trouver un moyen de salut. En même temps que les exemplaires du ballet, je vous enverrai un long poëme fantastique, que j'ai fait insérer dans la *Revue des Deux Mondes*, et qui a eu le plus vif succès.' Vous y trouverez une description de la chasse nocturne, et de la Diane chasseresse qui paraît comme un fantôme. En publiant mon ballet, ici, dans la *Revue des Deux Mondes*, je montrerai que j'y attache une valeur toute particulière, et l'importance littéraire de la *Revue* nous sera ainsi fort utile. Je pense qu'il serait bon de reproduire en même temps, dans la *Gazette d'Augsbourg*, la version allemande du livre, avec quelques passages de la préface. Cela vous épargnerait une annonce. Disposez de moi pour cela. — Expliquez à l'occasion à votre maître de ballet ce que j'ai écrit dans ma lettre au sujet du *Sabbat des sorcières*, et demandez-lui s'il n'est pas possible (après le départ de Faust) de faire danser à la duchesse un *pas de deux*, effroyablement grotesque, avec le bouc infernal. La duchesse deviendrait ainsi la *domina* de la fête, décrite dans ma lettre ; mais je ne crois pas que, dans un théâtre aussi fashionable que le vôtre, on puisse aller jusque-là.

Votre dévoué.

CCXCI

A. VARNHAGEN D'ENSE

Paris, le 4 mai 1847.

Très-cher et très-raisonnable ami,

Si mes yeux n'étaient pas dans un état si fatale-
ment douloureux, je vous enverrais par le porteur
de ces lignes, M. Grenier, une grande lettre, et je
vous le recommanderais lui-même très au long; —
mais il a fort peu besoin de recommandation, car,
au bout de cinq minutes, il se recommandera suffisamment lui-même à vous qui vous connaissez en
véritable culture et en mérite solide. M. Grenier,
un ami de plusieurs années, est l'un des jeunes
Français les plus distingués que je connaisse, profondément versé dans la langue allemande, et ayant
soif de saisir jusqu'au fond le génie allemand. Venez pour cela à son aide.—Puissent ces lignes vous
trouver en parfaite santé! Pour moi, je vais mal de
corps, et je supporte patiemment ce qui est inévi-
table. Ma chaleur d'âme est devenue une flamme,
tandis que la paralysie du corps me gagne peu à
peu. — Votre éternel ami.

III.   7

CCXCII

Montmorency, le 20 juin 1847.

Cher Campe,

Mon état de maladie, surtout mon mal d'yeux,
ne me permet absolument pas d'écrire beaucoup;
je laisse donc dans leur obscurité les déclamations
politiques de votre dernière lettre. Le temps de faire
le *Kannegiesser* [1] est passé pour moi, car mes heures,
et surtout celles que je puis employer, me sont
comptées d'une main avare. Je vous dirai donc en
deux mots que vous avez eu tort, en raison des circonstances de temps que vous alléguez, de ne pas
avoir commencé cet hiver l'édition complète; je ne
puis pas vous contraindre, mais je vous prie de réfléchir que c'est une grande question de savoir si
je passerai cet hiver avec ce corps cruellement dé-
labré. Le froid a aussi fortement affecté ma poitrine,

1. Le politiqueur. — Le mot *Kannegiesser* (*le potier d'étain
politique*) est devenu proverbial en Allemagne depuis que le rai-
sonneur politique a été mis au théâtre sous ce titre singulier.

qui, en automne, ne souffrait pas. Aussi, je voudrais aller passer l'hiver dans le Midi, mais mes finances ne le permettent pas, et je resterai à Paris. Commençons donc et poursuivons l'édition complète, avec l'arrière-automne et le commencement de l'hiver, et, pour cela, donnez-moi une réponse précise sur le plan-prospectus, que je vous ai envoyé, et dont vous ne m'avez pas dit une syllabe. — Il semble que vous vouliez attendre ma mort comme une fructueuse réclame, pour cette publication; autrement, je ne puis rien comprendre à votre tiédeur et à vos ajournements. Ne craignez rien, cette réclame ne se fera pas attendre.

Je ne vous aurais pas écrit aujourd'hui, très-cher Campe, si je n'avais à vous faire une offre de publication que j'ai déjà trop renvoyée. Il s'agit d'un ballet que j'ai écrit pour mon ami Lumley de Londres, un poëme qui n'a du ballet que la forme, mais qui, d'ailleurs, est l'une de mes plus considérables et plus poétiques productions. Le sujet est d'un si grand intérêt pour l'Allemagne, et si digne de réflexion, que j'ai en même temps écrit là-dessus une dissertation humoristique sous forme de lettre, qui, avec le texte du ballet et quelques notes que j'ajouterais encore, arrive à dix feuilles d'impression, et forme un petit volume qui rencontrera peut-être beaucoup d'hostilité, mais sera très-profitable pour monsieur mon éditeur. Quel est le titre? le sujet? Peut-être le secret est-il déjà trahi, — mais il faut que vous vous gardiez bien de le tambouriner, et je ne vous enverrais le manuscrit qu'après m'être assuré que le ballet sera représenté à Londres. Je vous demande pour ce petit livre mille marks, et, pour cet honoraire payé une fois pour toutes, vous aurez en même temps le droit d'en faire plus tard autant d'éditions que cela vous plaira, et de l'incorporer immédiatement dans l'édition complète de mes écrits, où, s'il plait à Dieu, il prendra une place honorable et caractéristique. Je disposerais sur vous de ces mille marks, à trois mois de date après l'envoi du manuscrit.

Répondez-moi tout de suite là-dessus, mais seulement un oui ou un non; je suis vraiment trop malade pour pouvoir m'engager dans des discussions d'argent; c'est à peine si je puis les lire; je considérerai une simple hésitation de votre part comme un refus, et je ne perdrai plus vraiment un mot sur ce sujet. Je ne veux pas dire par là que, dans ce

cas, je donnerais ce petit livre à un autre libraire ;
non, je n'attache pas tant de prix ni à l'ouvrage, ni
à ce gueux d'argent ; d'ailleurs, vous m'êtes aussi
trop précieux et cher ; — mais je laisserais le livre
tout à fait inédit. Vous voyez combien peu il m'importe d'exercer sur vous une pression mercantile.
Je ne vous demande que du laconisme, car, je vous
l'ai dit, mes yeux aveugles et ma poitrine gémis-
sante ne peuvent supporter une longue correspondance.

Très-cher ami, je vais cordialement mal, bien
que tout le monde dans ce moment (à l'exception
de ma misérable parenté) me flatte et me caresse.
Quant à cette dernière, la lettre de Laube, dans la
Gazette d'Augsbourg, où il l'accuse sans détour d'un
complot meurtrier, a excité ici et partout la colère
la plus approbative. Relativement à Charles Heine,
il n'a pas dit la vérité tout entière ; je n'ai, en effet,
aucune raison d'être content de lui. Que Charles
Heine, quand j'avais un pied dans la fosse, ait pris
l'engagement de payer à ma veuve, sa vie durant,
la moitié de ma pension, en vérité, ce n'est pas là
une générosité si grandiose. Mais, je dois l'avouer,
je n'ai pas demandé davantage, parce que, comme

je vous l'ai écrit dans le temps, je n'avais pas reçu
non plus de mon oncle ni ne lui avais demandé une
promesse plus considérable, présumant sans doute
alors que j'avais encore devant moi de longues années avant la vieillesse, et que peut-être même je
survivrais à ma femme! Ce n'est pas sans intention
que j'ai voulu vous rendre attentif à ce qu'est en
réalité la réconciliation que m'a octroyée Charles
Heine, et où sa bourse est demeurée tout à fait in-
tacte. Maintenant que mes besoins sont triplés, à
cause des soins nécessités par ma maladie, et que
je ne puis plus gagner que peu de chose avec ma
plume, le ciel me mettrait dans un grand embarras
en m'accordant une prolongation de vie. Dieu
merci, je quitterai tout juste la partie, sans avoir
commis une bassesse.

Adieu; ménagez votre santé. Je suis fort triste,
et, en outre, un rossignol mélancolique est là devant
ma fenêtre et ne cesse de gémir. — Voici mon
adresse : « M. Henri Heine, à Montmorency
(Seine-et-Oise), France. » — Saluez pour moi votre
femme et votre jeune rejeton.

CCXCIII

A MADAME VEUVE B. HEINE

Montmorency, le 28 août 1847.

Chère, bonne mère,

J'ai bien reçu ta chère lettre du 3 courant. Tout est ici comme de coutume, et je resterai à Montmorency jusqu'à l'automne; cela ne durera probablement pas plus d'un mois, puisqu'il commence à faire très-froid ici à la fin de septembre. Mes yeux sont dans le même état, et j'ai la plus grande peine à écrire; aussi je n'écris presque pas. Si je le fais aujourd'hui, c'est avant tout pour te renvoyer les papiers ci-inclus, qui attendent cette destination depuis six mois que j'ai mis en ordre mes écritures. Pourquoi, au fond, les garderais-je? De bonne foi, ils n'avaient pour moi de valeur que comme un témoignage de ton amour maternel, et autrement il ne m'est jamais venu à l'esprit d'en faire usage. Max, sur ce point, pensera comme moi; il faut, selon moi, que tu laisses la somme tout entière à ma sœur. Max, qui n'a ni femme ni enfants, avec une

vocation et une fortune prospère, est pourvu et
bien pourvu, et moi aussi, j'ai de quoi vivre
jusqu'à ma fin ; le sort de ma femme est assuré aussi,
et il lui suffit de sentir que tu l'aimes; ici donc, il
ne peut être question d'aucun sacrifice.

Sois persuadée que Gustave a aussi peu besoin
de cet argent que Max et moi. — C'est mon vœu
et mon avis, qui, l'un et l'autre, ont d'autant plus
de poids que je suis l'aîné de mes frères et sœurs,
et que ma parole, en tout cas, peut te tranquilliser
vis-à-vis de toi-même. — Maintenant, fais ce que
tu voudras, et que je n'entende plus parler de cette
affaire. — Ton fils qui ne cesse pas de t'aimer.

CCXCIV

A LA MÊME

Montmorency, le 5 octobre 1847.

Très-chère mère,

Ma lettre a tardé de quelques jours, parce que je
pars ce matin pour Paris, où je veux la jeter à la
poste. Je vais me mettre en quête d'un logement pour
le 15 octobre ; jusque-là, je resterai à Montmorency,

où je me trouve agréablement. Ma femme est bien, et nous parlons continuellement de toi. Écris-moi bientôt, car, maintenant que je puis moins lire, je tombe très-facilement dans de tristes rêveries. Que le ciel te conserve dans le plus heureux bien-être ! Si seulement ces fatales figures n'étaient pas à Hambourg ! — L'année prochaine, je pense aller aux bains de Gastein, dont on me dit beaucoup de bien. Adieu, chère mère, écris-moi bientôt, et sois convaincue qu'il ne se passe pas d'heure où je ne pense à toi et à ta fidélité maternelle. — Ton fils obéissant.

CCXCV

A ALFRED MEISSNER [1]

Mon cher Meissner,

Une lettre que je vous ai écrite immédiatement après les journées de Février, ne vous est 'évidem-

---

1. Poète allemand, originaire de Bohême, est né en 1822. Ses principaux ouvrages sont un poëme sur *Zizka* et une tragédie : *la Femme d'Urie*. Deux de ses ouvrages se rattachent à Henri Heine : *le Fils d'Atta Troll* et surtout un volume publié l'année même de la mort du poète, et où Meissner a retracé, sous le titre de *Souvenirs*, l'histoire de ses relations avec Heine pendant les dernières années de sa vie.

7.

ment pas arrivée, puisqu'elle est restée sans réponse, et que, dans votre lettre à Seuffert, bien que
vous y parliez de moi, vous ne dites pas un mot de
la mienne. Il est très-possible que cela tienne à une
incorrection de l'adresse, ou à quelque passage
compromettant du contenu (la lettre aurait dû vous
arriver encore sous Metternich), et je ne vous en
parle que pour n'être pas pris par vous pour un
tiède ami. Vous pouvez facilement vous représenter
ce que j'ai senti lors du bouleversement qui s'est
passé sous mes yeux. Vous savez que je n'étais
point républicain, et vous ne vous étonnerez pas
que je ne le sois pas devenu. Ce que le monde
poursuit et espère maintenant est complétement
étranger à mon cœur; je m'incline devant le destin
parce que je suis trop faible pour lui tenir tête,
mais je ne puis pas baiser le pan de son habit, pour
ne pas employer une expression plus crue... Vous
ne vous étonnerez pas que j'aie été d'abord terriblement ému, que j'aie eu froid dans le dos, et le long
des bras comme des piqûres d'aiguille. Maintenant,
tout cela est passé. J'ai été aussi fort ennuyé quand
je n'ai plus vu autour de moi que des figures de vieux
Romains, que le pathos a été à l'ordre du jour, et Ve-

nedey un héros. Si j'étais moins souffrant, je me ré-
fugierais volontiers loin du vacarme angoissant de
la vie publique, dans le printemps éternel de la
poésie et des choses impérissables. Mais mes infir-
mités, qu'il me faut partout traîner avec moi,
m'accablent presque complétement, et je crois qu'il
faut vous hâter, cher ami, si vous voulez me voir
encore. En attendant, salut cordial.

Weill a eu seize mille voix. Il a l'air député des
talons jusqu'aux sourcils.

Paris, le 12 mars 1848.

CCXCVI

A J. CAMPE

Paris, le 25 avril 1848.

Cher Campe,

Je vous écris aujourd'hui pour ne pas laisser tout
à fait sans réponse votre avant-dernière lettre et
celle du 15 courant, au moins pour ce qui concerne
la demande de cette dernière. Je suis depuis quelques semaines plus malade que jamais, et incapable, sans les plus grands efforts, de mettre une ligne
sur le papier. Je ne saurais non plus dicter, car,
depuis vingt jours, j'ai les mâchoires paralysées, et

je ne puis parler que très-peu et presque inintelli-
giblement, même au prix de fortes crampes. Comme
je ne puis rien manger d'un peu consistant, je suis
dans ce moment très-faible. Je ne puis plus me tenir
sur mes jambes.

Pourquoi avez-vous ainsi tardé ? Pourquoi n'ai-
je point reçu de réponse, l'année dernière, quand je
vous envoyai le prospectus de l'édition complète ?
Alors, j'étais encore en état de travailler. Pourquoi
pas de réponse à ma dernière lettre, où je vous demandais instamment une quittance, pour cause de
vie et de mort ? Pourquoi, Campe, quand tous mes
amis me donnaient des marques d'intérêt, vous
êtes-vous obstiné à ignorer mon état de maladie ?
Étiez-vous toujours sûr que, dans cet état, je
n'eusse pas besoin d'aide parfois ? Et votre conscience ne vous disait-elle jamais que vous pouviez
y être tenu moralement en quelque manière, bien
qu'il n'y eût là aucune obligation mercantile ?
Soyez sans inquiétude sous ce rapport : mes affaires
pécuniaires ne sont pas encore tout à fait mauvaises,
et, le fussent-elles, ceux qui m'ont des obligations
sont les derniers auxquels je voudrais être obligé
dans mes derniers jours.

J'espère, ces jours-ci, être en état de vous en dire davantage sur votre avant-dernière lettre. En tout cas, envoyez-moi sans retard une copie du prospectus en question, et vos désirs pour l'arrangement des ouvrages dans l'édition complète seront pris en considération. Quant à écrire quelque chose de nouveau, je ne le puis malheureusement plus; — pourquoi avez-vous attendu ?

En ce qui touche la nouvelle édition de la première partie des *Reisebilder*, et de la première partie du *Salon*, vous pouvez toujours réimprimer ces deux livres tels qu'ils sont. Je n'ai jamais changé de sentiments, et je n'ai donc rien à changer dans mes écrits depuis la révolution de Février. Faites imprimer, je vous prie, la nouvelle édition du premier volume des *Reisebilder*, d'après la seconde édition, non d'après la première. Les poésies de la première partie du *Salon* ont été çà et là amendées dans la réimpression des *Poésies nouvelles*, et je vous prie de les faire composer d'après celles-ci.

Je me suis donné une peine incroyable pour cacher à ma mère mon état désolant, et je vous recommande la discrétion la plus absolue. Peut-être le ciel épargnera-t-il à la pauvre femme le chagrin que lui causerait la connaissance de mon malheur.

C'est pourquoi il faut que ma sœur ne sache rien; et elle aussi j'ai toujours su la tromper. — Je resterai jusqu'au 7 mai dans la maison de santé où je suis alité depuis deux mois et demi, et je retournerai ensuite, pour épargner des faux frais considérables, dans mon logement de la rue de Berlin, 9, où vous voudrez bien m'adresser vos lettres.

Je vous écrirai, comme je vous l'ai dit, la semaine prochaine; le malade compte toujours sur des temps meilleurs. Ma tête est libre, claire d'esprit, gaie même. Mon cœur aussi est sain, presque désireux et avide de vie... et le corps si paralysé, à l'état de maculature ! Je suis comme enterré vivant, ne vois personne, ne parle à personne. — Écrivez-moi ce qu'il y a de nouveau en Allemagne. — Saluez mon jeune filleul ; il entre dans le monde dans un moment étrange ! Adieu, et soyez persuadé que je vous souhaite abondamment les biens d'ici-bas, et que je reste, comme toujours, et sans motifs intéressés, votre bien dévoué.

CCXCVII

AU MÊME

Paris, le 11 mai 1848.

Je vous prie, cher Campe, de faire paraître, sans retard, l'explication ci-jointe dans le *Correspondant de Hambourg*. Je n'ai entendu parler que vaguement de l'outrage fait à mon nom ; mes amis m'ont caché les journaux, et ce n'est que ces jours-ci que j'ai reçu en plein visage la boue de la *Gazette d'Augsbourg*. Bien que je sois plus aveugle et misérable encore que la semaine passée, j'ai pourtant sauté à la plume. Aussitôt que la *Revue rétrospective* s'expliquera (elle a en mains les papiers du ministère), je vous communiquerai sa réponse. — Votre ami.

EXPLICATION

Depuis quelque temps, la *Revue rétrospective* réjouit le monde républicain par la publication de papiers tirés des archives du dernier gouvernement ; elle a publié, entre autres, les comptes du

ministère des affaires étrangères, sous le gouvernement de Guizot. Le fait que le nom du soussigné s'y
trouvait porté avec des sommes considérables donnait libre jeu à des inculpations de l'espèce la plus
odieuse; et des rapprochements perfides que rien,
dans les documents publiés par la *Revue rétrospective*, ne justifiait, permirent à un correspondant de
la *Gazette d'Augsbourg* de mettre en relief une accusation qui ne consistait ni plus ni moins qu'en ceci :
c'est que le ministère Guizot, moyennant une
somme déterminée, avait acheté ma plume pour
défendre les actes du gouvernement. La rédaction
de la *Gazette d'Augsbourg* fait suivre cette correspondance d'une note où elle exprime l'opinion que
je puis avoir reçu ce secours, non pas pour ce que
j'ai écrit, mais « pour ce que je n'ai pas écrit ». La
rédaction de la *Gazette d'Augsbourg*, qui, depuis
vingt ans, non pas tant par ce qu'elle a imprimé de
moi, que bien plutôt par ce qu'elle n'a pas imprimé,
a eu amplement d'occasions de se convaincre que
je ne suis pas un écrivain servile qui se fait payer
son silence; — ladite rédaction aurait bien pu m'é-
pargner cette *levis nota*. Ce n'est pas à l'article du
correspondant, c'est à la note de la rédaction que

je consacre ces lignes, où je veux m'expliquer aussi nettement que possible sur mes relations avec le ministère Guizot. Des intérêts supérieurs m'en font un devoir, non pas les petits intérêts de ma sécurité personnelle, non pas même l'honneur. Mon honneur n'est pas dans la main du premier correspondant de journal venu ; ce n'est pas le premier journal venu qui est son tribunal ; je ne puis être jugé que devant les assises de l'histoire littéraire. Je ne permettrai pas non plus que la générosité soit interprétée comme de la couardise et couverte d'injures. Non, les secours que j'ai reçus du ministère Guizot n'étaient pas un tribut ; c'était seulement un secours, c'était — je nomme la chose par son nom — la grande aumône que le peuple français accordait à tant de milliers d'étrangers que leur zèle pour la cause de la Révolution avait plus ou moins glorieusement compromis dans leur patrie, et qui étaient venus chercher un asile au foyer hospitalier de la France. Je réclamai ces secours d'argent peu après qu'eurent paru les regrettables décrets de la Confédération germanique par lesquels on voulait me ruiner financièrement, comme le coryphée d'une soi-disant Jeune Allemagne, en mettant d'avance

l'interdit non pas seulement sur mes écrits exis-
tants, mais encore sur tout ce qui pourrait sortir
plus tard de ma plume, et en me dépouillant ainsi,
sans droit et sans jugement, de ma fortune et de
mes ressources. Si le payement des secours récla-
més fut attribué à la caisse du ministère des affaires étrangères, et particulièrement au fonds des pen-
sions, c'est d'abord parce que les autres caisses,
dans ce moment, avaient de trop fortes charges.
Peut-être aussi le gouvernement français ne vou-
lut-il pas soutenir ostensiblement un homme qui
avait toujours été une épine dans l'œil des ambassades allemandes, et dont l'éloignement fut réclamé
dans mainte occasion. Beaucoup de gens savent
combien mes amis du royaume de Prusse ont im-
portuné, par des réclamations semblables, le gouvernement français. Mais M. Guizot refusa obstinément de m'éloigner, et me paya ma pension
régulièrement, sans interruption. Jamais il ne ré-
clama de moi pour cela le plus petit service. Lorsque, aussitôt après qu'il eut pris le portefeuille des
affaires étrangères, j'allai lui présenter mes devoirs
et le remercier de ce que, malgré ma couleur radi-
cale. Il m'avait fait savoir que ma pension me se-

rait continuée, il répondit avec une mélancolique
bonté : « Je ne suis pas homme à refuser un morceau de pain à un poëte allemand qui vit dans l'exil.»
M. Guizot me dit ces paroles en novembre 1840, et
ce fut la première et la dernière fois de ma vie que
j'eus l'honneur de lui parler. J'ai fourni à la rédaction de la *Revue rétrospective* les preuves qui éta-
blissent la vérité des éclaircissements qui précèdent, et, grâce aux sources authentiques qui lui
sont ouvertes, elle pourra, comme cela sied à la
loyauté française, se prononcer sur la nature et l'o-
rigine de ladite pension.

Paris, le 15 mai 1848.

CCXCVIII

AU MÊME

Passy, le 7 juin 1848.

Cher Campe,

Depuis douze jours, je suis ici à la campagne,
misérable et malheureux au delà de toute idée. Ma
maladie s'est aggravée à un point effrayant. Depuis
huit jours, je suis absolument paralysé, de sorte

que je ne puis être que dans un fauteuil ou sur un lit; mes jambes sont de coton, et on me porte comme un enfant. J'ai les crampes les plus affreuses. Ma main droite commence aussi à mourir, et Dieu sait si je pourrai encore vous écrire. La dictée m'est très-pénible, à cause de mes mâchoires paralysées. La cécité est encore mon moindre mal.

J'ai vainement attendu un jour meilleur pour vous écrire avec détail, et aujourd'hui je dois me limiter à deux choses :

1° Si je ne me trompe, la foire de *Jubilate* ¹ où le premier semestre de ma pension doit être payé par vous, a déjà commencé, et je désire disposer de cette somme. Mais comment? Y a-t-il encore à Paris un banquier qui accepte une traite sur Hambourg? Je ne sais. Léo peut-être, et je le lui ferai demander. Pour le cas où il accepterait la traite, cette lettre vous servira d'avis. L'échange d'argent avec l'étranger est ici extrêmement difficile. Presque tous les banquiers liquident et se retirent.

Écrivez-moi bientôt, et dites-moi comment cela vous va dans le vacarme actuel. Je suis un pauvre homme, un moribond ; pauvre à tous les points de

1. Entre Pâques et la Pentecôte.

vue, ayant à peine de quoi suffie aux frais de ma maladie. Je vais extrêmement mal. Puissiez-vous aller
mieux, être heureux et prospère ! C'est mon désir
le plus cher. — Je pense que vous approuverez le
prospectus, et, si cela m'est possible, je vous écrirai
bientôt davantage.

Je vous répète que, si je puis négocier ici
une traite sur vous, cette lettre vous servira d'avis,
que cette traite soit à l'ordre de Pierre ou de Paul.

Quel épouvantable, quel maudit destin poursuit
donc les poëtes allemands ! Puisse aussi cela changer
en Allemagne !

Votre ami.

CCXCIX

AU MÊME

Passy, le 10 juin 1848.

Cher Campe,

Il faut pourtant que je vous écrive encore, quelque
pénible que cela me soit. Il ne m'a pas été possible
de négocier ici une traite sur Hambourg. M. Léo
quitte aussi Paris. Et pourtant il faut que j'aie de
l'argent. Ma maladie est un animal qui mange de

l'or, et ne se contente pas de sucer du sang. Je vous prie donc de m'envoyer cette somme par le bateau à vapeur, en argent comptant. Les napoléons d'or sont faciles à trouver à Hambourg, où ils ne coûtent pas même aussi cher qu'ici ; et c'est ainsi que vous pourriez m'envoyer cette valeur, directement « à Henri Heine, Grande-Rue, 64, à Passy ». Si vous ne trouvez pas de napoléons, envoyez-moi, je vous prie, ladite somme en banknotes d'Angleterre, ou en une assignation sur Londres, le papier le plus facile à négocier ici.

J'ai su très-habilement cacher ma maladie à ma mère et à ma sœur. La première ne doit rien savoir ; car, en dépit de mon triste état, je puis encore survivre à la pauvre femme, et un chagrin lui sera épargné. Ma femme désire pourtant que je fasse savoir quelque chose à ma sœur, afin que celle-ci, quand le triste moment sera là, n'ait rien à lui reprocher. Je vous prie donc de faire connaître à ma sœur, avec tous les ménagements possibles, ma véritable position. Elle ne peut pas me venir en aide. Je ne voudrais pas non plus la voir ici. Je vous demande seulement d'annoncer à mon frère Max l'aggravation de mon état ; je désire aussi avoir inces-

samment son adresse; peut-être lui écrirai-je
moi-même.

Dressez vous-même d'après la note que je vous
ai donnée, le prospectus de l'édition complète, et
envoyez-le moi aussi vite que possible, — car je
vais extrêmement mal, ou plutôt pas du tout.

Votre ami.

CCC

AU MÊME [1]

Passy, le 9 juillet 1848.

Cher Campe,

Je suis sans réponse à mes deux dernières lettres,
et pourtant il faut que je sache à quoi m'en tenir,
aussi bien pour le programme que je vous ai envoyé, que pour l'argent que je désire recevoir ; je
réclame ce dernier d'une manière d'autant plus pressante que mon épouvantable maladie m'accable de

---

1. Cette lettre est la dernière lettre détaillée écrite de la propre main de Heine. Les suivantes, — sauf çà et là un *post-
scriptum* écrit au crayon, — et à l'exception de celles qui por-
tent en tête une †, ont été dictées, et seulement signées par lui.

de frais inaccoutumés, et que j'ai maintenant
d'autant plus besoin des quelques sous sur lesquels
je possède un droit liquide, que je ne reçois quasi
rien de gens qui devraient éprouver le besoin de me
faire parvenir maints dédommagements bien mé-
rités, auxquels je pouvais facilement renoncer dans
de meilleurs jours. Dans cet état de choses, je vous
répète ce que je vous ai insinué d'une manière assez
intelligible dans mes précédentes lettres, — c'est-
à-dire il y a environ quatre mois.

J'apprends que l'on peut de nouveau, chez quelques banquiers, tirer des traites sur Hambourg, et
j'enverrai demain chez MM. de Rothschild pour savoir s'ils veulent me négocier la somme que vous
avez à me payer. Comme je vous l'ai dit, je ne puis
plus sortir ni me lever de mon fauteuil, et il faut
que je traite toutes mes affaires par lettres. Si
MM. de Rothschild acceptent ladite traite, ma lettre
d'aujourd'hui vous servira d'avis. Je vous prie instamment de ne me pas laisser longtemps sans réponse sur l'autre objet, je veux dire le prospectus,
que vous pourrez voir modelé à votre fantaisie
maintenant que j'ai encore un reste de souffle, et
quelques petites bulles d'esprit dans le nez ; quand

je serai mort, vous regretterez certainement ces retards. Écrire me devient infernalement difficile. Aussi je ne puis encore me prononcer sur votre désir de publier mes poésies complètes, réunies sous un titre commun. Attendez un peu. Cela aura lieu de soi-même dans l'édition complète, et là je pourrai encore exprimer jusqu'à la dernière goutte le sang de ma muse. Suffit, vous ne perdrez rien à attendre. — Pour le moment, je vous ferai remarquer qu'on a publié de moi, depuis assez longtemps, dans un *Almanach* radical de Püttmann, et dans le *Morgenblatt* (1846, août) et autres lieux, des poésies dont j'aimerais avoir copie. — Je tiens à savoir également si vous pourriez publier dans un recueil les poésies satiriques sur les rustres de Bavière et de Prusse.

Si seulement je pouvais vous parler ici pendant quelques heures, quel soulagement ! Et les chemins de fer font qu'un voyage de plaisir à Paris n'est plus qu'un saut. L'espace n'existe plus. Ma maladie devient chaque jour plus intolérable, et je n'écris plus qu'avec des efforts inouïs. Je ne vois pas ce que j'écris. Mais avec cela l'esprit vigoureux, éveillé, oui, éveillé comme il ne l'a jamais été. Bien

8

des choses qui auraient égayé les hommes s'en
vont avec moi dans la tombe; mais il ne sert à
rien de gémir.

Je vous en prie, répondez-moi aussi vite que possible sur le plan de la publication, et fixez le
moment de l'impression, si vous êtes d'accord avec
moi.

Je ne vous dis rien des événements du temps.
C'est l'anarchie universelle, le tohu-bohu du monde,
la folie de Dieu devenue visible! Le vieux Dieu
doit être mis sous les verrous si cela continue. —
Voilà ce qu'ont fait les athées qui l'ont irrité à le
rendre fou.

Adieu. Saluez de ma part mon petit filleul, madame sa mère aussi, ma commère, et soyez assuré
que je reste votre ami dévoué.

CCCI

A MAX HEINE

Passy, le 12 septembre 1848.

Mon frère bien-aimé,

Quelque chose me presse de faire suivre immédiatement de quelques lignes ma lettre d'hier. La

meilleure chose que j'aie à te dire est que la dernière nuit a été tranquille et sans douleurs; bien
que les crampes, au fond, soient restées les mêmes,
et aient produit les mêmes contractions et perclu-
sions, elles n'étaient pourtant pas accompagnées de
douleurs aiguës, et j'ai pu dormir quelques minutes. J'ai rêvé de notre défunt père. — Ce que
j'ai encore à te dire de plus important concerne
les quatre mille francs que tu voulais m'envoyer. Je
te supplie de me dire, en âme et conscience, si réellement les circonstances te permettent de risquer
cette somme; je dis risquer, car, bien que mes
finances doivent être complétement rétablies l'an
prochain, je ne suis pourtant pas sûr de vivre jusqu'alors. Mais, si tu peux te passer de cette somme
et, dans le cas le plus fâcheux, la perdre, je t'avoue
franchement que ton aide sera surtout méritoire en
ne se faisant pas attendre, parce que le moment est
tout à fait critique. Tu n'as pas d'idée combien ici
chacun est surmené par le besoin d'argent; figure-toi
quelqu'un ainsi poursuivi, qui n'a pas de jambes, et
qui est cloué sur son lit à une lieue de distance du
théâtre des affaires. Dans quinze jours, je serai de
nouveau à Paris; je pourrai, en tout cas, faire venir

auprès de moi les personnes avec lesquelles je suis
en affaires, et j'espère peu à peu pouvoir tout
arranger au mieux. Je me suis résolu depuis
hier à prendre pourtant un nouvel appartement,
ce qui entraîne, il est vrai, de nouveaux frais. C'est
à toi, cher Max, que je dois de pouvoir exécuter ce
projet, et faire ainsi quelque chose de favorable à
ma santé. — Je viens précisément de recevoir de
Hambourg les meilleures nouvelles. Ma mère
m'envoie aussi tes instructions sur la manière de
se conduire en temps de choléra. Je pourrai peut-
être m'en servir utilement pour d'autres. Que se-
rait-ce si tu m'écrivais une longue lettre, destinée
à la publicité, dans la forme la plus populaire,
accessible à toutes les intelligences, avec les détails
les plus exacts sur ce que l'on doit faire lors des
premiers symptômes de la maladie, et une indication non moins populaire et intelligible pour tous
des médicaments; bref, une lettre que je pourrais
publier ici aussitôt que le choléra nous ferait de
nouveau sa visite, et accaparerait l'attention publique? C'est une idée qui me vient sur l'heure, et
qui, peut-être, par son actualité, pourrait être
fructueuse ; mais il faut que le manuscrit m'arrive

au bon moment. Ta lettre sur la *peste* était fort bien écrite; mais ici tu n'as pas besoin de te mettre en frais de beau style, puisqu'il faudra que je te fasse traduire en français. J'ai reçu la lettre ci-dessus (sur la *peste*) au moment où je partais pour Baréges; je l'ai remise à un ami pour la publier en français, mais elle n'a paru que dans un seul journal; la presse française ne reproduit pas volontiers ce qui est en désaccord avec les intérêts du commerce national, comme ton opinion sur les quarantaines. Peut-être ce renseignement rétrospectif aura-t-il de l'intérêt pour toi.

Je te communiquerai prochainement maintes choses sur ma maladie, dont tu pourras peut-être, en ta qualité de médecin, tirer quelque lumière. Je ne sais où j'en 'suis, et aucun de mes médecins ne le sait mieux que moi. Une seule chose est certaine, c'est que, dans ces trois derniers mois, j'ai souffert plus de torture que jamais l'inquisition d'Espagne n'en a pu inventer. Cette mort vivante, cette absence de vie sont insupportables quand des douleurs s'y ajoutent encore. L'hiver dernier, j'avais grand espoir de guérir, grâce à un charlatan hongrois qui, avec sa mixture merveilleuse, m'a ôté

8.

mes dernières forces. Assez là-dessus ! Lors même que je ne mourrais pas bientôt, la vie est perdue à jamais pour moi, et pourtant j'aime la vie avec une passion si ardente ! Pour moi, il n'y a plus de belles cimes de montagnes à gravir, plus de lèvres de femmes à baiser, plus même un bon repas à faire en compagnie de gais convives ; mes lèvres sont paralysées comme mes pieds, les organes de la manducation comme ceux de la sécrétion sont réduits à l'impuissance. Je ne puis ni digérer ni ...., et l'on me nourrit comme un oiseau. Cette vie est intolérable. Oh ! quel malheur, cher Max, que je ne puisse être auprès de toi ! — Ton frère souffrant.

CCCII

A J. CAMPE

Paris, 15 janvier 1849.

Cher Campe,

J'ai remis de jour en jour à vous écrire par le motif que j'espérais vous annoncer une amélioration dans mon état. — Malheureusement, cela va toujours très-mal ; depuis sept mois, je n'ai pas

quitté le lit, constamment étendu sur le dos où l'on
m'a brûlé en quatre endroits, ce qui a un peu dimi-
nué mes crampes de la moëlle épinière. Je suis presque complétement aveugle, et très-faible. Pourtant
mes médecins ne perdent pas l'espoir. Je ne pourrai plus, il est vrai, aller sur mes pieds, mais être
pourtant transportable. — Si c'était le cas ce printemps, je me ferais transporter à Hambourg pour y
finir mes jours dans un coin tranquille. Au moins
là j'aurai l'avantage de ne plus devoir vous écrire.
Comme je ne puis maintenant vous écrire de ma
propre main, et que je dois même me servir aujourd'hui d'une plume étrangère, je me borne au
plus nécessaire, et ma lettre a pour premier but de
vous annoncer que je dispose sur vous, à l'ordre de
MM. Rothschild frères, du montant de mon semestre de pension. — Bien que ce sémestre soit échu
depuis longtemps, j'ai renvoyé jusqu'à aujourd'hui
de tirer sur vous, à cause des troubles de là-bas ; et
aujourd'hui encore, je ne tirerais pas, si je n'avais
par trop besoin de cet argent. Vous n'avez pas
d'idée de tout ce que me coûte ma maladie, bien
que je ne satisfasse pas même à tous mes besoins,
et que je me refuse mainte chose qui me serait né-

cessaire dans mon triste état. Il y aurait beaucoup
à dire là-dessus, mais je me tais. Je comprends fort
bien que je n'aie pas reçu une seule lettre de vous,
et rien appris au sujet de l'édition complète, puisque, dans l'intervalle, tout un monde s'est écroulé,
et qu'il vous aurait fallu quelques rames de papier
si vous aviez voulu échanger vos pensées avec moi.
L'Allemagne a traversé un temps terrible, et je crois
que vous pourrez maintenant vous débrouiller peu
à peu du chaos. Je n'appartiens pas aux pessimis-
tes. — J'ai l'espoir, comme je vous l'ai dit, de vous
revoir au printemps, et de communiquer verbalement avec vous. Je vous prie toutefois de ne me pas
laisser d'ici là complétement sans lettres, et de me
dire en particulier si vous ne voulez pas commencer dès maintenant l'impression de l'édition complète, puisque le marché est déjà plus tranquille.
Les événements du jour ont, à coup sûr, préparé
grandement le succès de cette publication, et,
comme je l'apprends de bonne source, mon nom est
devenu plus populaire encore en Allemagne. Écrivez-moi bientôt : mon adresse est *rue d'Amsterdam.*
50, à Paris. Saluez tous mes amis, ainsi que madame Campe, que je n'ai pas le plaisir de connaître.

Votre jeune garçon va bien, j'espère, et je fais les meilleurs vœux pour lui. — C'est à peine si vous croirez combien je désire ardemment revoir ma patrie. — Votre ami.

J'ai dû faire écrire cette lettre par un Français, et je ne puis pas complétement la lire; aussitôt que j'aurai un secrétaire allemand, je vous écrirai davantage.

RECTIFICATION

Des feuilles allemandes, et particulièrement la *Gazette de Spener*, de Berlin, ont mis en circulation, sur mon état de santé et ma situation économique, quelques nouvelles qui ont besoin d'être rectifiées. Je laisse indécise la question de savoir si l'on a nommé ma maladie par son véritable nom, si c'est une maladie de famille (une maladie que l'on doit à sa famille), ou l'une de ces maladies privées dont l'Allemand, établi à l'étranger, a d'ordinaire à souffrir, si c'est un ramollissement français de la moelle épinière, ou une phthisie allemande de l'épine du dos, — je sais seulement que c'est une très-affreuse maladie, qui me met nuit et

jour à la torture, et a sérieusement ébranlé, non
pas seulement mon système nerveux, mais encore
mon système de pensées. Dans certains moments,
surtout quand les crampes font un vacarme par trop
douloureux dans ma colonne vertébrale, je sens pal-
piter en moi un doute sur la réalité de ce que m'assurait il y a vingt-cinq ans, à Berlin, feu le professeur Hégel, que l'homme est vraiment un dieu à
deux jambes. Dans la lune de mai de l'année dernière, j'ai dû me mettre au lit, et, depuis lors, je
n'en suis pas sorti. Dans l'intervalle, je veux l'avouer
franchement, une grande transformation s'est faite
en moi.

Je ne suis plus un bipède divin, je ne suis
plus « le plus libre des Allemands après Gœthe »,
ainsi que m'a appelé Ruge dans des jours plus
sains; je ne suis plus le « grand païen n° II », que
l'on comparait à Bacchus couronné de pampres,
tandis que l'on donnait à mon collègue n° I le titre
de Jupiter du Grand-Duché de Weimar; je ne suis
plus un Hellène heureux de vivre et quelque peu
corpulent, qui abaissait un gai sourire sur les mélancoliques Nazaréens : je ne suis maintenant qu'un
pauvre juif malade à la mort, une image désolante

de la souffrance, un homme malheureux! En voilà assez sur mon état de santé, et d'une source authentique de douleurs. Quant à ma situation de fortune, elle n'est pas, je l'avoue, bien brillante; toutefois, les correspondants des journaux susmentionnés exagèrent ma pauvreté, et ils sont très-particulièrement dans une idée fausse quand ils prétendent que ma situation s'est encore aggravée, parce que la pension que me faisait feu mon oncle, Salomon Heine, avait été supprimée ou diminuée depuis sa mort. Je ne veux pas rechercher le source de cette méprise, évitant des discussions qui pourraient être aussi pénibles pour moi que ennuyeuses pour d'autres.

Mais je dois réfuter positivement l'erreur elle-même, de peur que mon silence d'une part n'inquiète mes amis d'Allemagne, et de l'autre ne donne lieu à des imputations injurieuses qui s'adresseraient précisément à l'âme la plus noble qui se soit jamais renfermée, avec un muet orgueil, dans une poitrine humaine. Malgré ma répugnance à parler de circonstances personnelles, je trouve pourtant séant d'établir les faits qui suivent : la pension dont il s'agit n'a été ni supprimée ni diminuée depuis la mort de mon oncle Salomon Heine de glorieuse mémoire, et elle m'a toujours été régulièrement payée à un denier près. Le parent sur lequel pèsent ces payements m'a fait parvenir encore tous les trois mois, depuis que mon état de maladie s'est aggravé, des sommes supplémentaires qui, payées en même temps que ma pension, en ont doublé la valeur. Ce même parent, par une stipulation généreuse au bénéfice de la femme bien-aimée qui perd en moi tout appui terrestre, a éloigné d'ailleurs, de mon lit de maladie, le plus cruel de tous les soucis. Bien des offres et des propositions, qui me sont arrivées du pays, dans des lettres pleines d'affection, mais parfois très-inexactement adressées, se trouveront satisfaites par les aveux qui précèdent. Salut et larmes aux cœurs qui saignent dans la patrie !

CCCIII

A J. CAMPE

Paris, le 30 avril 1849.

Cher Campe,

J'ai attendu en vain un bon jour pour vous écrire, et aujourd'hui, malgré mes souffrances, il faut que je me décide à... faire prendre la plume. Je ne puis vous dire avec quelle impatience j'attends des lettres de vous, et je vous prie de m'écrire enfin bientôt. Je comprends parfaitement votre silence ; je sais que, lorsque la matière s'est trop accumulée, on ne se met pas à écrire. Il faut absolument que vous me répondiez bientôt au sujet de l'édition complète. Je suis fort malade, et, en tardant davantage, il est plus que probable que je ne survivrai pas à la publication. Je vous prie donc d'être attentif surtout à ces deux points, d'abord de vous entendre avec moi, pendant que je n'ai pas encore les yeux fermés pour toujours, sur le classement des différents écrits qui forment l'édition complète, et il y a longtemps que je vous ai envoyé pour cela (en avril dernier, si je ne me trompe) un prospectus. Je me rangerai volontiers à vos désirs, pour ce classement ; j'ai toujours subordonné mes intérêts littéraires à vos intérêts mercantiles. Je ne pense pas que des amis qui se chargeraient après ma mort de la publication de mes écrits, et qui seraient remis à leur propre conscience, puissent user envers vous, à votre profit, d'une tolérance semblable. Je vous prie

III.

9

ensuite (et c'est là le second point) de vous mettre
d'accord avec moi sur les personnes que je chargerais *eventualiter*, par testament, de la publication
complète, pour le cas où je mourrais avant
l'impression. Vous voyez, très-cher Campe, que je
n'ai rien fait encore, sur ce point, de définitif ; j'ai
voulu d'abord m'entendre avec vous, parce que
vous êtes tout aussi bien mon ami que d'autres que
je pourrais choisir comme éditeurs, et que je
n'aurais pour personne une amitié assez forte pour
pouvoir faire, sous ce rapport, quelque chose qui
vous fût désagréable. Si je ne devais pas craindre
que les intérêts de l'éditeur ne fussent en collision
trop grave avec ceux de mon nom, je chargerais
certainement de ces derniers mon ami Julius
Campe, et je ne m'inquiéterais plus du tout de mes
livres. Mais la voix décisive en cette affaire doit
vous rester, et je ne choisirai qu'une personne qui
vous agrée. Dans le temps, j'en ai parlé à Laube ;
cela vous va-t-il ? Je ne lui ai pas encore écrit un
mot à ce sujet ; — voici d'ailleurs trois ans que je
n'ai pas été en correspondance avec lui, et que je
ne sais rien de ce qu'il fait. Dites-moi franchement
votre pensée. Mon frère Max aurait été sans doute

la personne la mieux faite pour cela, et celle qui m'est le plus chère, — mais il vit en Russie. Je suis très-malade, je dicte ces lignes au milieu des plus grandes douleurs, et peut-être ne serai-je bientôt plus en état de manifester ma pensée : hâtez-vous donc de vous entendre avec moi sur ces deux points. Et soyez sûr que je suis animé pour vous du plus affectueux bon vouloir.

Ci-jointe une *Rectification* [1] que j'ai envoyée à la *Gazette d'Augsbourg*, ainsi qu'à celle de *Spéner* ; si ces journaux, que je ne puis contrôler ici, ne la publiaient pas, je vous prie de pourvoir à ce qu'elle paraisse ailleurs. Je ne puis payer aucune insertion, je suis trop pauvre. Toutefois, comme vous le verrez dans ce morceau, j'ai décliné la gloire d'une trop grande indigence, pour ne pas être compromis par des amis mal avisés. Vous remarquerez bien de quelles maladroites démarches j'étais menacé, et pourquoi j'ai cherché à tranquilliser mes amis d'Allemagne sur ma position pécuniaire. Mais à vous je puis et je dois avouer qu'elle est encore très-mauvaise, et je voudrais bien que votre esprit inventif s'employât aussi activement à l'amé-

---

1. Voir le morceau qui précède cette lettre.

liorer qu'à répandre ma gloire, qui, malheureusement, ne m'a jamais assez rapporté pour que je
puisse m'endormir tranquille sur mon lit de mort.

Vous n'avez pas idée de l'argent fou que me
dévore chaque jour ma maladie. Et encore je ne
sais combien cela pourra durer! Jamais les dieux,
ou plutôt le bon Dieu (comme j'ai l'habitude de
dire maintenant) n'a visité plus sévèrement un
homme. Deux seules consolatrices me sont restées,
et causent assises à mon chevet, ma femme française
et la muse allemande. Je tricote beaucoup de vers,
et parfois ces vers, comme des incantations magiques, apprivoisent mes douleurs, quand je les
murmure doucement à part moi. Un poëte, vraiment, est et demeure un fou !

Cependant adieu, et aimez toujours votre fidèle ami.

CCCIV

AU MÊME

Paris, le 30 juin 1849.

Cher Campe,

Je suis toujours sans réponse à ma dernière
lettre, et je vous prie instamment de m'écrire

quelque chose de précis sur son contenu. Il est vrai que, depuis cette lettre, de grands orages ont recommencé à gronder partout en Allemagne, et je voudrais bien excuser par là votre négligence. Mais, aujourd'hui que nous rentrons dans l'ancienne ornière, vous pouvez aussi penser plus mûrement et plus activement à moi.

Le but de cette lettre est de vous aviser que je dispose aujourd'hui sur vous, à un mois de date, de mon semestre de pension, à l'ordre de MM. Rothschild frères.

Je vais toujours cordialement mal, très-cher ami, et je souffre jour et nuit les douleurs les plus intolérables. Je suis très-seul, parce que plusieurs de mes amis ont quitté Paris. Peu à peu je me sens fort tristement ici. Si j'étais transportable, j'irais à Hambourg; mais votre température froide et humide, et les hommes plus froids encore ne me conviendraient guère. — Adieu, saluez madame Campe, et embrassez cordialement pour moi votre garçonnet. Écrivez-moi bientôt et beaucoup. — Votre dévoué.

CCCV

AU MÊME

Paris, le 16 novembre 1849.

Je suis toujours sans nouvelles de vous, mais ce n'est pourtant pas pour cela que je vous écris ou plutôt vous fais écrire, opération qui, dans ce moment où je souffre les plus effroyables douleurs, m'est extrêmement pénible. Ma maladie est plus opiniâtre que je ne m'y attendais, et je souffre excessivement. D'ailleurs, vous ne pouvez comprendre combien mes douleurs sont coûteuses. C'est une chose affreuse que, dans cet état, je doive encore faire des efforts pour rassembler de quoi suffire à ces dépenses. Aujourd'hui, par exemple, je ne vous écrirais pas au risque d'augmenter mes crampes, si ma détresse d'argent ne m'y forçait. Je dois vous prévenir, en effet, que je dispose aujourd'hui de vous, à un mois de date, et à l'ordre de Rothschild frères, comme d'habitude, de la somme qui échoit encore cette année. J'aurais volontiers ajourné cette traite, parce que je sais bien que ce n'est point pour vous une époque d'argent comptant, et que ce n'est qu'après le nouvel an que des rentrées sonnantes vous arrivent ; mais, je vous l'ai dit, mes dépenses dépassent toute prévision, et je ne sais comment je pourrai, même financièrement, atteindre le bout de l'année. Voyez aussi comment vous pourriez me ménager un surplus de mille marks, sans aggraver par là ma situation. Mon cousin, par le temps qui court, a assez fait, et, de ce côté-là, je ne puis et ne veux rien demander de plus. Mendier est une fort désagréable chose, mais mendier et ne rien recevoir est plus désagréable encore, et un dénûment absolu serait préférable ; aussi j'ai renoncé une fois pour toutes à une semblable ressource. Les frais de mon agonie, très-cher Campe, vous sembleraient fabuleux. Il en coûte déjà assez de vivre à Paris ; mais mourir à Paris est encore infiniment plus cher. Et pourtant je pourrais être pendu à si bon marché dans mon pays d'Allemagne, ou en Hongrie ! Il y a un mois que j'ai écrit la poésie incluse [1] ; je vous en prie, imprimez-la avec mon nom

1. Voici cette poésie, intitulée l'*Allemagne en 1849* :

« La grande tempête s'est calmée, et tout rentre dans la quiétude primitive du pays ; Germania, la grande enfant, se réjouit de nouveau de ses arbres de Noël.

comme feuille volante, ou dans un journal qui puisse la répandre dans le public; comme elle circule ici en copies fautives, il faut prendre les devants sur cette publication incorrecte. D'ailleurs, c'est une vraie poésie du jour, retraçant une dispo-

» Nous nous remettons à faire de la vie de famille; — ce qui dépasse cette félicité domestique est un mal. — L'hirondelle de la paix revient et se niche, comme auparavant, sous le toit de la maison.

» La forêt et le fleuve reposent dans une tranquillité sentimentale, éclairés par la douce lumière de la lune; de temps à autre seulement, un coup part. — Est-ce un coup de feu? C'est peut-être un de nos amis qu'on vient de fusiller.

» Peut-être a-t-on rencontré cette tête exaltée les armes à la main. — (Tout le monde n'a pas autant d'esprit que notre confrère Horace, qui a pris si vaillamment la fuite.)

» Encore des coups. C'est peut-être une fête, un feu d'artifice pour l'anniversaire de Gœthe. Ou sont-ce des fusées qui saluent la résurrection de mademoiselle Sontag? Elle sort de sa tombe de vingt ans, et avec elle revient toute la vieille musique.

» Le piano résonne. — Voici aussi Liszt qui revient, le chevalier Franz Liszt; il vit, il n'est pas étendu sanglant sur un champ de bataille de la Hongrie; ni un Russe, ni un Croate ne l'a tué.

» Le dernier boulevard de la liberté vient de crouler, et la Hongrie verse sa dernière goutte de sang. — Mais le chevalier Franz est resté sain et sauf; il se porte bien, lui et son sabre d'honneur; le sabre est serré dans sa commode.

» Franz vit, il vivra longtemps, et, vénérable vieillard, il racontera à ses petits-fils les grands faits et gestes de la guerre de Hongrie. « C'est ainsi, » dirait-il avec sir John Falstaff, « c'est » ainsi que je fis la passe et que je maniai mon sabre. »

» Quand ce nom de Hongrie frappe mon oreille, mon gilet de

sition du moment. J'ai fait beaucoup et même de grandes poésies, que je griffonne au crayon sur le papier, et qui sont à peine lisibles. Mais, si je dois les dicter d'une manière presque correcte en les tirant de ces brouillons, c'est là une opération horriblement pénible dans l'état souffrant de mes yeux, et qui, vous le comprenez, n'est guère compatible avec mes nerfs. C'est donc, dans le vrai sens du mot, le sang de ma vie mis en vers que je donne

flanelle allemand me devient trop étroit ; c'est comme si une mer s'agitait au-dessous, et je crois entendre le son des clairons.

» Dans mon cœur résonnent de nouveau les exploits légendaires oubliés depuis si longtemps, le chant bardé de fer des vieux temps, le chant de la ruine des Niebelungen.

» C'est le même labeur héroïque, ce sont les mêmes histoires de héros ; les hommes sont les mêmes, seulement les noms sont changés.

» Leur sort est le même aussi. Quelque fièrement que flottent les joyeux étendards, le héros, selon la vieille coutume, doit succomber sous les forces brutales des brutes.

» Et, cette fois, le taureau a même fait une alliance avec l'ours. — Vous tombez, magyars ; mais consolez-vous, nous autres Allemands, nous avons bu une honte plus amère.

» Du moins, ce sont des animaux tant soit peu respectables qui vous ont surmontés honnêtement ; mais nous passons sous le joug de loups, de pourceaux et de chiens vulgaires.

» Cela hurle, grogne et aboie ; le rouge me monte au front quand je pense quels animaux sont nos vainqueurs ! — Mais silence, ô poète, ces pensées t'excitent ; tu es malade, et te taire vaudrait mieux pour ta santé. »

9.

ainsi. — Ma femme est tombée et s'est démis le pied, de sorte que, depuis déjà quinze jours, elle est au lit.

Je salue amicalement les vôtres, ainsi que le jeune monsieur, mon futur éditeur. — Votre ami.

CCCVI

A J. CAMPE

Paris, le 1er juin 1850.

Cher Campe,

Je viens vous annoncer que j'ai tiré sur vous le semestre de ma pension échu le mois dernier. Mais ce n'est pas assez, très-cher Campe, que vous remplissiez vos engagements mercantiles, ce qui sans doute est très-louable et de grande importance pour moi : vous devriez vous efforcer aussi de satisfaire aux obligations morales qui ne pèsent pas moins sur vous, et que vous négligez presque outrageusement par votre silence. Comme je ne comprends absolument pas pourquoi vous tardez pendant des années à répondre aux questions les plus importantes, il m'est impossible de vous condam-

ner, mais ce que je sais, c'est que, par vos retards,
vous avez porté un grand préjudice à mes intérêts
littéraires, et causé peut-être des dommages irrépa-
rables. En un temps où les plus grandes révolutions
se sont produites dans le monde extérieur, et où il
s'est fait aussi, dans le monde de mes pensées, d'importantes transformations, il eût fallu répandre
sans retard dans le public, ce qui était déjà là tout
écrit, non pas parce que dans un autre moment cela
aurait eu pour lui moins de prix, mais parce que je
ne pouvais plus les publier moi-même librement,
sans commettre un péché contre le Saint-Esprit,
une trahison envers mes propres convictions, en
tout cas une action équivoque. Je ne suis point devenu un piétiste, mais pourtant je ne veux pas pour
cela jouer avec le bon Dieu ; comme avec les hommes, je veux aussi agir loyalement avec le bon Dieu,
et tout ce qui existait encore de ma période antérieure blasphématoire, les plus belles fleurs empoi-
sonnées, j'ai arraché tout cela d'une main résolue,
et jeté peut-être en même temps au feu, grâce à ma
cécité physique, mainte plante inoffensive. Pendant
que tout cela pétillait dans les flammes, j'éprouvais,
je l'avoue, quelque chose d'étrange ; je ne savais

plus bien si j'étais un héros ou un fou, et près de moi j'entendais la voix ironiquement consolante de quelque Méphistophélès qui chuchotait à mon oreille : « Le bon Dieu te donnera pour tout cela de meilleurs honoraires que Campe, et maintenant tu n'as plus besoin de te tourmenter pour la publication, ni même de traiter avec Campe comme pour une paire de vieilles culottes. » — Ah ! cher Campe, je souhaite parfois que vous croyiez en Dieu, ne fût-ce même que pour un seul jour ; l'ingratitude avec laquelle vous me traitez dans un temps où un malheur si cruel et si inouï s'appesantit sur moi, pèserait alors sur votre conscience. — Répondez-moi bientôt avant qu'il soit trop tard. Si quelque hésitation politique ou mercantile est la cause de votre silence, dites-le franchement, et je laisserai les instructions nécessaires pour le cas où je devrais dire adieu aux choses périssables avant le commencement de l'impression des œuvres complètes. Ne vous effrayez pas de ces mots : « Dire adieu aux choses périssables ; » je ne parle pas ainsi dans le sens piétiste, je ne veux pas dire par là que j'échange les choses périssables contre les choses célestes, car, quelque près que je sois venu

de la Divinité, le ciel est pourtant encore assez loin
de moi, et ne croyez pas les bruits qui courent que
je suis devenu un pieux agnelet. La transformation
religieuse qui s'est faite en moi est chose purement
spirituelle, c'est plus un acte de ma pensée que d'une
sentimentalité béate, et le lit de maladie y a eu fort
peu de part, j'en ai la ferme conscience. De grandes, sublimes, terribles pensées me sont venues;
mais c'étaient des pensées, des éclairs de lumière,
et non pas des exhalaisons phosphorique de l'....
de la foi. Je vous dis cela, surtout pour que vous
n'alliez pas croire que, dans le cas où je surveille-
rais moi-même la publication des œuvres complètes, j'en retrancherais servilement quelque chose :
Quod scripsi, scripsi. — Votre ami dévoué.

CCCVII

AU MÊME

Paris, le 28 septembre 1850.

Cher Campe,

La meilleure épithète que mérite votre silence est
celle de puéril. Oui, puéril, et il me rappelle les

temps primitifs où, avec votre Patrocle Merckel
vous jetiez des macarons à travers mes fenêtres [1],
sur la place Valentin, je crois. Depuis quelques
mois, on m'annonce de divers côtés que vous venez
à Paris. Je n'y crois pas, bien que je le désire fort.
Laissez donc ce silence enfantin ; voilà beau temps
que nous sommes sortis de l'enfance. Quant aux
communications très-prochaines que j'attends de
vous, je n'ai pas besoin aujourd'hui d'y revenir.
Vous avez dit, à ce que j'apprends, à propos de
Laube, que j'étais entièrement dépendant de lui.
Vous vous trompez ; il me suffit de vous dire que
j'ai lu son livre sur le Parlement. De terreur mes
cheveux se sont dressés sur ma tête. Il y a réellement
sous la lune des choses que je ne comprends pas. Je
manque fort ici de livres allemands, et vous me rendriez grand service en m'en faisant parvenir ; je vous
les renverrais ponctuellement. Par exemple, dans
ce moment, j'aurais besoin des ouvrages qui suivent,
et que je ne puis me procurer ici : le livre que Bu-
low a publié récemment sur H. de Kleist, l'histoire
de la littérature comique de Flögel, et les *Gardiens*

---

1. Voir *Correspondance inédite de Henri Heine.* 2e série. (Lettre
du 2 juillet 1835). Paris, Michel Lévy frères, 1867.

e la Couronne, première et seconde partie, d'Achim
d'Arnim.

.... Vous n'avez pas d'idée à quel point le personnel des Allemands, à Paris, s'est encore dété-
rioré. Si je vois Wihl ici avec grand plaisir, c'est
qu'il s'élève réellement au-dessus des autres par le
comme il faut, et j'ai d'ailleurs de rudes offenses à
lui faire oublier [1].

Quelque amical et prévenant que l'ami Hebbel
ait été pour moi, je ne saurais pourtant jusqu'ici
prendre goût à sa personne. M. Stahr et mademoiselle Lewald sont en séjour ici, et je les ai
vus avec plaisir. Je lis maintenant le voyage en
Italie du premier, ainsi que l'*Histoire des femmes* par
Jung : deux livres très-importants. A la vérité, je ne
suis pas d'accord avec l'enthousiasme de ce dernier
écrivain pour l'émancipation des femmes ; je suis
moi-même trop marié pour cela. Si j'étais sûr
d'avoir une réponse, je vous demanderais des nouvelles de votre bien-être domestique, et j'ajouterais
quelques recommandations pour madame Campe.

Écrivez-moi bientôt ; votre silence m'a beaucoup

---

1. Voir le cruel pamphlet de Heine contre L. Wihl, *Corresp.
inéd. Deuxième série*. (Lettres de 1839). Michel Lévy, 1867.

nui, et à vous-même il ne vous en reviendra aucun profit indirect ; car, après vous avoir inutilement demandé de trouver une combinaison pour me venir en aide sans faire vous-même de trop grands sacrifices, la force des circonstances m'a contraint de prêter déjà à demi l'oreille à des offres venues d'autre part ; je n'ai rien décidé, mais j'ai écouté beaucoup, et, puisque vous ne me savez ni charlatan ni menteur, vous pouvez m'en croire quand je vous dirai qu'avec un trait de plume je pourrais m'arracher à toutes mes détresses, à supporter que Julius Campe songe sérieusement à laisser sans réponse mes demandes les plus équitables. Vous connaissez l'état de mes finances ; vous savez que la générosité de Charles Heine atteint à peine à la cheville de mes besoins, et vous pouvez ainsi comprendre que je doive donner suite aux résolutions de la nécessité.

Mais à quoi bon des paroles inutiles ? Vous savez que je ne vous ai pas vanté le *Livre des chants* avant l'impression, vous savez qu'il en a été de même pour les *Poésies nouvelles*, — et la troisième colonne de ma gloire lyrique sera de même de bon marbre, si ce n'est d'une matière meilleure encore. Vous

concevez sans peine pourquoi je les laisserais volontiers réunies, et, si vous aviez le moindre pres-
sentiment des besoins de mon esprit, vous compren-
driez aussi les sacrifices matériels que j'accomplis.
Mais la nécessité brise le fer. En outre, mon état de
maladie devient plus insupportable, chaque jour,
et je serai à la fin forcé de remettre toutes mes affaires à un ami éprouvé, qui ne suivrait d'autre
loi que celle de mes intérêts. J'ai passé une nuit
affreusement mauvaise, et je ne vous écrirais pas
aujourd'hui si je ne voulais employer la plume
d'un ami qui est sur le point de partir.

Et maintenant, adieu, et rendez grâce au bon
Dieu de pouvoir aller et venir sur vos deux pieds
dans la banlieue d'Hamonia, et manger de bon appétit de la *mock-turtle soup*, en compagnie de madame Campe et de votre héritier présomptif auquel
je présente déjà *praenumerando* mes plus humbles
hommages.

Votre ami.

CCCVIII

Paris, le 1er novembre 1850.

Très-cher Meissner,

J'ai reçu en son temps votre lettre, ainsi que les quelques lignes que monsieur votre père m'a apportées je me trouvais malheureusement dans un état très-fâcheux quand il vint chez moi, au moment d'une crise très-grave, et je n'ai pu jouir que peu de sa visite; il m'avait promis de revenir me voir, mais il paraît qu'il n'en a pas eu le temps. Sa grande ressemblance avec vous m'a intéressé. Je vous remercie de tout le zèle amical que vous avez montré pour moi, et je vous prie de me faire parvenir très-souvent et beaucoup de vos nouvelles. Votre article sur moi a eu un succès extraordinaire, et l'on donne les plus éclatants éloges au style de même qu'à la composition. Je me réjouis fort de ce que non-seulement vous trahissez tant de facultés poétiques (ce que j'avais remarqué tout de suite en lisant votre *Zizka*), mais de ce que vous avez encore une oreille si fine pour la prose allemande; ce qui, chez les Allemands, se rencontre bien plus rarement encore que la poésie. La vérité dans le sentiment et la pensée est du plus grand secours dans la prose; quant au menteur, il est bien difficile qu'il ait un bon style. — Je ne vous écrirais pas aujourd'hui si je pouvais prendre sur moi de vous envoyer, sans un mot d'amitié, la lettre ci-jointe qui vous est arrivée sous mon adresse. Ce n'est que par hasard que j'ai remarqué quelques lignes enveloppant la lettre, et qui m'autorisaient à l'ouvrir. Maintenant que j'en connais le contenu, je me hâte de vous l'expédier. J'ai interrogé plusieurs Allemands au sujet de l'*Almanach des Muses*, ainsi le mélancolique rabbin est-ouest des hirondelles, qui vient précisément de me quitter; mais personne n'a rien su m'en dire. J'en ai aussi vainement demandé des nouvelles à Stahr, qui est encore revenu chez moi avec mademoiselle Lewald : l'un et l'autre semblent être repartis, car je n'ai reçu ni cheval ni cavalier. S'il est certain que l'Almanach paraîtra bientôt, paraîtra réellement, ou si vous êtes très-lié avec le rédacteur, je ne me ferais aucun scrupule d'envoyer ma quote-part... Ma santé est toujours bien misérable, et je remarque avec horreur que mon dos se courbe. Ma femme est bien, et vous salue amicalement.

J'ai enfin écrit à Laube, et lui ai dit sans détour ma pensée sur son livre du *Parlement*. Après l'avoir fait, mon cœur fut déchargé d'un grand poids. Je remarque que je suis par trop Allemand pour pouvoir taire ma pensée, dût-il même m'en coûter un ami. Adieu; aimez toujours votre fidèle ami.

CCCIX

A J. CAMPE

Paris, le 21 avril 1851.

Cher Campe,

J'ai l'honneur de vous informer que je dispose sur vous, à la date de ce jour, du semestre payable le 31 mai. Comme j'attends toujours la politesse d'une réponse à ma dernière lettre, je n'ai rien de plus à vous dire aujourd'hui ; —une seule chose pourtant : mes remercîments pour les livres dans l'envoi desquels je rends justice à votre bon vouloir. Ce sont donc là les fleurs de votre maison pendant les

dernières années ! Je vous conseille vivement d'envoyer ces livres à Londres, en collection complète,
pour y être admirés, à la grande Exposition universelle, comme les ouvrages modèles, en langue
allemande. Ce sont donc là ces monuments immor-
tels, qui vous ont coûté tant d'argent en frais d'impression, et vous ont contraint de laisser sans réponse mes appels réitérés d'aide dans ma détresse.
Vous vous êtes vraiment sacrifié à l'humanité, et
vous auriez mieux fait, dans votre intérêt, de
m'envoyer l'argent que vous ont coûté ces livres :
vous ne risquiez rien par là, puisque vous m'aviez
toujours sous la main, et que vous auriez maintenant en expectative certaine, une production qui,
je vous l'ai dit, égalera en popularité le *Livre des
Chants,* et à laquelle je travaille depuis des années.
Même dans le cas où je serais mort dans l'intervalle, aucune perte n'était à craindre pour vous, et
je vous avais assez donné à entendre d'imaginer
pour ce cas une garantie. Je pouvais raisonnable-
ment attendre un secours semblable de votre part,
et, au lieu de cela, vous vous êtes renfermé dans le
silence le plus équivoque. Il m'est venu d'un autre
côté, et inopinément, le plus généreux appui. Il est

incroyable comme, de tout temps, vous avez été frappé d'aveuglement, et n'avez jamais su estimer à leur prix ma bonne volonté, mon zèle pour vos intérêts, je pourrais presque dire ma sotte fidélité et mon attachement. Mais ce sont là de vaines paroles, puisqu'il n'y a rien à changer pour l'avenir, et que j'ai déjà un pied dans la tombe. — Votre ami très-affligé.

CCCX

AU PROFESSEUR OPPENHEIM, A FRANCFORT-SUR-LE-MEIN

Paris, le 25 juillet 1851.

Monsieur le professeur,

Lorsqu'en 1850, j'eus l'honneur de vous voir, à mon passage à Francfort, et que vous m'engageâtes à poser chez vous pour mon portrait, je consentis à votre désir, et vous me promîtes de m'en faire parvenir une copie. Cette promesse que je vous demandai n'était pas une forme de politesse ou de satisfaction sur la réussite d'un travail qui montrait votre beau talent, mais ce fut une condition bien arrêtée, et je me rappelle qu'à cause de ce portrait je dus séjourner plus longtemps à Francfort que cela n'entrait dans mes arrangements. A Paris, où, comme l'on sait, on pouvait toujours me trouver, et où vous avez des compatriotes de toute espèce avec qui vous êtes lié, j'ai vainement attendu le portrait promis, et, au lieu de ce portrait, il ne m'est tombé ici sous les yeux qu'une lithographie faite d'après cet ouvrage, et une petite gravure si misérable, que j'ai accepté avec plaisir l'offre de mon ami Julius Campe de faire faire une gravure honnête d'après ledit portrait, et je l'ai prié de vous demander, à son passage à Francfort, de le mettre à sa disposition, avec des garanties convenables pour le temps nécessaire à la gravure. Comme je suis suffisamment autorisé à cette demande, je ne doute pas à l'avance de votre consentement.

Acceptez, monsieur le professeur, l'assurance de la haute estime avec laquelle je reste votre très-dévoué.

CCCXI

A J. CAMPE

Paris, le 21 août 1831.

Très-cher Campe,

Il y a longtemps que je vous aurais écrit, si je n'avais été, pendant tout cet intervalle, sans secrétaire ; M. Gathy lui aussi était malade, et il y a à peine une semaine que je l'ai revu. Je lui ai donné une portion de mon manuscrit pour la copier, mais il ne m'en a rapporté que la cinquième partie, que je vous enverrais par la poste si je ne craignais que, dans les conjonctures actuelles, une lettre aussi épaisse, adressée au plus suspect des libraires allemands, ne fût exposée à la poste à quelque malheur, et qu'on n'y flairât, au lieu d'innocentes poésies, un écrit politique. J'ai donc préféré attendre quelques jours encore, puisque mon frère Gustave, qui est ici dans ce moment, partira dans la huitaine pour Hambourg, et pourra vous remettre le manuscrit presque tout entier. Je compte vous envoyer, en effet, tout mon manuscrit original, sauf quelque

chose comme trois à quatre feuilles d'impression
qui contiendront des éclaircissements pour le *Faust*,
et que je dois retravailler encore, besogne que je
ne puis faire dans ce moment, puisque la présence
de mon frère me prend tout mon temps, et qu'il
m'est déjà assez pénible de préparer le manuscrit
que je lui remets pour vous. Aussitôt après votre
départ, je me suis occupé pendant huit jours à terminer la plus belle de mes poésies, que je venais
précisément de commencer à votre arrivée, — et
j'en suis fort satisfait. Dans le manuscrit que vous
recevrez, il n'y a que quatre strophes par page,
mais vous pourrez toujours en mettre cinq à l'impression, car la copie ne me manque pas. J'ai gardé
quantité de poésies qui me paraissaient trop peu
importantes, et supprimé aussi toutes celles qui
pouvaient amener quelque scandale politique, de
sorte que ce volume ne vous causera pas la moindre difficulté. Veillez seulement à ce qu'il soit élé-
gamment imprimé ; je désire, vous le savez, que
l'impression soit un peu riche, et j'ai veillé à ce
que l'œil ne fût pas choqué par trop de papier
blanc ; toutefois, il faut que le compositeur donne
à chaque titre de poésie à peu près l'espace de deux

10

strophes. Oui, je croyais avoir suffisamment de manuscrit pour me passer de l'est, et le petit vaisseau ne
mettra que plus gaiement à la voile ; pourtant,
comme je l'ai dit, je compte encore sur trois à
quatre feuilles de supplément pour *Faust*, et vous
pouvez juger maintenant vous-même si le volume
aura l'étendue désirée.—J'espère que votre retour a
été agréable ; j'ai été informé tout de suite de votre
heureuse arrivée. Vous aurez sans doute beaucoup
à raconter de Paris à votre femme et à votre
garçonnet. Je vous prie de me rappeler très-affec-
tueusement au souvenir de la première. Mon état de
santé, ou plutôt de maladie, est toujours le même.
Je souffre extraordinairement, je supporte vraiment
des douleurs de Prométhée, par la rancune des
dieux, qui m'en veulent d'avoir donné aux hommes
quelques petites veilleuses de nuit, quelques lumi-
gnons d'un sou. Je dis *les dieux*, parce que je ne
veux pas m'exprimer sur le bon Dieu. Je connais
maintenant ses vautours, et je les respecte profondément. — Mon médecin me donne de l'espoir
pour cet hiver. Si seulement j'étais transportable,
vous me reverriez bientôt à Hambourg. A propos,
— comme je vous envoie un manuscrit un peu em-

brouillé, — je désire, ainsi que cela a été convenu, que vous m'envoyiez toujours pour la révision les dernières épreuves.

Et maintenant adieu ; n'oubliez pas votre ami.

CCCXII

AU MÊME

Paris, le 28 août 1861.

Cher Campe,

Le jour même où je venais de vous écrire, j'ai reçu votre première lettre, dont j'ajourne la réponse, puisque la seconde, qui m'est arrivée ces jours-ci, en exige immédiatement une. Vous aviez bien raison de presser l'envoi du manuscrit ; mais cela n'était vraiment pas nécessaire, vos intérêts me tiennent trop au cœur, et l'emportent sur tout intérêt égoïste. Je vous en donne la preuve dans ce moment même, en vous envoyant par mon frère mon manuscrit original tout entier, sauf la conclusion, bien que je ne puisse garder par devers moi que la copie de la moitié de ce manuscrit. Si j'avais voulu le faire copier en entier par Gathy, il aurait

fallu gaspiller encore trois semaines. Mon frère
est parti d'ici hier matin, et pourra dans quelques
jours vous remettre mon envoi. Votre premier soin
sera de faire copier par une main sûre toute la troisième section du livre, intitulée *Mélodies hébraïques,*
afin que, dans le cas d'un accident à l'imprimerie, il
en reste une copie; car toute cette partie n'existe
que dans ce manuscrit original, et il ne m'en reste
pas une ligne à Paris. Comme je vous l'ai dit, je
n'ai pas voulu perdre de temps, et n'ai point fait
copier par Gathy toute cette série, ainsi que les
poésies les plus considérables du premier et du second livre, savoir *Vitzliputzli* avec son prélude,
ainsi que *la Bataille d'Hastings, Rudel,* etc. Au cas
le plus fâcheux, je pourrais restituer ces trois dernières pièces par le brouillon. Mais, je vous l'ai dit,
je n'ai pas même un morceau de brouillon de la
troisième partie, et il faut que vous la fassiez copier
à part. J'avais bien dit à Gathy que je ne voulais
garder ici qu'une copie rapidement faite, et qu'il
s'agissait avant tout d'aller vite; mais... il m'aurait fallu attendre encore plusieurs semaines.
Comme je vous envoie maintenant, cher Campe,
mon manuscrit original, où il y a beaucoup de

hangements, et maintes choses notées par moi au rayon qui ont pourtant leur importance, — et que e ne puis point vous adresser le manuscrit mis au et par Gathy parce qu'il n'est ni complet, ni d'ailleurs approprié à l'impression, vous voyez bien la nécessité de m'envoyer toujours ici, pour la révision, les dernières épreuves. Faites-les imprimer sur du papier à lettre, parce que, tout en pouvant me les adresser ici sous bande, il me sera loisible, après correction faite, de vous les renvoyer sous enveloppe. D'ailleurs, il n'y aura pas autant de temps perdu que vous le croyez peut-être. Par suite de la présence de mon frère, ma tête est très-fatalement excitée, et précisément dans ce moment où des menuisiers frappent et cognent sous ma fenêtre, mes nerfs sont dans un si déplorable état, que je ne sais si je pourrai terminer à bref délai mon manuscrit. Il me reste encore à écrire toute une feuille d'impression du contenu le plus important; il faut que je refonde les annotations antérieures, qui, par le fait, sont très-amusantes, — et que je fasse copier le tout sous mes yeux : il pourra donc bien se passer trois semaines avant que j'aie accouché du tout. Mais, comme je vous enverrai par

la poste cette conclusion du livre, écrite sur papier
à lettre, vous la recevrez à temps, et peut-être longtemps même avant que ce qui précède soit composé
et imprimé. Bref, j'ai fait et fais mon possible, et
vous avez maintenant la main libre. Je ne donnerai
qu'une préface fort courte, bien que j'eusse pas mal
de choses à dire dans l'intérêt de l'auteur. C'est
après votre départ, et en grande hâte, que j'ai écrit
la poésie intitulée *Disputation*; la précédente n'est
en réalité qu'un fragment, — le loisir pour la limer
et la compléter m'a manqué, — mais je me suis
aperçu qu'en tardant davantage, je pourrais compromettre vos intérêts. La foule ne remarque pas
les défauts qu'une précipitation semblable attache
à un livre, mais ils n'en sont pas moins là, et tourmentent la conscience de l'auteur.

Je n'ai donné à mon frère aucun autre message
que de vous remettre le paquet; son arrivée m'a
été fort agréable, mais j'ai beaucoup souffert de ce
que, pendant son séjour ici, il s'est trouvé, par
suite de nouvelles inquiétantes pour ses intérêts
qu'il recevait de Vienne, dans la disposition d'esprit la plus pénible, et que d'ailleurs il avait amené
avec lui une femme malade à la mort, et tourmen-

tée par les souffrances nerveuses les plus cruelles.
Et puis la différence d'opinions politiques exerce,
même entre frères, une influence fatale. Je n'ai pu
toucher à maints sujets, et cela gênait tout libre
épanchement. C'est pourtant une terrible chose que
la politique ; impossible de se mettre complétement
au-dessus de cette superstition. J'espère que mon
frère a pu amener heureusement à Hambourg sa
femme malade, dont l'état semblait bien grave au
moment du départ, — et je vous prie de m'écrire
aussitôt que vous aurez en mains le manuscrit.
Honteux égoïsme ! Mon manuscrit me préoccupe
plus que ma belle-sœur ! Écrivez-moi seulement
quelques lignes. Mon émigration à Hambourg a été
le thème principal de mes entretiens avec mon
frère. Je devrai sans doute passer l'hiver ici ; mais,
au printemps, je tâcherai de gagner Hambourg.
Salutations amicales à tous ceux qui m'aiment. —
Votre ami.

CCCXIII

AU MÊME

Paris, le 7 septembre 1851.

Cher Campe,

J'ai bien reçu la lettre qui m'annonce l'arrivée de mon manuscrit, et je vous remercie du bon accueil que les derniers nés de mon esprit ont trouvé auprès de vous. Malheureusement, je ne suis point aussi aveugle que les pères le sont d'ordinaire pour leurs chers petits. Je connais trop bien leurs côtés faibles. Mes nouvelles poésies n'ont ni la perfection artistique, ni la spiritualité intérieure, ni la force débordante des précédentes, mais les sujets en sont plus attrayants, plus colorés; peut-être aussi la manière dont ils sont traités les rend-elle plus accessibles à la foule, et cela vous procurera-t-il un succès et une popularité durables. En tout cas, je ne vous ai pas envoyé de la camelote. J'ai retravaillé avec grand soin les éclaircissements sur *Faust;* ce n'est qu'aujourd'hui que je les ai terminés, et peut-être demain ou après-demain vous enverrai-je ce travail de bonne foi. Vous y aurez plaisir, et comprendrez que j'ai réellement fait quelque chose de considérable pour le livre par cet appendice, qui dépassera peut-être quatre feuilles et grossira d'autant le volume. J'avais d'abord l'idée de faire paraître cet appendice en un livre à part, augmenté et muni des citations découvertes par moi. Je sacrifie réellement cette idée au profit du *Romancero*. Comme je n'ai pas le temps de faire copier à part cet envoi, et que je vous adresse le manuscrit sans en garder copie, il est nécessaire que vous en fassiez faire une copie tout de suite, avant de le remettre à l'imprimerie.

Outre ce travail, j'écris encore pour le ballet une introduction spéciale de six à sept pages, qui doit être imprimée en tête du morceau.

J'écrirai aussi une préface pour le volume tout entier, mais qui sera peu considérable (six à sept pages environ). A cette occasion, je vous prie, cher Campe, de rectifier, dans la partie du livre intitulée *Mélodies hébraïques*, une erreur dont je viens de m'apercevoir, et qui m'est échappée deux fois en cet endroit. Aussi bien dans la première section du poëme intitulé *Jehuda Ben Halevi*, que dans la *Dis-*

putation, le jour de la destruction de Jérusalem est indiqué comme le *dixième* du mois Ab, tandis que c'est le neuvième.

J'ai reçu ce matin la première feuille d'épreuve de mon livre.

Il va sans dire, cher Campe, qu'il serait trop coûteux de vous renvoyer les épreuves sous enveloppe; mais je ne puis pourtant les mettre à la poste quand elles sont trop chargées de corrections à l'encre; et, comme vous m'envoyez du papier mince, je couperai, en cas semblable, les passages que j'aurai corrigés, et vous les enverrai avec ma lettre, ce qui coûtera peu de chose. La poste garde les petits paquets sous bande, du moment qu'il s'y trouve la moindre chose écrite, et, par dessus le marché, on est encore puni; ne nous exposons pas pour quelques francs à ces tracasseries. Soyez sûr que tout se fera de mon côté pour que l'impression ne soit pas arrêtée un instant. Je ne puis expédier cette lettre que demain, parce que nous sommes à dimanche, jour où la poste ferme de bonne heure. —Adieu; aimez toujours votre tout dévoué [1].

---

1. Le passage qui suit est écrit au crayon de la main de Heine.

Mon secrétaire actuel est un maître sot qui ne sait pas l'orthographe et entend mal ; comme je ne puis lire sa lettre, Dieu sait ce qu'il a écrit. Pourtant, vous comprendrez bien l'essentiel. — Je reçois dans ce moment la seconde épreuve, je l'ai parcourue moi-même, et, pour ne pas perdre de temps, je vous envoie les corrections essentielles. Je vous prie de dire au compositeur de remplacer toujours l'*i* à la fin de la syllabe ou du mot par l'*y*...

Je joins encore ici les feuilles sur lesquelles se trouvent les corrections essentielles.

Je suis très-malade ; davantage ces jours derniers. Ma tête est faible, et ma femme admire que je puisse travailler en cet état. Mais on peut compter sur moi jusqu'au dernier souffle. — Votre ami.

CCCXIV

AU MÊME

Paris, le 10 septembre 1851.

Cher Campe,

Ci-joint le manuscrit annoncé qui forme la conclusion du livre ; j'ai eu plus de peine à refondre et abréger ce manuscrit que si je l'eusse écrit tout

entier à nouveau. Après-demain, je vous enverrai
l'introduction qui doit être imprimée en tête du
ballet, et que j'écris parce que, dans la préface du
livre, je ne veux pas parler du ballet et de l'appendice, afin que vous puissiez plus tard les séparer des
poésies, si cela vous convient. Dans ce cas, les poésies suffiraient à remplir le volume. Je suis dans ce
moment infiniment souffrant, mes yeux surtout sont
très-malades, et c'est pourquoi je ne pourrai vous
envoyer la préface du livre que vers la fin du mois;
je veux laisser ma tête se reposer, une quinzaine
de jours, et terminer peu à peu les affaires cou-
rantes. Vous ne pouvez vous figurer combien je
suis tourmenté, et combien les hommes ont peu
d'égard pour ma position. De tous côtés je suis pris
à partie. — Les procédés de mon frère envers vous
m'ont fort affligé, et je ne lui donnerai plus, ni dans
cette vie, ni après, de commission pour vous. Il
m'importe que, même après ma mort, je reste en
bon souvenir auprès de vous. — Je sais fort bien
que tout n'est pas fleurs dans mon livre, mais
çà et là l'herbe y apparaît: toutefois, je n'ai pas
voulu extirper celle-ci, parce que j'envisageais le
livre comme une œuvre posthume.

Cette nuit, cher Campe, l'idée m'est venue de vous engager à m'envoyer, selon votre promesse, la lettre en question de mon cousin, et ce qui y a trait et que vous savez bien ; je suis convaincu que vous m'enverrez tout cela, comme vous vous êtes engagé à le faire, puisque nous avons mentionné, à cette occasion, une tête chère qui devait être mon garant. — Je salue amicalement mon futur éditeur qui est bien, j'espère, ainsi que madame sa maman. Quand vous écrirez à votre ami Hauenschild, dites-lui combien je suis reconnaissant de ses sentiments affectueux. Aussitôt que je serai un peu moins affairé, je veux m'occuper de lui *con amore.*

Je ne puis encore, cher Campe, vous répondre au sujet des *Poésies nouvelles* ; faites seulement faire tout de suite, avant de le remettre à l'imprimerie, une copie du manuscrit que je vous adresse aujourd'hui, car je n'en ai pas un iota. Annoncez-moi sans retard, pour ma tranquillité, la réception du manuscrit. — Votre ami.

CCCXV

AU MÊME

Paris, le 20 septembre 1851.

Cher Campe,

Bien que votre lettre me mette aux trousses de nouvelles inquiétudes, et réclame mon activité dans un moment où je suis très-souffrant, elle m'a cependant fait grand plaisir en m'apprenant que je puis vous donner deux livres au lieu d'un, et je suis tout prêt à le faire. Le motif de moralité, les occasions de scandale faciles à faire disparaître de la lettre à Lumley, ne sont pas ce qui me décide ; mais ce travail est trop long, bien que je l'aie déjà abrégé, pour aller encore s'ajouter au *Romancero*, et je l'avais déjà senti moi-même. Dès le début, mon idée était de ne donner que le ballet et non pas la lettre, et je m'y décidai plus tard par une certaine lubie qui me passa par la tête. En effet, j'avais d'abord l'intention d'utiliser ce travail pour une publication dont je ne parlais pas volontiers, de peur qu'un autre ne me volât mon idée : c'était, —

et aujourd'hui encore je vous prie de n'en rien dire, — c'était une réimpression du plus ancien livre de *Faust*, qui est peu connu, très-court et extrêmement poétique, tandis que le *Faust* si connu de Wildmann est horriblement volumineux et platement prosaïque.

Je pensais que ce livre, avec mon nom comme éditeur, deviendrait fort en vogue et acquerrait une vraie popularité. Maintenant, il faut que je renonce à cette idée, parce que je vais mourir, et je voudrais en quelque sorte la déposer chez vous. Lisez à l'occasion ce petit livre dans la sale édition de Scheiblé, où il est enseveli dans le fatras; cent cinquante pages environ.

Vous me dites que, grâce à votre fort papier, vous pourriez terminer le *Romancero* avec les poésies. J'en suis charmé, et je n'ai plus ainsi qu'à vous envoyer une préface qui aura huit pages à peu près, comme je vous l'ai dit. Si la feuille dont je vous ai renvoyé hier les corrections n'est pas encore sous presse, vous pouvez y intercaler les poésies ci-jointes; on peut, en effet, les imprimer immédiatement avant le morceau intitulé *Platenide*, — mais il faut qu'elles se suivent dans l'ordre où je

vous les envoie, et selon ma pagination. Malheureusement, je ne puis me résoudre à imprimer des
poésies que je tiens pour vraiment faibles, et, comme
il ne m'est resté, à l'exception de morceaux de ce
genre, que des poésies politiques, je ne puis vous
envoyer que du remplissage. A tout hasard, si vous
le désirez, je pourrais donner à la préface le nom
de postface, et la placer ainsi à la fin du volume.
Vous pourriez aussi y ajouter une table des matières; et, en cas de nécessité, je suis prêt à vous écrire
quelques pages de notes. Répondez-moi là-dessus.

Et maintenant un mot du second ouvrage, sur le
titre duquel je ne suis pas encore au clair. Ce titre-
ci vous irait-il: *Le Docteur Johannes Faust, poëme-bal-
let, avec des éclaircissements curieux, par Henri Heine.*
Ce que j'ai nommé *Introduction* forme maintenant
la préface de ce petit livre, et porte ici le titre
d'*Avertissement.* Il n'y a que quelques mots à changer au commencement. L'ouvrage tout entier reste
ainsi le même, et, imprimé richement, pourra faire
un joli petit volume. Si vous y tenez, je puis bien
encore y ajouter une demi-feuille de notes, et même
davantage. Je compte annoncer, dans la préface du
Romancero, la publication simultanée de ce petit

livre, et vous pouvez faire paraître les deux ouvrages en même temps. Si le *Faust* réussit, j'aurai
le plaisir de vous avoir donné un joli petit volume,
qui, sans nuire au *Romancero*, lequel peut se suffire
à lui-même, vous rapportera quelque chose sans
vous avoir causé des frais d'honoraires, — à moins
que votre générosité ne se décide à une gratification
particulière; bien que je n'aie rien de semblable en
vue maintenant, il est naturel que j'en dise un mot.
L'homme est un tel gueux, qu'il ne peut penser longtemps à l'intérêt des autres, sans se demander
si peut-être il n'y trouvera pas aussi son propre
avantage.

Je désire que vous teniez encore quelque temps
secrète la publication de mon *Faust*, afin que certains
adversaires, qui pourraient s'en servir contre moi,
n'aient pas le temps de se préparer. Je vous enverrai
dans quelques jours la préface du *Romancero*, et je
crois avoir répondu maintenant à tous les points
essentiels de votre lettre. Soyez toujours sûr que vos
intérêts me sont chers. Je salue de tout mon cœur
votre famille. Ma volonté est toujours énergique;
mais les forces me manquent, et je souffre nuit et
jour les plus horribles douleurs. — Votre ami.

CCCXVI

AU MÊME

Cher Campe,

Dans ce moment je reçois la feuille d'épreuve marquée 13 et 14, et qui va de la page 173 à 216. Mais j'ai été consterné de voir que, pour atteindre un nombre de feuilles suffisant, vous n'avez imprimé, dans la dernière partie, que quatre strophes par page. Tout mon livre est ainsi déshonoré, non pas tant parce que j'ai moi-même une terreur innée du papier blanc, une *horror vacui*, mais encore parce que je me découvre ainsi en face du public. C'est moi, et non pas vous, qui dois représenter intellectuellement le livre, et l'effet fatal qui résulte de cette inégalité d'impression, retombe sur mes poésies, et me nuit moralement. Bref, je ne puis et ne veux le souffrir, et, quelque malade que je sois dans ce moment, j'aime mieux faire mon possible pour produire le nombre de pages voulu, sans que vous ayez besoin de recourir à un moyen aussi désespéré, à un bâillon typographique. Continuez seulement à imprimer le livre comme les feuilles précédentes, et, quelque difficile que cela me soit maintenant, je crois pourtant pouvoir combler le déficit, et voici comment. Quand je pensais que le livre serait quasi trop fort, j'ai cru devoir me limiter à quelques pages de préface, d'autant plus qu'il m'est aujourd'hui fort pénible d'écrire, et que je ne projetais ladite préface que pour la symétrie. Mais maintenant celle que j'écrirai sera d'une feuille environ. En outre, le registre, la table des matières, que vous pouvez faire rédiger sans moi, atteindra quatre pages, et je vais voir si je ne puis pas vous donner pour la fin quelques pages de notes, quatre ou cinq à peu près. A la fin de la semaine, je vous enverrai cette préface. Répondez-moi tout de suite s'il ne vous conviendrait pas mieux qu'elle fût placée à la fin du volume sous le nom de *post-face*. Dites-moi en même temps si cette préface et la table vous suffisent. Et, en tout cas, faites tout de suite changer la composition, donnez l'ordre d'imprimer cinq strophes par page au lieu de quatre. Il fait trop sombre pour que je puisse revoir aujourd'hui la feuille d'épreuve. Pauvre diable que je suis, je croyais être au bout de mes tribulations, et il n'en est rien ; mais tout ce que je fais est consciencieusement fait, et je veux toujours paraître, avec chaque nouveau livre, honnêtement devant le public. Je ne veux pas qu'il y manque un bouton, tandis qu'avec ces quatre strophes par page dans la dernière partie, il me semble que mes culottes tombent devant tout le monde. Répondez tout de suite à ma lettre d'aujourd'hui, et aussi à ma dernière, au sujet de *Faust*.

Je n'ai pas encore vu Gathy, et ne lui ai point remis votre billet. Je n'ai point de nouvelles de mon frère depuis son départ, bien qu'il ait d'importantes choses à soigner pour moi. Je pense lui rendre aussi vite que possible, jusqu'au dernier sou, ce qu'il m'a avancé. Malgré tout son attachement fraternel, je ne voudrais pas, à cause de son caractère tapageur, le laisser s'immiscer dans mes affaires littéraires. Ce que vous me dites de Christiani est juste ; j'espère pourtant pouvoir faire tout par moi-même, ce qui pour mes pauvres livres serait encore le mieux. Un éditeur étranger n'est pourtant toujours qu'un beau-père. Il y a maint petit enfant dont le petit nez morveux devrait être torchonné. Si

je reste en vie et que j'en aie la force, je me soumettrai à tout cela avec le plus grand empressement,
et il en résultera pour vous plus d'un avantage que
je vous indiquerai plus tard. Quant au second volume de mes poésies, je ne vois pour le moment
d'autre ressource que de composer à neuf de quoi
le terminer. Mais je ne puis me prononcer absolument sur ce point. J'aurais encore mainte chose à
vous dire; mais j'attends dans ce moment des visites pour lesquelles je réserve le peu de forces qui
me restent. J'ai reçu de Schiff une lettre, mais non
pas les livres qu'il m'annonce sur l'adresse. Dites-
lui, je vous prie, que je lui écrirai aussitôt que j'en
aurai le loisir. — Votre dévoué.

CCCXVII

AU MÊME

Paris, 1er octobre 1851.

Cher Campe,

J'ai bien reçu votre dernière lettre, — celle où
vous me communiquez votre théorie de la bière !

1. M. Campe avait écrit à Heine : « De même que le cabare-
tier, quand la bière risque de lui manquer, maniant habile-
ment le robinet, remplit à moitié les verres d'écume, — de

11.

appliquée à la typographie,—et la précédente. Hier,
je vous ai envoyé la dernière feuille d'épreuve du
Romancero, ainsi que la postface nécessaire, que
j'ai écrite au milieu des plus effroyables douleurs,
et dans un sourd étourdissement, effort que je devrai peut-être payer pendant longtemps. Je n'ai
voulu, à aucun prix, vous laisser dans l'embarras,
que vous en soyez reconnaissant ou non. En attendant, j'ai ajourné des intérêts plus graves que vous
ne le croiriez. Toutefois, je ne veux pas m'écarter
de ma méthode, et, pour en finir, je me borne à
vous écrire aujourd'hui le plus pressé.

1° Envoyez tout de suite à l'imprimerie, et faites,
je vous prie, changer comme suit la dernière stro-
phe de la *Disputation* :

« Donna Blanka le regarde, et, semblant réfléchir, elle presse sur son front ses mains entrelacées,
et dit enfin : »

2° Envoyez-moi tout de suite ce que mon frère a
écrit sur moi dans son journal ; il m'en parle aussi
et je tiendrais à le lire.

3° Aussitôt que possible, avant que le *Romancero*
même l'imprimeur, grâce à une manœuvre analogue, sait aussi
remplacer les feuilles qui manquent au manuscrit, par une
composition moins serrée, des faux titres, etc., etc. »

ait paru, envoyez-en un exemplaire au Dr Peschel, pour le remettre à la rédaction de la *Gazette d'Augsbourg*. Il promet d'en faire tout de suite une annonce.

4° Envoyez-moi les lettres qui concernent Charles Heine, ici sous enveloppe ordinaire, puisque, en aucun cas, comme vous me l'avez annoncé, vous ne pouvez les joindre aux exemplaires. Ceux-ci, en effet, comme tous les livres qui m'arrivent d'Allemagne, sont déposés d'abord au ministère de l'intérieur; j'ai des motifs pour désirer que jamais des lettres ne se trouvent dans de semblables paquets, puisque je ne puis être présent au moment où on les ouvre. Remarquez-le pour la suite.

5° A propos, en m'envoyant les exemplaires, voyez si vous pouvez y joindre le roman de *Saint-Roche*, par madame de Paalzow, que vous prendriez dans un cabinet de lecture; je vous le renverrai dans la quinzaine.

6° Aussitôt que je pourrai respirer, je me mettrai à la correction du *Faust*.

7° Je vous préviens que je tire sur vous, à un mois de date, à l'ordre de MM. Hamberg et Ce, la somme de deux mille six cents marks.

8° Quant à mes finances, je vous annonce que mon frère a été à Prague, et est tombé d'accord avec le directeur de la Compagnie du gaz ; par suite de cet arrangement, au lieu de seize mille francs que j'avais à réclamer, je ne reçois que cinq mille francs, et encore en lettres de change payables en juillet prochain.

Vous voyez les bonnes affaires que je fais ! Cela reste entre nous. Je vous en parle uniquement à cause d'une proposition que je voudrais vous faire franchement. Vous êtes un Crésus, vous avez parfois plus d'argent comptant qu'il ne vous en faut, et, dans le cas où vous m'autoriseriez à percevoir encore cette année, sous déduction de l'escompte actuel, les honoraires du *Romancero* qui ne sont payables qu'en juillet prochain, cela me serait extrêmement agréable : d'une part, je n'aurais plus d'affaires d'argent à traiter avec mon frère ; de l'autre, je n'aurais pas à supporter une trop grande provision pour un emprunt. Mais je vous répète que je n'accepterai pas ce service, si vous ne me déduisez pas la différence de l'escompte. Dites-moi en deux mots si cela vous convient ou non. Aussitôt que je serai prêt avec mes livres, je m'occuperai de l'arrangement définitif de mes affaires temporelles, et la dernière ligne de ma postface n'est pas une simple phrase.

9° Je n'ai encore rien imaginé de définif pour les *Poésies nouvelles*. Si vous voulez réellement donner le poëte Heine tout entier, en quatre volumes, en imprimant ensemble le *Conte d'hiver* avec *Atta Troll*, je vous conseille de joindre aux *Poésies nouvelles*, au lieu du *Conte d'hiver*, le *William Ratcliff* pris dans mes *Tragédies*, — car cette pièce est un poëme qui s'adapte pour le ton et l'esprit aux autres poésies, et les complète.

10° Vous m'auriez mis dans un bel embarras si vous aviez répondu à mes réclamations au sujet d'un honoraire pour le *Faust*, en me demandant ce que je désirais. J'aurais tourné tristement mon bonnet dans mes mains, et marmotté quelques mots inintelligibles, comme de pauvres et honnêtes bourgeois auxquels on demande après un grand service rendu : « Que vous doit-on ? » Il va sans dire que vous m'avez très-convenablement payé le *Romancero*, mais le *Faust* est un tout autre livre que vous vous ferez ainsi payer par votre public, tout à fait à part. Et Dieu sait que j'ai arrangé ainsi la chose avec grand plaisir, et que j'ai fait volontiers le sacrifice de mon propre intérêt. Il me suffit de l'avantage que cela me donne vis-à-vis de vous pour quelque occasion postérieure où vous ne pourrez pas m'accuser de politesse si je préfère mon intérêt au vôtre. Mais ce cas ne se présentera peut-être pas parce que je suis fort malade, et ne pourrai de sitôt supporter les fatigues d'un travail littéraire. Mes adieux au public dans ma postface sont plus sérieux que vous ne pensez.

11° Ayez donc la bonté d'envoyer chez ma pauvre mère, et de lui faire dire que je suis bien, mais trop occupé pour lui écrire. Il ne serait pas mauvais d'ôter la postface de l'exemplaire du *Romancero* que recevra ma vieille mère.

12° Saluez très-affectueusement les vôtres pour moi. — Votre ami très-fatigué.

CCCXVIII

AU MÊME

Paris, le 13 octobre 1851.

Très-cher Campe,

Bien que je sois fort tourmenté aujourd'hui de la

migraine, et par conséquent de très-méchante humeur, je veux pourtant répondre à vos questions au
sujet des *Poésies nouvelles*, et vous dire quelque
chose de positif. Je me décide à regret, mais contraint par la nécessité, à y joindre *Ratcliff* au lieu
du *Conte d'hiver*. Vos raisons sont tout à fait justes,
et, pour que vous n'ayez pas une heure de plus à
attendre, j'ai déjà parcouru *Ratcliff*, et je vous envoie ci-joints les changements pour la réimpression.
Remarquez, je vous prie, que les titres *premier*, *second acte*, etc., sont partout supprimés. Comme le
Conte d'hiver manquera maintenant dans les *Poésies
nouvelles*, il faut aussi que l'ancienne préface du
livre disparaisse entièrement; on y perdra peu de
chose, et cette préface, qui avait été primitivement
écrite pour le *Conte d'hiver*, retrouvera là plus tard
sa place. Je suis ainsi forcé d'écrire quelques lignes
d'introduction pour les *Poésies nouvelles*, et je vous
les enverrai plus tard. Tout ce que vous dites, cher
Campe, de vos intérêts de librairie, est très-juste.
Atta Troll est, en effet, trop mince pour remplir un
volume. Mais j'ai déjà fait tout ce qu'il était possible de faire, lors de la dernière édition, retravail-
lant le tout, et y ajoutant six nouveaux morceaux

et une préface ; ce à quoi je ne m'étais point engagé, et que j'ai fait pour la chose même, d'une façon tout à fait désintéressée, bien que je n'aie pas reçu de vous en échange un mot de remerciment. Plus tard, dans mes beaux loisirs de Montmorency, j'avais l'intention d'augmenter d'au moins un tiers *Atta Troll*, et j'en esquissais déjà les plus précieuses parties ; mais, quand je vous demandai si je devais exécuter ce plan, et si je pouvais m'attendre à un honoraire pour ce grand travail, je ne reçus pas de réponse. En fait de poésies épiques, on ne peut donner tout de suite l'ensemble, et une œuvre pareille croît avec les années. Maintenant que la sérénité de mon esprit a disparu, il ne faut plus penser à l'achèvement d'*Atta Troll*, à mon dommage et au vôtre. Voilà le fâcheux effet de votre long silence ; au contraire, vous aurez pu le voir dans ces derniers temps, — quand nous voulons nous entendre, nous nous en trouvons parfaitement l'un et l'autre. C'est pour moi une pensée agréable de vous revoir peut-être l'année prochaine à Paris. Alors je vous montrerai les *atta-trolliades* projetées par moi et maintenant perdues. Je veux employer le petit bout d'existence que j'ai encore devant moi à de plus importantes choses que des ravaudages; d'ailleurs, je ne puis faire qu'une chose à la fois. Hier au soir, j'ai eu la visite de MM. Gottschall et Cornet; le dernier m'a remis le *Romancero* en feuilles. Ils m'ont annoncé encore quelques autres exemplaires; mais, comme ces exemplaires n'ont ni la tête ni la queue, je ne puis les donner aux personnes qui les attendent. Si Gottschall me les apporte, je les garderai à votre disposition. Il me faut au moins sept exemplaires du *Romancero*, par exemple: deux pour mes deux médecins, un pour l'écrivain de ces lignes, un pour la *Revue des Deux Mondes*, etc. Bref, vous feriez bien de m'en envoyer une douzaine. A Hambourg, je désire disposer de cinq exemplaires, et je vous prie d'en envoyer un à ma mère, un second à ma sœur, et un troisième à Charles Heine, avec quelques lignes indiquant que cet envoi se fait en mon nom; veuillez ne pas l'oublier, afin que mon cousin ne puisse m'accuser de négligence. A chaque exemplaire du *Romancero*, ajoutez-en un du *Faust*. Enfin, je vous prie d'envoyer un exemplaire de ce dernier livre à mon frère Gustave, à Vienne, et un autre du *Romancero* avec *Faust*, à mon frère Max, à Pétersbourg, par une bonne occasion.

Je vous ai déjà prié d'en envoyer un aussi à M. le
D' Peschel, qui écrira un article pour la *Gazette
d'Augsbourg*; c'est dans votre intérêt. Il est aussi
dans votre intérêt d'en adresser un à Varnhagen
d'Ense, à Berlin, et un autre à Detmold à Hanovre.
Je n'ai pas besoin de vous recommander notre cher
ami Weerth. A propos, l'idée me vient dans ce moment de vous prier d'en envoyer incessamment un
aussi à M. Ferdinand Friedland, directeur de la
compagnie de l'éclairage au gaz, à Prague; j'ai des
raisons d'y tenir. Je n'ai point encore reçu l'article
de mon frère, et ne lui ai pas non plus écrit.

Je ne sais encore à qui je confierai, en cas de
mort, les affaires de ma femme, car j'ai vu que le
caractère tapageur de mon frère ne le rendait guère
propre à ces choses. Croyez-moi, ce n'est pas petite
chose pour moi, que de satisfaire à tous mes devoirs, comme doit le faire tout homme de sentiment
et d'honneur.

Que j'aie voulu me faire escompter, c'est réellement sérieux de ma part, quoique je sache bien que
cela ne sonne pas assez noblement à votre oreille.
Mais compter est dans ce monde une chose nécessaire, et l'escompte ne peut-être tellement haut à

Hambourg que je ne trouve profit à échapper à celui de Paris. Faites comme vous voudrez, mais n'oubliez pas que c'est un grand service à me rendre que de m'aider à mettre mes affaires en ordre, puisque je pourrai ensuite me livrer tout entier au travail. — Votre ami.

CCCXIX

AU MÊME

Paris, le 15 octobre 1851.

Très-cher Campe,

Ce n'est que maintenant que je remarque, après l'avoir comparé avec les *Poésies nouvelles*, pour collationner le déficit, combien le *Romancero* est bien imprimé. Dans les *Poésies nouvelles* (que nous nommerons maintenant *second volume*), il n'y a que le *Conte d'hiver* qui soit imprimé à cinq strophes, et, même en retranchant ce poëme ainsi que la préface et les remplaçant par *Ratcliff*, il ne reste qu'un maigre volume, et je crains qu'il n'ait très-pauvre mine. Je veux aviser à y joindre une ou deux feuilles de remplissage, en intercalant çà et là une partie des poésies que je n'ai pas trouvées convenables pour le

Romancero. Mais j'ai dans ce moment la tête trop ap-
pesantie et trop d'opium dans le corps pour savoir ce
que je dicte. Hier, Gottschall est venu me voir; il
m'a trouvé cruellement souffrant. J'apprends par un
Hambourgeois que des passages du *Romancero* sont
déjà là-bas dans la bouche de beaucoup de gens. J'ai
prié en grâce Cornet, qui l'a lu tout entier et l'avait
reçu de Gottschall, de n'en rien communiquer. Sans
cette précaution, il aurait déjà copié, pour l'envoyer
à Dingelstedt, la poésie qui est à l'adresse de celui-
ci. J'espère que Gottschall aussi tiendra sa parole de
ne rien communiquer du *Romancero* aux littérateurs
d'ici, autrement ils rempliraient leurs correspondances d'extraits mutilés du poëme. Il serait bon
que ce fût à Paris que le *Romancero* arrivât le plus
tard. Je ne me fie pas à mon ami V., qui je le sais,
a beaucoup de pensées belges. En revanche, j'ai
pourvu ici à une réclame considérable; j'ai autorisé la *Revue des Deux Mondes* à intercaler dans une
belle annonce la traduction de six morceaux. Ces
morceaux seront ainsi connus dans leur intégrité,
sans qu'on en ait pourtant l'original. Hier, M. Taillandier, étant chez moi, a vu sur ma table l'exemplaire du *Romancero*, et, comme je lui ai dit que je

le publierais ces jours-ci à Hambourg, il aura soin
sans doute que lesdites poésies paraissent incessamment dans la *Revue* avec une belle introduction
de lui ; ce sont : *le trésor de Rhampsénit,* — *Rudel et
Mélisande,* — *Charles I*er (ces deux poésies ont déjà
été publiées précédemment en Allemagne), — ainsi
que *la Bataille d'Hastings,* et *l'Éléphant blanc,* poésie
railleuse sur une dame bien connue de la cour, la
comtesse Kalergi, et qui fera sans doute grande sensation. Vous ne pouvez vous figurer avec quelle
fermeté j'ai refusé aux Allemands toute communication de ce genre. Je n'ai même rien voulu envoyer
à Cotta, non plus qu'à mon frère, qui me demandait obstinément une poésie pour son journal. Mais
veillez à ce que la *Gazette d'Augsbourg* reçoive un
exemplaire aussi vite que possible, sous l'adresse
déjà indiquée. J'enverrai ces jours-ci, à ma sœur,
une liste des livres du cabinet de lecture, dont je demande un certain nombre, et vous pourrez y joindre
les exemplaires du *Romancero* et du *Faust.* J'ai
oublié de vous prier d'en envoyer un aussi à
Alfred Meissner à Prague ; si vous adressez ces volumes à son éditeur de Leipzig, Herbig, celui-ci les
lui enverra sans retard.

Mes soucis littéraires m'ont tellement absorbé cette dernière huitaine, que j'ai complétement oublié que c'est aujourd'hui le jour du payement de mon loyer, et, lorsque mademoiselle Pauline eût examiné ce qu'il y avait d'argent dans mon secréaire, il se trouva heureusement que cela suffisait pour mon terme, et qu'il me restait de surplus trente-trois sous. Que quelqu'un dise encore que je ne suis pas un poëte !

Et maintenant adieu, et saluez affectueusement pour moi femme et enfants. — Votre ami dévoué.

CCCXX

AU MÊME

Paris, le 31 octobre 1851.

Très-cher Campe,

Depuis trois jours, je fouille mes papiers pour y retrouver quelques feuilles que j'ai tenues encore il y a peu de semaines, et qui contiennent des poésies que j'aurais volontiers utilisées pour notre second volume; mais je ne les trouve pas, et sans doute, comme bien d'autres, elles auront été mises en

pièces par mes femmes. Il faut donc que je me contente de vous envoyer pour ce même volume le
cycle ci-joint intitulé *Ollea*, et qui doit être imprimé
entre les romances, et les poésies politiques. Il
consiste surtout en morceaux qui n'ont pu prendre
place dans le *Romancero* ; et quant à ceux dont vous
avez déjà le manuscrit, je ne les ai indiqués que par
leur titre, afin d'éviter une copie et un port double. Ci-joint encore un morceau que vous pourrez
imprimer dans le second volume, à la suite des
Chants de la Création. Il y en a un dans la 1re partie du *Salon* (page 178 et s.), intitulé *Diane*, et qui
n'a point pris place dans les *Poésies nouvelles ;* vous
pouvez l'intercaler maintenant dans le second volume, tel qu'il se trouve dans le *Salon*.

Un gueux donne plus que ce qu'il a ! Je pense
donc que vous êtes satisfait.

Je suis très-malade, et ne puis rien vous annoncer
aujourd'hui, si ce n'est que les feuilles supplémentaires du *Romancero* me sont arrivées aujourd'hui,
sous bande, en très-piteux état. Je joins ces feuilles
à celles déjà reçues du *Romancero*, car, malade comme
je suis, je ne saurais m'entendre avec un relieur,
et je ne veux les confier à aucun compatriote.

Dites-moi exactement quel jour vous avez publié ou publierez le livre, et envoyez-moi directement mes exemplaires par le chemin de fer; car j'ai renoncé à mon projet de me les faire adresser ici par ma sœur. Envoyez-moi incessamment, sous bande, deux exemplaires du *Faust*. La gravure du titre m'inquiète fort, à cause de la dame nue.

Je n'ai pas eu encore un moment pour me faire lire le livre de Hauenschild [1]; je ne veux pas lui écrire avant de connaître à fond son ouvrage. Dites-lui, s'il vous plaît, mon plus cordial remerciment; il me comble réellement de bontés; je n'y suis plus accoutumé depuis quelque temps.

Malheureusement, ceux qui m'aiment et me veulent du bien, et qui sont en même temps des natures considérables, vivent loin de moi, tandis que je n'ai dans mon entourage que des exploiteurs qui m'attaquent avec envie, du moment que je ne me laisse pas mettre au pillage. J'ai là-dessus de terribles chansons à chanter. Je vous exprime encore mon désir bien motivé de n'envoyer que tard le *Romancero* aux librairies parisiennes. Je trouve que vous avez fixé bien haut le prix de mon por-

1. *D'après nature.*

trait. Pour une lithographie, c'est trop cher. En-
voyez-m'en, aussi vite que possible, une épreuve
sous enveloppe. Pliez-la de manière que le visage
ne soit pas trop endommagé. Je veux simplement
voir quel air a la lithographie.

MM. Gottschall et Cornet semblent s'amuser beaucoup à Paris. — Votre ami.

CCCXXI

AU MÊME

Paris, le 27 octobre 1851.

Très-cher Campe,

Il faut que je vous fasse remarquer, en adjonction
à ma dernière lettre, que, si le second volume des
Poésies, malgré ce que j'y ai ajouté, vous semble
encore trop maigre, je vous propose d'y introduire
le fragment du *Manfred* de Byron, qui se trouve
dans mon recueil de poésies publié chez Maurer,
en faisant imprimer ce fragment immédiatement à
la suite de *Ratcliff*. Mais je vous prie d'imprimer
seulement ce morceau, et non pas les quelques autres poésies de Byron que j'y avais jointes.

12

Je crois que l'une de mes bonnes qualités est que l'on sait toujours à quoi s'en tenir avec moi. Là où je ne trouve pas la même qualité chez les autres, je me sens mal à l'aise sans pouvoir me défendre de cette impression. Entre nous, quelque chose de semblable se passe en moi relativement à Gathy ; je ne veux pas me plaindre de lui, — mais il a outre une timidité naturelle, quelque chose de bizarrement caché, qui m'a toujours désagréablement surpris. Avec lui, je rentre toujours mes cornes, sans que je comprenne bien pourquoi. Je vous le dis pour que vous sachiez d'avance combien peu je puis compter sur lui relativement à nos projets. C'est certainement un brave homme, mais ce n'est pas mon homme. Je ferais tout pour lui volontiers ; en tout cas, je ne voudrais pas l'exploiter, et, à ce point de vue, je désire aussi qu'il soit honnêtement rétribué par vous pour le travail et la peine que je lui ai donnés, surtout pour la rédaction de mon *Faust*. Dites-moi, je vous prie, combien je dois lui remettre en votre nom. Comme ce ne sera certainement pas moins de cent francs, je lui ferai tenir cette petite somme peut-être même avant d'avoir de vos nouvelles, qui se font souvent attendre quand il n'y va pas d'un intérêt d'affaires. Je l'ai toujours trouvé fort délicat en matière d'argent ; il n'en parlerait certainement pas, mais c'est d'autant plus mon devoir de veiller à ce que l'ouvrier reçoive son salaire. Je ne vous dirais rien là-dessus, si je n'avais calculé que le *Faust*, dont je me promettais une pluie de guinées anglaises, m'avait déjà coûté plus de cinq cent cinquante francs de ma propre bourse. Vous ne trouverez pas mauvais que je ne veuille pas sacrifier encore, après avoir agi uniquement dans votre intérêt, une centaine de francs qui doivent pourtant, en tout état de cause, être payés, puisque, comme je l'ai dit, tout ouvrier est digne de son salaire. Vous voyez que je m'en tiens toujours ferme à la Bible.

J'ai lu avec grand plaisir le petit écrit sur *Faust* que je dois à la bonté de M. Hauenschild, parce qu'il est fort mauvais, et que je vois par là que mon petit volume n'est pas superflu. La masse de la littérature sur *Faust* montre que les Allemands ont toujours du goût pour ce sujet ; que tel ou tel publie un nouveau livre pour le vieil enchanteur, ou une édition nouvelle et peu enchanteresse du vieux livre, comme l'a fait ou le fera Simrock, — il man-

quera toujours à ces ouvrages quelque chose qui se
trouve déjà sur le titre de mon livre, et qu'offrira
aussi le vieux volume si je le republie moi-même,
je veux dire mon nom. *Mon* public se sentira attiré
par là; pour d'autres, mon nom sera une garantie
que je donne quelque chose de digne d'être lu, et
l'on accordera toujours, à une simple réédition publiée par moi, la préférence sur des compilateurs
inconnus. Mais, cette fois, je donne en quelques
feuilles non pas seulement quelque chose de fort
instructif, mais une curiosité littéraire qui ne
passera certainement pas inaperçue, bien que nous
ne sachions point encore quelles destinées attendent ce folâtre nouveau-né.

Salut amical de votre bien dévoué.

CCCXXII

A M. SAINT-RENÉ TAILLANDIER [1].

Cher monsieur Taillandier,

J'ai un peu tardé à vous écrire, parce que je
ne pouvais pas remettre la main sur l'article de

1. M. Buloz avait demandé à M. Saint-René Taillandier
une étude sur les Œuvres complètes d'Henri Heine, et M. Taillandier avait promis de s'en occuper dans les premiers mois de

Chasles ; enfin, j'ai trouvé une espèce d'épreuve que j'ai hâte de vous faire parvenir. Je vous envoie, en même temps, une notice qu'un de mes amis a écrite il y a sept ans, et qui n'a pas été imprimée.

1852. Henri Heine lui-même avait, à cette occasion, offert au célèbre professeur plusieurs documents intéressants, entre autres un articles de M. Philarète Chasles, inséré autrefois dans la *Revue de Paris*. Cet article, ou plutôt cette lettre nous paraît avoir sa place marquée dans la *Correspondance* de Henri Heine. La voici textuellement :

Paris, ce 13 janvier 1835.

« Je viens de recevoir la lettre que vous m'avez fait l'honneur de m'écrire, et je me hâte de vous donner les renseignements que vous demandez.

» Je suis né l'an 1800, à Dusseldorf, ville sur le Rhin, occupée depuis 1806 jusqu'en 1814, par les Français, de sorte que dans mon enfance, j'ai respiré l'air de la France. J'ai reçu ma première éducation dans le couvent des Franciscains, à Dusseldorf. Plus tard, j'entrai dans le gymnase de cette ville, qui fut alors nommé lycée. J'y passai par toutes les classes où l'on enseignait les *Humaniora*, et je me suis distingué dans la classe supérieure où le recteur Schallmayer enseignait la philosophie, le professeur Kramer les poëtes classiques, le professeur Brewer les mathématiques, et l'abbé Daulnoie la rhétorique et la poétique françaises. Ces hommes vivent encore à l'exception du premier prêtre catholique, qui prit un soin particulier de moi, je crois à cause du frère de ma mère, le conseiller aulique de Geldern, qui était son ami d'université, et, je crois aussi, à cause de mon grand-père, le docteur de Geldern, fameux médecin qui lui avait sauvé la vie. — Mon père était négociant et assez riche : il est mort. Ma mère, femme distinguée, vit en-

12

Ma tête est trop délabrée pour que je sois en état
de dicter des notes récentes. Je me borne à vous
dire que la date de ma naissance n'est pas trop

core, retirée du grand monde. J'ai une sœur, madame Char-
lotte de Embden, et deux frères, dont l'un, Gustave de Geldern
(il a pris le nom de ma mère), est officier des dragons au service de S. M. l'empereur d'Autriche; l'autre, le docteur Maxi-
milien Heine, est médecin dans l'armée russe, avec laquelle il
a passé le Balkan. — Mes études, interrompues par des caprices romanesques, par des essais d'établissement, par l'amour et
d'autres maladies, furent continuées, l'an 1819, à Bonn, à
Gœttingue, à Berlin. J'ai résidé pendant trois ans et demi à
Berlin, où j'ai vécu dans l'intimité des hommes les plus distingués dans les sciences, et où j'ai souffert de toutes sortes de
maladies, entre autres, d'un coup d'épée dans les reins, qui me
fut administré par un certain Scheller, de Dantzig, dont je
n'oublierai jamais le nom, parce qu'il est le seul homme qui a
su me blesser de la manière la plus sensible. — J'ai étudié
pendant sept ans dans les universités que je viens de nommer,
et ce fut à Gœttingue, où je retournai, que je reçus le grade de
Docteur en droit, après un examen privé et une thèse publique,
où le célèbre Hugo, alors doyen de la Faculté de jurisprudence, ne me fit pas grâce de la moindre formalité scolastique.
Quoique ce dernier fait vous paraisse assez futile, je vous prie
d'en prendre note, parce que, dans un livre qu'on vient de publier contre moi, on a soutenu que j'ai seulement acheté mon
diplôme académique. De tous les mensonges qu'on a imprimés
sur ma vie privée, c'est le seul que je voudrais voir démenti.
Voyez l'orgueil du savant! Qu'on dise de moi que je suis bâ-
tard, fils de bourreau, voleur de grand chemin, athée, mauvais
poëte : j'en ris; mais ça me déchire le cœur de voir contester
ma dignité doctorale (entre nous, quoique docteur en droit, la
jurisprudence est précisément celle de toutes les sciences dont
je sais le moins). Dès l'âge de seize ans, j'ai fait des vers. Mes

exacte dans les notices biographiques sur mon compte. Entre nous soit dit, ces inexactitudes semblent provenir d'erreurs volontaires, qu'on a com-

premières poésies furent publiées à Berlin, l'an 1821. Deux ans plus tard, parurent de nouvelles poésies avec deux tragédies. L'une de ces dernières fut jouée et sifflée à Brunswick, capitale du duché de Brunswick. L'an 1825, parut le premier volume des *Reisebilder* ; les trois autres volumes furent publiés, quelques années après, chez MM. Hoffmann et Campe, qui sont toujours mes éditeurs. Durant les années 1826 jusqu'à 1831, j'ai résidé tour à tour à Lunebourg, à Hambourg et à Munich, où j'ai publié les *Annales politiques*, avec mon ami Lindner. Pendant les intervalles, j'ai fait des voyages dans des pays étrangers. Depuis douze ans, j'ai toujours passé les mois d'automne au bord de la mer, ordinairement dans une des petites îles de la mer du Nord. J'aime la mer comme une maîtresse, et j'ai chanté sa beauté et ses caprices. Ces poésies sont contenues dans l'édition allemande des *Reisebilder*. Je les ai retranchées dans l'édition française, où j'ai aussi retranché la partie polémique, qui se rapporte à la noblesse de naissance, aux teutomanes et à la propagande catholique. Quant à la noblesse, je l'ai encore discutée dans la préface des *Lettres de Kahldorf*, que je n'ai pas écrites moi-même, comme le voit le public allemand. Pour les Teutomanes, ces *Vieilles Allemagnes* dont le patriotisme ne consistait que dans une haine aveugle contre la France, je les ai poursuivis avec acharnement dans tous mes livres. C'est une animosité qui date encore de la *Burschenschaft*, dont je faisais partie. J'ai combattu en même temps contre la propagande catholique, les jésuites de l'Allemagne, tant pour châtier des calomniateurs qui m'ont attaqué les premiers que pour satisfaire à des penchants protestants. Ces penchants, il est vrai, ont pu quelquefois m'entraîner trop loin; car le protestantisme n'était pas pour moi seulement une religion libérale, mais aussi le point de départ de la révolution allemande, et j'appartenais à la confession luthérienne, non-seulement par acte de baptême,

mises en ma faveur lors de l'invasion prussienne, pour me soustraire au service de Sa Majesté le roi de Prusse. Depuis, toutes nos archives de famille ont été perdues dans plusieurs incendies, à Hambourg. En regardant mon acte de baptême, je trouve le 13 décembre 1799 comme date de ma naissance. La chose la plus importante, c'est que

mais aussi par un enthousiasme batailleur qui me fit prendre part aux luttes de cette église militante. Tout en défendant les intérêts sociaux du protestantisme, je n'ai jamais caché mes sympathies panthéistiques. Cela m'a fait accuser d'athéisme. Des compatriotes mal instruits ou malveillants ont depuis longtemps répandu la nouvelle que j'ai endossé la casaque Saint-Simonienne; d'autres me gratifient de judaïsme. Je regrette de n'être pas toujours en état de récompenser de tels services. Je n'ai jamais fumé; je n'aime pas non plus la bière, et ce n'est qu'en France que j'ai mangé la première choucroûte. En littérature, j'ai tenté de tout : j'ai fait des poëmes lyriques, épiques et dramatiques; j'ai écrit sur les arts, sur la philosophie, sur la théologie, sur la politique... Que Dieu me le pardonne ! Depuis douze ans je suis discuté en Allemagne; on me loue ou on me blâme, mais toujours avec passion et sans cesse. Là on m'aime, on me déteste, on m'apothéose, on m'injurie. Depuis le mois de mai 1831, je vis en France. Depuis presque quatre ans je n'ai pas entendu un rossignol allemand.

« C'est assez. Je deviens triste. Si vous demandez encore d'autres renseignements, je vous les donnerai très-volontiers. Je préfère toujours que vous les demandiez à moi-même. Parlez bien de moi, parlez bien de votre prochain, comme le recommande l'Évangile, et recevez l'assurance de l'estime et de la considération distinguée avec laquelle je suis, etc.

« J. HENRI HEINE. »

je suis né, et né aux bords du Rhin, où j'avais déjà
fait, à l'âge de seize ans, une poésie sur Napoléon,
que vous trouverez dans mon *Buch der Lieder*,
sous le titre *les Deux Grenadiers*, et qui vous fera
voir que tout mon culte d'alors était l'empereur.

Mes ancêtres ont appartenu à la religion juive ;
je ne me suis jamais enorgueilli de cette origine,
moi qui me sentais déjà assez humilié quand on me
prenait pour une créature simplement humaine,
pendant que Hégel m'avait fait croire que j'étais un
dieu ! J'étais si fier de ma divinité, je me croyais si
grand, que, quand je passais par la porte Saint-
Martin ou Saint-Denis, je baissais involontairement
la tête, craignant de me heurter contre l'arc. C'était
une belle époque, qui est passée depuis longtemps,
et à laquelle je ne puis penser sans tristesse, en la
comparant à mon état actuel, où je suis misérable-
ment couché sur le dos. Ma maladie fait des progrès
terribles !

Je n'ai pas encore reçu mon *Faust*. Aussitôt qu'il
arrivera, je vous l'enverrai sous bande.

En vous remerciant de tout l'intérêt que vous me
témoignez, je ne saurais assez vous exprimer com-

bien je vous affectionne et quelle haute estime je
vous porte. Veuillez en recevoir l'assurance sincère de votre tout dévoué.

Paris, 3 novembre 1851.

P.-S. — J'ai marqué par quelques traits de
plume un passage de cette lettre que je vous per-
mets volontiers d'intercaler dans votre article, si
vous trouvez occasion de le faire sans que je
paraisse y avoir part ; je n'ai pas besoin de vous
recommander l'à-propos, à vous qui avez fait
preuve de tant de tact, et qui avez toute l'adresse
d'un diplomate, quoique vous soyez imprégné du
génie d'outre-Rhin.

CCCXXIII

A GEORGES WEERTH[1]

Paris, le 5 novembre 1851.

Très-cher monsieur Weerth,

Vous aurez sans doute remarqué que nous
pensons plus souvent aux correspondants que nous

1. Poëte allemand, imitateur de Heine, aujourd'hui établi à
Londres.

laissons sans réponse qu'à ceux à qui nous avons écrit tout de suite une lettre de politesse afin d'en avoir fini avec eux aussi vite que possible. C'est ainsi, cher Weerth, que vous vous enracinez chaque jour plus profondément dans ma mémoire tandis que je me reproche continuellement de ne vous avoir pas encore remercié de toutes les lignes amicales que vous m'avez écrites, et surtout de votre dernière et amusante lettre. Mais j'attendais toujours un bon moment qui n'est jamais venu, et aujourd'hui enfin je me décide, je ne sais trop pourquoi, car je suis précisément plus souffrant et plus morne que jamais. Depuis quelques semaines, mon état est devenu beaucoup plus fâcheux, je ne puis plus avec ma légèreté ordinaire espérer un mieux, et, tout en me préparant au pire, je cherche au moins à payer mes dettes de correspondance. J'éteins aussi consciencieusement mes autres dettes, et jamais peut-être poëte n'est mort si bourgeoisement respectable, que je le ferai quand le Seigneur, comme disent les gens pieux, m'appellera à lui dans la vie éternelle. Je suis charmé que ma préface [1] vous ait plu ; malheureusement, je n'ai eu ni

1. La postface du *Romancero.*

le temps ni la disposition acquise pour y exprimer
ce que j'aurais précisément voulu dire, c'est que
je meurs en poëte qui n'a besoin ni de religion ni de
philosophie, et n'a rien à faire ni avec l'une ni avec
l'autre. Le poëte comprend fort bien l'idiome sym-
bolique de la religion, et le jargon abstrait de la
philosophie, mais jamais les maîtres de la religion,
ni ceux de la philosophie, ne comprendront le poëte
dont la langue sera toujours pour eux de l'espagnol,
comme le latin pour Massmann. C'est par suite de
cette ignorance linguistique que tel et tel de ces
messieurs se sont figurés que j'étais devenu bigot.
Ils ne comprennent que les créatures de fumier
auxquelles ils ressemblent, comme le dit Gœthe,
dont j'envie le nom divin. A propos de Gœthe, j'ai
relu, il y a quelque temps, les entretiens d'Ecker-
mann, et j'y ai trouvé un plaisir tout à fait calmant
et adoucissant. Lisez donc ces deux volumes si vous
ne les connaissez pas encore, et si vous pouvez vous
procurer la troisième partie de ces conversations,
qui a paru plus tard, tâchez de me l'envoyer à l'occasion. Avec mon affaiblissement d'esprit, je m'occupe volontiers de semblables lectures ; je lis
surtout maintenant des descriptions de voyage, et,

depuis deux mois, je ne suis pas sorti de la Séné-
gambie et de la Guinée. Le dégoût que les blancs
m'inspirent est sans doute cause que je m'absorbe
dans ce monde noir qui est réellement très-amu-
sant. Ces rois nègres me font plus de plaisir que
nos pères du peuple allemand, bien qu'ils sachent
également peu de chose des droits de l'homme, et
considèrent l'esclavage comme une végétation naturelle.

J'espère que mon *Romancero*, et mon *Faust* surtout, vous plairont. Dieu sait que je n'attache pas
grand prix à ces livres, et qu'ils n'auraient pas vu
de sitôt le jour, si Campe ne m'avait mis les me-
nottes [1]. Je suis dans une complète ignorance sur
le sort de mes écrits ; Campe, depuis qu'il a tout ce
qu'il lui faut, ne me donne plus de nouvelles. Si
cette lettre vous trouve à Hambourg, et que vous
me fassiez le plaisir de m'écrire, j'en saurai peut-
être quelque chose.

Je suis si engourdi par l'opium que j'ai pris coup
sur coup pour endormir mes douleurs, que je sais

---

1. Dans l'intention première de Heine, *le Docteur Faust* devait paraître comme le quatrième livre du *Romancero*, mais fut
séparé de ce recueil de poésies, sur le conseil de Campe, et
publié à part.

à peine ce que je dicte. De plus, un animal de compatriote est venu ce matin échanger avec moi ses idées dans une longue et ennuyeuse conversation; grâce à cet échange, j'ai sans doute gardé dans ma tête ses sottes idées, et il me faudra peut-être quelques jours pour m'en défaire, et retrouver une pensée raisonnable. Cet homme voyait tout en gris, ce qui est proprement sa couleur ; il disait que l'Allemagne était au bord d'un abime... Il est donc bon que l'Allemagne ne soit pas un coursier sauvage, mais un sage grison à qui les précipices ne donnent pas le vertige, et qui chemine tranquillement sur leur bord.

M. Reinhardt qui me prête sa plume, vous salue amicalement.

Ici tout est tranquille, si ce n'est que dernièrement le préfet de police, un second Hérode, projetait contre nos compatriotes, un prodigieux massacre des innocents, et angoissait fort les pauvres petits. Ils durent tous aller à la police pour rendre compte de leurs moyens d'existence, ce qui est fort difficile à beaucoup d'entre eux qui n'ont ni existence, ni moyens d'existence. Cet Hérode pensait qu'il se trouvait parmi nous un Messie politique, et la dénonciation émane malheureusement d'une personne qui ne manque pas d'éducation, et qui est même un littérateur. — Ce sont des choses horribles et dégoûtantes. Quand je pense que de semblables gens ont pu pendant des années s'approcher de moi, j'en ai le frisson. Quelle affreuse chose que l'exil ! L'une de ses plus pénibles épreuves, c'est qu'il nous fait nécessairement tomber en mauvaise compagnie, ce que nous ne saurions éviter sans nous exposer à une coalition de tous les coquins. Combien, sur ce sujet, sont douloureusement touchantes, et en même temps courroucées, les plaintes de Dante dans *la Divine comédie!*

Adieu, cher ami. Gardez votre attachement à votre tout dévoué.

CCCXXIV

A J. CAMPE

Paris, le 17 novembre 1851.

Très-cher Campe,

Je suis, dans ce moment, si malade, si horriblement malade, que je n'ai pu lire qu'à demi votre

lettre, et que je ne suis pas en état d'y répondre.
Pour ce qui concerne l'interdiction en Autriche, je
sais de source authentique que vous devez vous
l'attribuer à vous-même pour d'anciens péchés.
Gottschall, que vous verrez bientôt, vous dira que
j'ai reçu, il y a plus de quinze jours, une lettre de
libraire, écrite par animosité contre vous, pleine
de faussetés, injuste au premier chef, mais qui
montrait pourtant qu'au moment même de la publication de mon livre, les écrivailleurs étaient
déjà à l'œuvre. J'ai affaire à de tout autres critiques
qu'avec ces avant-postes de l'enthousiasme, et de
l'inimitié déclarée ; les uns et les autres ne si-
gnifient pas grand chose, précisément à cause de
leur vivacité emportée. Je n'ai pu encore, jusqu'à
présent, donner aucun exemplaire à mes amis.
Envoyez-moi tout de suite cinq exemplaires du *Romancero*, et sept du livre de *Faust*. Je les emploierai
dans votre intérêt, comme je vous le dirai plus
tard.

Si j'ai ces jours-ci un bon moment, j'écrirai une
préface pour les *Poésies nouvelles*, qui ne doivent
pas avoir un autre titre.

Les vers que Christiani vous a communi-

qués [1] sont un vieux chiffon, et il s'y trouve même
à la seule ligne un pied de trop.

Je ne vous conseille pas de publier à part le
Voyage au Hartz, puisqu'il doit paraître bientôt
dans le premier volume de l'édition complète. —
Votre ami très-souffrant.

[1]. Voici ces deux petits morceaux qui forment la dédicace du
drame de *Ratcliff*:

I

A RODOLPHE CHRISTIANI

D'une main puissante j'ai forcé les portes de fer du sombre
royaume des Esprits, et là j'ai brisé les sept sceaux mystérieux
du livre rouge de l'amour. Ce que j'ai vu dans les pages éter-
nelles, je l'ai retracé dans le miroir de ce poëme. Mon nom et
moi, nous mourrons, mais ce poëme vivra éternellement.

1822.

II

A FRÉDÉRIC MERCKEL

J'ai cherché le suave amour et j'ai trouvé la haine amère, j'ai
soupiré, j'ai maudit, j'ai saigné par mille blessures.

Puis j'ai frayé nuit et jour, en tout bien tout honneur, avec
la canaille humaine. Ces diverses études terminées, j'ai paisible-
ment écrit *William Ratcliff*.

Hambourg, 12 avril 1826.

CCCXXV

A M. SAINT-RENÉ TAILLANDIER

Paris, le 21 novembre 1851.

Mon cher monsieur Taillandier,

J'ai eu hier la visite de M. de Mars, qui m'a donné de vos nouvelles. Il m'a dit que les morceaux que vous avez traduits paraîtront avec le grand article que vous écrivez sur moi, qu'ils seront probablement intercalés... M. de Mars m'a, en même temps, prié de vous envoyer, aussitôt que possible, mon travail sur *Faust*, avec la version française dont je vous ai parlé. Je lui ai dit que cette traduction est lourde, que l'esprit de l'original y est tout à fait effacé, qu'elle manque de style sous tous les rap-

1. Cette lettre fut écrite par Henri Heine au moment où M. Saint-René Taillandier préparait l'article inséré dans la *Revue des Deux Mondes*, le 1er avril 1852. Il y est question aussi d'une traduction du *Tanzpoem* de *Faust*, traduction très-lourde, très-effacée, sans nul caractère, que Henri Heine priait M. Taillandier de refaire entièrement pour la *Revue des Deux Mondes*. Celui-ci la fit effectivement, et elle parut dans la *Revue*, le 1 février 1852, sous ce titre : *Méphistophélès et la Légende de Faust.*

ports, et qu'elle ne peut servir que comme commentaire, vu que la traduction avait au moins le mérite de comprendre à fond le sujet, qui est toujours plus à la portée d'un Allemand que d'un Français, quelque érudit et spirituel qu'il soit.

J'ai dit, en outre, à M. de Mars que j'avais arrangé mon travail tout exprès pour *la Revue*; mais je pense que tout changement que nous ferons, c'est de mettre, à la fin du travail, ce qui, dans mon livre, est l'introduction, et de le faire précéder seulement d'une petite notice qui résume les quelques renseignements que je donne dans les premières pages de cette introduction. La chose principale, c'est que cet opuscule conviendra beaucoup à *la Revue*, et répondra aux besoins de Buloz, qui veut instruire son public en l'amusant. Je me flatte d'avoir donné des légendes allemandes toutes nouvelles, et traité, en même temps, des questions d'art et de littérature très-sérieuses. Je vous envoie donc aujourd'hui ce petit livre sous bande, et je joins à cette lettre le manuscrit de ladite traduction, dont vous tirerez peut-être quelque avantage, mais dont vous ne pourrez certainement utiliser aucune ligne. Je serai enchanté si vous voulez vous occuper d'une nouvelle version, qui n'est pas chose facile, comme vous verrez, mais qui, j'espère, aura quelque attrait pour vous, et entrera un peu dans vos prédilections romantiques. Vous me rendrez un grand service, et je crois, en même temps, que vous ferez beaucoup de bien à *la Revue*.

Mon Romancero fait son chemin en Allemagne avec grand bruit; et, quoique ma vanité de poëte n'y trouve pas son compte, il vaut mieux, pour mon état de malade, que je sois un peu éloigné du théâtre de ces succès. Même autrefois, quand je me portais bien, l'enthousiasme des Allemands avait pour moi quelque chose d'effrayant qui convenait mal à une certaine morgue rêveuse qui est dans ma nature.

J'aurais bien des choses flatteuses à vous dire, si je n'avais déjà acquis assez de tact en France pour ne pas le faire dans un moment où vous avez sous la plume un article de moi. J'espère que je vous ai envoyé assez de notes pour ce travail. Je pense que vous pourrez y reproduire ma lettre à Chasles quoiqu'elle soit déjà très-vieille, et que les points saillants de cette lettre n'aient plus de rapport direct au temps présent. Elle a été écrite à une époque où j'étais en butte aux persécutions de la Diète germanique, qui lançait ses décrets contre *la Jeune Allemagne*, dont elle me proclamait le chef.

A cette époque, le bouledogue gallophobe Menzel aboyait contre nous et dénonçait *la Jeune Allemagne* comme une association infernale qui avait des intérêts de synagogue et qui trahissait l'Allemagne au profit de la France. Le parti soi-disant national ameutait contre nous la multitude par des insinuations aussi perfides qu'absurdes ; on nous occupait de *Franzosenthum* (gallomanie), et d'*Unsittichkeit* (immoralité). J'avais bien des raisons alors d'affirmer que j'appartenais à l'église protestante, ce qui — quelque puéril que cela paraisse à présent, — était de quelque utilité dans la polémique du jour. Les persécutions de la Diète germanique m'ont fait beaucup de mal, et elles s'accordaient parfaitement avec l'inimitié de mes adversaires subalternes. Je suis sorti vainqueur d'une époque qui était une des plus terribles que jamais les littérateurs allemands aient eu à supporter. La génération actuelle est plus heureuse, et vous autres, littérateurs français, vous ne savez pas assez apprécier votre sort.

Adieu, mon cher Taillandier. Mes souffrances ne
13.

me permettent pas aujourd'hui de dicter davantage.
Soyez persuadé que je vous distingue et vous aime
beaucoup. — Votre tout dévoué.

CCCXXVI

A. J. CAMPE

Paris, le 8 décembre 1851.

Cher Campe,

Bien que très-souffrant aujourd'hui, et la tête
accablée du parfum de l'opium, je veux pourtant
répondre quelques lignes à votre dernière lettre.

Quant à mon portrait, vous pouvez faire auto-
graphier au-dessous l'épigraphe légère, mais fort
sérieuse pour moi, et y joindre une signature qui
ne soit pas trop mauvaise. Tout cela m'est assez
indifférent dans ma période actuelle de souffrance
qui, je l'espère, ne durera pas. J'ai là un paquet de
lettres de la plus haute importance, que je dois
laisser sans réponse, ce qui, avec ma politesse innée,
est une véritable souffrance. Dites-le, je vous prie, à
M. de Hauenschild : je suis réellement honteux de
ne lui pas avoir encore écrit. Weerth m'a dit, il y
a quinze jours, tant de merveille, de la vignette du

Faust, que je voudrais bien vous les communiquer. Vous n'avez pas d'idée de ce que j'ai à souffrir à cause de la figure nue sur le titre du *Faust*. Je réponds ainsi indirectement à ce que vous m'avez dit de l'accusation d'*immoralité*. Mon frère m'écrit que la prohibition autrichienne a été motivée par la poésie intitulée *Marie-Antoinette* ; je n'en crois rien, parce que mon frère semble intéressé, vu sa position personnelle, à ce que je ménage désormais l'Autriche. Vraiment, ce n'est pas chose nouvelle pour les Autrichiens que Marie-Antoinette a été décapitée, et il y a longtemps qu'ils ont pris leur parti de ce fait historique. Il est fort naturel, cher Campe, que, dans les quatre dernières années, aucun des ouvrages publiés par vous n'ait été défendu en Autriche ; c'étaient là les années grasses du mouvement révolutionnaire, et maintenant les années maigres recommencent. Je ne sais si c'est un libraire qui, ignorant nos relations, m'a écrit des choses qui n'avaient pour moi aucun intérêt positif. Je le crois cependant, à cause d'expressions tout à fait concordantes avec celles des libraires qui m'ont fait des offres. On disait dans la librairie de Franck que la prohibition autrichienne était dirigée non pas contre moi, mais contre vous, puisque j'avais toujours été à la solde de l'Autriche. Je reconnais à cette expression notre noble sire V... Il y a quatre ans, me trouvant un jour dans la librairie Franck, ce personnage saisit l'occasion de causer avec moi, fit comme si j'étais son égal, et, avec la familiarité effrontée qui lui est propre, me dit en face qu'on prétendait que j'étais payé par les Autrichiens. Ce compagnon banqueroutier, qui s'est enfui de Vienne à cause de ses dettes, eut réellement l'audace de dire cela d'un poëte allemand; mais la chose était de nature à ne pas m'échauffer du tout, et je lui répondis dans ma manière tranquille : « Mon cher monsieur V..., vous vous trompez je suis aussi peu payé par les Autrichiens que les Autrichiens le sont par vous. » Son visage devint aussi rouge que sa barbe. Quel bonheur que les gens ne sachent rien inventer de mieux, et connaissent si peu le point où je suis réellement vulnérable. Vraiment, en matière d'argent, je n'ai jamais donné prise à personne. Mais la *moralité...?* Eh bien, la chose n'est pas si fâcheuse qu'on le pense. Je vous ai déjà dit à Paris comment un jour l'honnête V... voulut me persuader de lui montrer

mon contrat avec vous, m'assurant qu'il saurait
bien en faire sortir, en l'épluchant, quelque petit
avantage pour moi : — pensée de filou qui me ré-
volta profondément, parce que j'appris en même
temps que vous êtes l'oncle de V... Il le prétendit
du moins, en me racontant, à sa manière de
philistin qui veut faire de l'esprit, que vous aviez
un jour, très-cher Campe, pleuré à son cou les
larmes les plus reconnaissantes, parce que, en cau-
sant, il avait nommé votre première femme sa
tante. Il s'en faisait beaucoup accroire pour cette
frasque, et assurait que vous lui aviez toujours
témoigné depuis lors plus d'affection qu'à ses frères
orgueilleux, qui ne voulaient rien savoir de leur
tante. Mais je vois avec effroi que je tombe dans le
commérage, ce que je ne ferais assurément point si
je n'étais sûr de votre discrétion ; je vous la recommande toutefois par cette raison particulière que
mon état de santé ne me permet pas d'entrer dans
des discussions. Un homme qui n'a pas de jambes
doit se tenir loin de tout V... Chose singulière que
ce pèlerin voulût vous ridiculiser, cher Campe,
par un côté qui m'a paru toujours le plus respectable en vous, et montre que vous êtes un homme

de cœur, et non pas un philistin. — J'ai la tête si lourde, que je vous ai dit sans doute tout ce qui précède confusément, et je crois devoir ajouter que c'était encore du vivant de votre femme que V..., comme il me le dit, vous fit l'honneur de s'informer de la santé de sa tante.

Hier, Gathy est venu chez moi. Je vois qu'il vous est très-attaché ; en tout cas, il est reconnaissant, et, à mon grand plaisir, il s'exprime sur votre compte avec le respect dont un homme bien élevé est seul capable. Le vulgaire n'a ni gratitude ni reconnaissance. Il y a longtemps (aussitôt que j'eus reçu votre consentement) que j'ai remis à Gathy les cent francs dont je vous prie de me créditer.

Je vous remercie de l'autorisation que vous me donnez de disposer sur vous, dans la forme que vous m'indiquez, du reste des honoraires du *Romancero*. J'ai reçu la dernière édition des *Poésies nouvelles*, et j'ai remarqué comment vous avez appliqué, en dressant la table des matières, votre théorie de la mousse de bière.

Quant au *Voyage de Hartz*, faites comme vous voudrez. Il m'est douloureux sans doute de ne pouvoir présenter ce petit livre à la génération présente, par quelques mots d'introduction. Je dois réserver mon temps et mes forces pour des besoins plus pressants.

Quant aux échéances semestrielles de ma pension, la chose est tout à fait simple. En relisant notre contrat, vous verrez que ma pension a commencé à la foire du *Jubilate*, de l'an 1848. Or, cette foire a lieu en mai, et, en prenant comme termes de payement le 1er juin et le 1er décembre, je crois être dans le vrai. Si vous voulez renvoyer d'un mois cette échéance, et la fixer au 1er juillet et au 1er janvier, la différence est si minime que je n'y attache aucune importance; mais je désire au moins, à cause de ma mort prochaine, laisser les intérêts pécuniaires de ma femme bien en règle et tout à fait liquides. Je sais que vous respectez ce sentiment. Malheureusement, j'ai fort négligé autrefois les intérêts de ma femme, abusé que j'étais par les espérances que me donnait mon oncle, et, pour avoir la paix avec Charles, j'ai laissé subsister aussi le chiffre cinq comme un nombre pair. Après ma mort, ma femme ne recevra que la moitié de cette pension, qui n'est pourtant au fond que la rente d'un capital que me destinait mon oncle,

comme on peut le conclure de toutes les circonstances. Ainsi, par exemple, quand parfois je lui
tirais une carotte, il me menaçait d'en déduire
la valeur de ce capital. Il est vrai que je ne puis
me plaindre de la générosité de Charles Heine,
il me donne plus qu'il ne serait en droit de le
faire ; — mais les choses ne sont pourtant pas
comme elles devraient être. Sans doute c'est
avant tout à ma propre sottise que je dois m'en
prendre. Mon frère aussi semble n'avoir point
réglé les affaires dont je l'avais chargé. Je lui
ai remboursé tout ce que je lui devais. Vous
comprenez pour quels graves motifs, et vous
m'approuverez.

Je vous ai renvoyé dans le temps le roman de
Godwie Castle, et j'espère que vous l'avez reçu.

Mes exemplaires sous bande me sont bien parvenus.

Dites-moi exactement ce que signifie cette prohibition en Prusse, si la chose est sérieuse, et si
elle dépend du ministère de l'instruction publique
et des cultes? Je ferai peut-être une démarche qui
vous montrera combien j'ai vos intérêts à cœur,
et avec quel zèle je voudrais aplanir tout ce qui

pourrait entraver plus tard l'édition complète.

Mes compliments à votre femme, à votre fille, à l'héritier présomptif. Je salue amicalement M. Gott-schall. Je n'ai pas encore reçu l'article que mon frère a écrit sur moi, et dont Schiff se plaignait; on me leurre toujours par de belles promesses. Je vous dirai bientôt ce qu'on peut faire pour le *Roman-cero.*

CCCXXVII

AU MÊME

Paris, le 8 janvier 1852.

Mon cher Campe,

Dans la même mesure que la Révolution fait des pas en arrière, ma maladie fait les progrès les plus sérieux, et je vois venir le moment où mes yeux ne verront plus rien. Hier au soir, j'ai cru mourir pour tout de bon; mais, ce matin, il me semble que je suis encore en vie, et je saisis cette occasion pour vous dire que ma sœur doit m'envoyer pro-chainement une caisse de livres, et que vous pou-vez y joindre les volumes que j'attends. Envoyez-moi quelques exemplaires de l'édition stéréotype du *Romancero*, quelques autres du *Livre des Chants*, de l'édition de luxe ; plus, six exemplaires du *Faust*, et enfin, si vous voulez, l'ouvrage de Hauenschild, *les Gentillâtres*, que je veux lire aussitôt que j'aurai terminé son livre, (*D'après nature*). Ce dernier me plaît toujours de plus en plus. Je vous prie de m'envoyer aussi le catalogue d'un de vos bouquinistes ; j'ai besoin dans ce moment d'un vieux livre, la *Psychologie expérimentale* du conseiller de cour P. Moritz, qui doit avoir paru à Berlin dans les 70 ou 80. S'il est à Hambourg, procurez-le moi. Il n'y a malheureusement que peu de vieux livres dans le catalogue de Towien ; n'y a-t-il là personne qui en ait de semblables, comme autrefois Bernhardt ? Le transport des livres par voie ferrée est effroyablement coûteux, parce qu'il y a à Cologne, sous le nom de commissionnaires, une compagnie de voleurs qui exploite ce transport, en s'imposant comme l'intermédiaire indispensable des bureaux de chemins de fer, et faisant payer des frais imaginaires. Si l'on peut remédier à ce désordre qui ressemble aux péages du Rhin des anciens chevaliers de proie, les frais de transport des livres ne seront plus rien ; jusqu'alors, les envois sous

bande par la poste sont encore ce qu'il y a de
mieux. — Votre pauvre ami.

CCCXXVIII

A BENJAMIN LUMLEY

Paris, le 21 février 1852.

Cher monsieur,

Pour soulager mon cœur, je me sens pressé de
vous parler d'une désagréable histoire qui n'aura
peut-être que peu d'intérêt pour vous, mais qui me
touche d'une manière très-sensible. J'avais fait traduire en français mon petit livre de *Faust* ! qui doit
faire partie d'un ouvrage plus considérable que je
publierai cette année, et j'avais envoyé cette traduction à la *Revue des Deux Mondes*. Il y a une
quinzaine de jours, le gérant de la Revue, M. de
Mars, vint me voir et me dit qu'il publierait l'ouvrage avec quelques retouches de style, me priant
seulement de changer et de supprimer certains
passages. Je le laissai complétement libre d'agir à
son gré, sous la seule réserve de ne pas changer le
titre de l'ouvrage, ni de rien retrancher de la lettre
à vous adressée. Figurez-vous mon chagrin quand

je m'aperçus, en recevant la dernière livraison de la *Revue*, que mon désir, formellement exprimé, n'avait pas été suivi. Je suis avec M. Buloz, le rédacteur de la *Revue des Deux Mondes*, dans des relations amicales, et je n'ai eu jusqu'ici aucune raison de me plaindre de lui. Par le fait, je l'ai toujours trouvé plus loyal que d'autres rédacteurs de journaux français, vrais despotes qui ont fort peu de souci de la dignité d'un écrivain et, tout en faisant grand bruit de la liberté de la presse, circoncisent et taillent à merci les pensées des autres. J'ai été d'autant plus surpris de ce qu'avait fait Buloz dans cette circonstance. Je me plaindrai amèrement, et je ne doute pas qu'il ne reconnaisse sa faute, et ne saisisse une occasion prochaine de vous en exprimer ses regrets. Je suis présentement trop malade pour m'occuper de semblables débats; mais mon amitié pour vous me fait un devoir de parler aujourd'hui. Je sais bien que vous ne serez pas surpris de rencontrer du mauvais vouloir dans la presse parisienne, mais il est toujours bon de savoir dans quelle forme il s'exprime.

Mon ballet a été fort loué de tous ceux qui ont lu le manuscrit de *Faust*, et chacun s'étonne que vous en ayez retardé jusqu'ici la représentation. Je serais infiniment réjoui si l'opinion publique vous faisait revenir à votre projet primitif, et si le succès de ce volume (travaillé par moi si consciencieusement) était pour vous la garantie du succès sur le *Théâtre de Sa Majesté*. Soyez assuré, cher monsieur, que peu de personnes ont pour vous un attachement aussi sincère que votre dévoué serviteur.

CCCXXIX

A ALFRED MEISSNER

Paris, le 1er mars 1852.

Cher Meissner,

Je vous remercie du fond du cœur de l'intérêt et de l'affection qui s'expriment dans votre dernière lettre. Je ne puis aujourd'hui vous répondre que très-brièvement, car je suis dans un état où chaque parole me coûte un effort. Depuis deux mois, je vais toujours plus mal, et je perds même l'envie de me plaindre. Le repos est dans ce moment le premier de mes devoirs de malade, et je m'abstiens pour cela de toutes les effusions qui pourraient le compromettre. Je n'ai pas reçu jusqu'ici votre *Femme*

d'Urie, mais je ferai en sorte de l'avoir aussi vite
que possible; je vous remercie beaucoup pour les
deux petits volumes, les *Poésies* et *Ziska*. J'ai retrouvé dans l'un et l'autre beaucoup de belles choses, mais je n'ai pu entendre qu'en partie la lecture
des *Poésies*, parce que quelqu'un m'a emprunté
presque de force les deux volumes, et ne me les a
plus rapportés. Règle générale : quand on m'em-
prunte un bon livre, c'est à peine si je puis le ravoir, tandis qu'on me rend consciencieusement les
livres les plus médiocres. Ainsi par exemple j'ai déjà
prêté sept fois le recueil poétique de M. ***, et pour
la septième fois ces petits oiseaux sont rentrés en
voletant chez moi, dans leur petit nid. Aussi je ne
les prêterai plus; j'en ferai un présent.

Je suis curieux de lire votre *Urie*, pour juger des
plaintes que l'on a imaginées contre vous. J'ai bien
compris l'état des choses, depuis que *** m'a donné
quelques indications sur les personnages qui, in-
capables eux-mêmes de produire quelque chose de
considérable, vous poursuivent de leur envie, et ont
organisé par le fait, contre vous, une très-sérieuse
propagande, puisqu'elle ne recule pas devant les
moyens les plus vulgaires. Mais courage! vous

l'emporterez tôt ou tard sur ces scandales, et sortirez d'autant plus victorieusement du combat. J'ai eu affaire avec de bien plus mauvais sujets, et, vraiment, ce ne sont pas ceux-là qui m'ont terrassé. Tout grand talent, m'écrivait un jour mon défunt ami Wolff, a son pou, et vous savez à qui il pensait. Mais en réalité j'en avais deux, et l'un d'eux vit encore et continue son misérable semblant d'existence. Vous, très-cher Meissner, vous avez encore quelque chose de plus fâcheux : c'est une grosse punaise, très-rampante, courant de côté et d'autre, et entrant importunément partout.

Je ne vois plus, grâce à Dieu, le père des hirondelles, et, en général, ma maison est épurée maintenant de tous les gueux de l'Est-Ouest. Ils savent mener le faible ***, et, grâce aux intrigues de M***, il s'est brouillé avec ma femme, de sorte que, lui aussi, je ne le vois plus, ce qui m'afflige. M*** est devenu un espion de police tout à fait vulgaire, tandis qu'autrefois il était simplement voleur. Par malheur, j'ai été accidentellement la cause pour laquelle il a été découvert, et maintenant il court tout le jour pour me calomnier ; son Socius*** lui prête pour cela son assistance, et prétend que j'aurais voulu le rabaisser, sans doute par envie. Je voudrais que M*** eût déjà fait un riche mariage et n'eût plus besoin de se tourmenter à la ronde dans tous les concerts et soirées, en faisant une dépense qui est mal interprétée.

Ne laissez rien voir, très-cher, de tout ce que je vous dis ici ; il est bon que vous sachiez les choses et, en attendant tranquillement, on finira par trouver un expédient ; seulement, patience ! Je vous ai donné un grand exemple ; suivez-moi aussi pour cela ! J'espère bientôt vous revoir ; je satisferai à votre désir d'avoir des informations biographiques, mais attendons encore. Au nom du ciel n'écrivez rien dans votre nouveau livre concernant les personnes qui rampent encore ici, et pourraient empoisonner l'air que je respire.

Si seulement j'étais moins souffrant, que de choses réjouissantes s'offriraient encore ! Il est inconcevable pour moi que, dans mon état si profondément misérable, j'aie pu encore écrire le *Romancero*. Vous aviez raison de dire que, de mémoire de libraire, aucun livre à son apparition, et surtout un volume de poésies, n'avait eu autant de succès. Deux mois après la publication, la quatrième édition (et stéréotype encore) était épuisée, et Campe m'avoue qu'il n'a jamais imprimé moins de cinq à six mille exemplaires par édition. Parmi les noms de ceux de mes amis auxquels il devait envoyer des exemplaires, se trouvait aussi le vôtre. Mais Campe m'a écrit qu'il ne savait où et comment vous le faire parvenir. Dites-moi un mot là-dessus. Peut-on vous envoyer d'ici, sous bande, quelque chose d'imprimé ?

Maintenant, cher ami, adieu! Je vous écrirai bientôt de nouveau, et vous dirai sans détour mes pensées, car je me fie entièrement à votre discrétion. Ma femme vous garde le plus agréable souvenir, et vous salue très-amicalement.

Je ne vous parle pas de politique; les lacunes de nos journaux vous diront assez éloquemment où nous en sommes ici.

Votre ami et contemporain.

CCCXXX

A J. CAMPE

Paris, le 18 mars 1852.

Cher Campe,

Je ne veux répondre aujourd'hui que par un signe de vie, à votre dernière lettre. Deux seules choses ressortent de tout ce que vous m'écrivez, l'une est la communication de la *Gazette de Hambourg*, l'autre l'anxiété avec laquelle vous me parlez de la future édition complète que, selon vous, les événements actuels ont indéfiniment ajournée. Ce ton découragé m'afflige d'autant plus que ma santé devient chaque jour plus mauvaise, et que j'envisage de nouveaux retards comme un désastre. Pour le prévenir autant que possible, j'ai réfléchi pendant des heures la nuit dernière, et, quelque difficile qu'il me soit aujourd'hui de dicter, je veux pourtant vous donner quelques indications. Avant tout, je vous fais remarquer que l'article sur un soi-disant procès de suppression du *Romancero* n'est peut-être et même probablement qu'une in-

vention de nos ennemis, et le vague de toute cette
annonce trahit une intention de polissons. On ne
fait jamais de procès contre un livre, mais contre
des personnes ; il n'est rien dit du tribunal devant
lequel celui-ci devrait le suivre, et, comme dans ce
cas je suis certain que le ministère des cultes n'a
fait aucune plainte de cette espèce, je suis fort tenté
de prendre le tout pour un canard empoisonné, par
lequel en même temps on cherche à rendre suspect
l'esprit moral de mes poésies. A ce point de vue, il
ne serait pas mauvais que vous fissiez imprimer,
vous aussi, une réponse à ce canard, conçue en
termes roides et officiels, et datée de Berlin, de sorte
qu'elle eût l'air d'une information venue de haut.
Nous aurions ainsi une rectification indirecte. L'accusation d'immoralité est un mensonge, et, comme
le livre est dans tant de milliers de mains, cela sera
évident pour le public ; quant aux expressions
crues, on pourrait faire dans les œuvres de Luther,
oui, même dans les œuvres du bon Dieu, dans la
Bible, une cueillette de fleurs qui feraient ouvrir de
bien plus grands yeux !

Revenons maintenant à l'édition complète. Il y a
quelques mois j'ai fait de nouveau mon testament

par main de notaire, et, pour le cas où je mourrais avant la publication, j'ai désigné un ami qui
doit la diriger à ma place, et auquel je laisserai
pour cela les instructions nécessaires, qu'il devra
suivre à la lettre. J'ai choisi une personne
dont vous serez satisfait, et qui ne vous entravera
pas dans vos arrangements, par inintelligence ou
par caprice. Ces instructions consistent surtout
dans le prospectus, où je détermine la division et le
classement des différents écrits, selon l'ordre de
date ou de sujets. Comme tout cela n'a pas lieu
seulement à cause de ma réputation, mais dans
votre intérêt, je voudrais, vu mon état précaire,
m'entendre avec vous, aussi vite que possible, sur
un semblable prospectus. Comme je suis tout d'a-
bord attentif à ce que les volumes ne soient pas
trop forts, et que je ne voudrais pas non plus, ne
fût-ce que pour la symétrie, qu'un volume fût
beaucoup plus fort que l'autre, je devrai dans tous
les cas avoir votre aide et vous demander de collationner, d'après le nombre des feuilles, les écrits
que je groupe ensemble, pour me dire si je suis
dans la juste mesure ; impossible, dans l'état de mes
yeux, de faire cette besogne moi-même.

CCCXXXI

AU MÊME

Paris, le 31 mars 1852.

Cher Campe,

Le premier objet de cette lettre est de savoir s'il vous convient que je dispose dès maintenant sur vous de mon semestre, fixé, n'est-il pas vrai, d'après nos derniers arrangements au 1er juillet, — ce qui me procurerait de l'argent comptant, dont je suis très-à court ? Ceci vous montre en même temps combien ma maladie est un monstre dévoreur d'argent, qui me jette d'ailleurs dans toute sorte d'embarras dont l'argent seul peut me tirer. Cette année-ci, plus que jamais, on m'a aussi joué de mauvais tours au point de vue financier; mais ce sont là des choses que je ne puis confier au papier. Il est triste, souverainement triste, que dans mon état actuel je doive penser à me procurer de l'argent; cependant j'y serai sans doute forcé cet été encore, et il est très-possible que (sans pourtant compromettre vos intérêts) j'entreprenne d'exploiter mon nom d'une

14.

manière qui répugne fort à mes habitudes et à mes sentiments. J'ai peut-être toujours trop sacrifié à la délicatesse, et l'on m'en a toujours su diablement mauvais gré. C'est par égard pour des survivants que j'ai sacrifié la plus grande partie de mes *Mémoires*, et les offres que je reçois maintenant pour cet ouvrage, et qui vous étonneraient, semblent une sorte d'ironie. Ne vous méprenez pas, mon ami ; je ne songe à aucune publication de ce genre qui une fois pour toutes, me tirerait, d'embarras, et je n'ai pas le moins du monde l'intention de venir ainsi indirectement heurter à votre porte. Je veux seulement vous faire prendre à cœur ma disette d'argent, et la recommander à vos méditations. Je suis dans ce moment fort malade et fort occupé, et j'éprouve comme un cauchemar de n'avoir pas encore écrit à ce bon Hauenschild, qui a été si aimable pour moi. Dites-lui que je le traite dès le début comme un vieil ami, puisque je fais toujours attendre mes lettres à mes vieux amis, tandis que j'ai toujours sous la main quelques lignes de fade politesse pour les hommes les plus indifférents.

. Votre ami dévoué.

CCCXXXII

AU MÊME

Paris, le 6 avril 1852.

Très-cher Campe,

La *Revue des Deux Mondes* avait annoncé, il y a long-temps déjà, qu'elle offrirait à ses abonnés une série de portraits gravés, sur cuivre, des notabilités de notre temps, et je vous envoie aujourd'hui le premier numéro [1], où elle a tenu sa promesse. C'est m a propre figure, en effet, qui ouvre la danse, et derrière se balance un grand morceau de Taillandier qui tout d'abord, comme vous verrez, se rapporte surtout au *Romancero*. Le premier usage que vous pouvez faire de ce numéro est d'abord de le montrer à vos dames, et puis à ma sœur, à cause du portrait, et ensuite de mettre au pillage, pour les journaux allemands, l'article du *Français*, puisque celui-ci, en dépit de son point de vue catholique, a des vues plus libres et une étendue plus compréhensible que la plupart des critiques allemandes.

1. Du 1er avril 1852.

Dernièrement, un Allemand d'ici, M. Engländer, m'a lu une critique du *Romancero* qui est, dans ce genre, une des meilleures choses que je connaisse, et qui réfute de la manière la plus éclatante l'insolente accusation d'immoralité. Je crois qu'elle était destinée à la *Gazette nationale* de Berlin ; mais elle n'y a certainement point paru, et, si cela vous convient, j'engagerai M. Engländer à faire de cet article une brochure que vous payerez, j'en suis sûr, honorablement, puisqu'elle serait de la plus haute importance pour notre édition complète ; les cafards, avec leurs grossiers mensonges, les Pharisiens, avec leurs accusations de cynisme, seraient ainsi écrasés. Mais c'est votre affaire, et je m'en occupe à cause de vous, car je suis moi-même accablé dans ce moment par d'autres soucis. Mes forces diminuent avec une maudite rapidité, et je ne puis traîner en longueur ce que j'ai à faire. — Journellement m'arrivent d'Allemagne les plus touchantes marques de sympathie ; chacun voudrait me venir en aide, mais personne ne le peut ; je vais ou bien plutôt je gis tranquillement au-devant de ma tombe. J'ai fait ces jours-ci dans mes papiers une bonne trouvaille, dont je vous parlerai incessamment.

A propos, je renonce à tirer dès maintenant mon semestre sur vous, puisqu'une ressource inattendue offre à moi. Mon frère me rembourse l'argent que je croyais déjà perdu.

La semaine prochaine peut-être, en renvoyant mes livres à Hambourg, je joindrai mon médaillon fondu en bronze, que je vous destine. J'ai fait tirer exprès pour vous un exemplaire de ce portrait en bas-relief, qui est d'une si rare ressemblance ; peut-être vous sera-t-il utile plus tard, sans parler du plaisir qu'il pourrait vous faire dans ce moment. N'oubliez pas le catalogue que j'attends. Si vous me faisiez parvenir occasionnellement *les Cent Jours* de Grabbe, j'en serais charmé.

Adieu, gardez-moi votre amitié.

CCCXXXIII

AU MÊME

Paris, le 14 avril 1832.

Cher Campe,

Je me hâte de répondre à votre dernière lettre, afin que l'ajournement de ma réponse ne pèse pas sur ma mémoire. Je vous dirai d'abord combien il m'est désagréable que vous n'ayez pas retrouvé le manuscrit de la seconde partie du *Salon*, et que c'est pour moi un travail d'enfer de combler les vides de la censure, en comparant avec l'édition française. Je me suis mis tout de suite à l'œuvre, mais je m'aperçois que je ne pourrai pas réparer ces mille petites mutilations; il n'y a que les longs passages supprimés, dix environ, que je pourrai re-traduire du français; de ces dix morceaux, il n'en est que deux dont il me reste par hasard le manu-scrit original. Il faudra sans doute que j'écrive une petite préface. Comme cette adjonction nou-velle aura bien une feuille, ou plus, on peut laisser de côté les petites poésies de la fin. Elles ne sont point là à leur place, d'autant plus que je les ai déjà introduites dans les *Poésies nouvelles*. Vous re-cevrez dans quinze jours le second volume du *Salon*, prêt à être imprimé, — ce qui est un grand sacrifice, puisque je suis occupé à cette heure de travaux beaucoup plus importants.

Mon portrait et le morceau de la *Revue des Deux Mondes* font ici la meilleure impression et je vous répète que vous ne perdriez rien et que vous gagneriez peut-être à faire paraître cet

article en brochure, dans une traduction allemande. M. Gottschall s'en tirerait fort bien,
et son article non publié ferait une excellente
préface.

Je vous remercie de l'autorisation de tirer sur
vous, à court terme, mais je ne sais encore si j'en
userai, puisque, comme je vous l'ai dit dans ma
dernière lettre, des rentrées imprévues m'arrivent.
Mais il me faut énormément d'argent, un argent
fou ; si, dans mon état actuel, je veux cette année
aller à la campagne, ce que je n'ai pu faire depuis
quatre ans par économie. Vous avez raison, cher
Campe, quand vous dites qu'il faut s'étendre d'a-
près sa couverture. C'est ce que j'ai fait jusqu'ici ;
seulement je voudrais aujourd'hui me procurer une
couverture un peu plus longue, et c'est pourquoi
je vous ai demandé conseil, mais vous ne me répondez pas, de sorte que je dois et je veux ne
prendre conseil que de moi-même. Vous aviez cru,
dites-vous, que les honoraires du *Romancero* m'auraient tiré d'embarras. Je le croyais aussi au premier moment, mais des personnes qui, précisément
à cause de ces beaux honoraires, grossis peut-être
encore par la trompette de la Renommée, me pren-

nent pour un Crésus, m'ont soutiré depuis lors plu
d'argent que je ne pouvais m'y attendre, et, en géné
ral, comme vous le savez (et par votre propreexpé
rience), je suis un mauvais calculateur. Certaine
ment je vous sais gré de m'avoir une fois payé de
honoraires raisonnables, de m'avoir épargné un
fois ce fatal marchandage, et aussi, dans la joie de
mon cœur, j'ai fait tout ce qui pouvait vous être l
moins du monde utile. Vous voyez que je reconnai
vos mérites, mais je sais aussi apprécier vos béné
fices, et, comme par le passé, tout ce que je fera
sera pour vous agréable et utile, mais le sera auss
pour moi. Aussitôt que je serai au clair avec moi
même et que j'aurai tenu conseil, grand effort don
je suis encore capable, aussitôt que j'aurai pes
mes forces, je vous dirai quand et comment vous
pourrez faire quelque chose de restaurant pou
notre pauvre ami Henri Heine. Vous connaisse
mes scrupules, et savez que je ne perds pas volontiers, en galopant sur des projets, les forces qu
me manqueraient ensuite pour les exécuter.

Vous n'avez rien répondu à mes propositions pour
le propectus. Je vous recommande pourtant l
chose, aussitôt que vous aurez quelque loisir. C

que vous me dites de l'inopportunité du moment m'inquiète. N'oubliez point cette affaire.

Adieu ; aimez toujours votre pauvre ami très-souffrant.

CCCXXXIV

AU MÊME

Paris, le 7 juin 1852.

Cher Campe,

J'espère que ces lignes vous trouveront revenu de Leipzig, gai et bien portant. Vous aurez reçu le manuscrit que je vous ai envoyé pour le second volume du *Salon*. Si la préface n'est pas encore imprimée, je souhaiterais fort d'en soigner la correction. En tout cas, si elle n'est pas imprimée, il y a une expression que je voudrais amender. En parlant de MM. Daumer, Bruno, Bauer et Feuerbach, j'avais dit : « Ces dieux sans Dieu. » Au lieu de ces mots, je voudrais mettre ceux-ci : « Ces impies qui se croient des dieux [1]. »

Il y a longtemps que j'ai reçu votre catalogue de Bernhard, et hier m'est arrivé celui de Laeisz.

1. *Diese gottlosen Selbstgötter.*

III.   18

Ce dernier semble le meilleur, mais je ne pourrai le parcourir de sitôt. En revanche, j'avais déjà examiné celui de Bernhard, et j'y ai noté la liste ci-jointe; les titres marqués d'une croix sont ceux auxquels je tiens le plus. Tâchez de me faire un petit envoi, non par le chemin de fer, mais par occasion. Mon frère Max, de Pétersbourg, passera par Hambourg en venant me voir, et vous pourriez lui remettre ce livre. J'ai lu jusqu'au bout, avec la plus grande avidité, les six volumes prussiens de Vehse [1], et je voudrais beaucoup que vous pussiez m'envoyer les volumes autrichiens qui suivent, non pas pour les garder, mais pour me les faire lire; comme je ne suis pas un collectionneur, je les rends toujours volontiers. Ce livre est pour moi du vrai caviar. Maintenant je commence à croire que, nous autres Allemands, nous finirons par avoir une véritable histoire nationale. Le livre de Vehse est le commencement. Son mérite est immense, et le bénéfice de l'éditeur ne le sera pas moins. Les imitations pousseront comme des champignons. Le che-

---

1. C.-E. Vehse, né en 1802. Son principal écrit est un livre immense, non terminé encore, sur l'*Histoire des Cours allemandes depuis la Réforme*.

min est frayé, et les Allemands arriveront enfin à voir leurs princes face à face. Quelle précieuse ménagerie de bêtes les plus originales! chacune en son genre d'un caractère différent, chacune accomplie et parfaite, de vrais chefs-d'œuvre du bon Dieu, dont la puissance de création et la grandeur poétique, apparaissent ici dans tout leur éclat, et nous contraignent à l'admiration! Ces rois de Prusse, personne ne les refera après lui, ni un Shakspeare, ni un Ranpach; il y a là le doigt de Dieu.

Malheureusement, je n'ai pas pu voir beaucoup M. Vehse, et, quand il vint la dernière fois, j'étais si malade que je n'ai pu lui parler. Mais, auparavant, nous avons beaucoup jasé ensemble, et les oreilles, à vous aussi, doivent vous avoir sonné. Franchement, vous en êtes encore sorti avec honneur, et tous deux, aussi bien le grand historien que le grand poëte, n'ont pas peint votre portrait de couleurs trop crues, et vous ont rendu justice. Vehse m'a dissuadé d'une entreprise littéraire qui commençait à m'occuper, et il m'a fait remarquer que le public trouve maintenant beaucoup plus de charme à la peinture de situations sociales et politiques qu'au vieux bavardage de littérature et d'art. Je fais mon profit de cette idée, et dans mon esprit se forme un livre qui sera la fleur et les fruits, tout le butin de mes investigations pendant un quart de siècle à Paris, et qui gardera sa place dans la littérature allemande, si ce n'est comme livre d'histoire, tout au moins comme une chrestomathie de bonne prose de publiciste. Il y a longtemps que quelques amis m'ont assuré qu'après le *Romancero*, on attendait de moi de la prose, et j'espère, avec l'aide de Dieu, répondre au mieux à ce désir. Je suis encore favorisé pour cela par des hasards remarquables. Je vous dirai bientôt quelque chose de plus positif là-dessus, car je veux me livrer à ce travail dans toute la joie de mon cœur et tout à fait à mon aise, et mettre d'abord de côté tout ce qui pourrait me déranger et m'ôter le calme de l'esprit. Avec mon triste état de santé, il faut que je calcule toutes les influences, lorsque je veux me livrer à un travail difficile. Comme je ne sais pas quels efforts je puis supporter, toute fixation de date m'est impossible, et je suis pourtant sûr que, maintenant que je vous ai parlé de mon projet, vous insisterez pour un bref délai. Mais assez pour aujourd'hui. Je vous dirai seulement que j'espère, cette année encore, donner quelques volumes qui formeront la conclusion de mon œuvre littéraire, et compléteront glorieusement mes écrits.

Je suis si occupé, que j'en oublie les affaires domestiques. Quant à celles-ci, j'ai l'honneur de vous annoncer que je dispose sur vous, à l'ordre de Hamberg et Cie, de la somme de six cent cinquante marcs, montant du trimestre à échoir, ainsi que des cent francs que j'ai payés à Gathy.

J'espère que vous verrez mon frère Max, et, comme c'est un homme non-seulement de beaucoup d'esprit, mais encore du plus grand sens, vous aurez, j'en suis sûr, du plaisir à faire sa connaissance. Il possède toute ma confiance, et l'a toujours méritée.— Ce que vous m'avez dit de M. Kietz m'a excessivement étonné; je dois pourtant lui rendre cette justice que son croquis est infiniment meilleur que l'empreinte lithographique que vous m'avez envoyée une fois, véritable caricature de mon visage, avec des yeux de morue. Au fond, je suis content : il ne m'est pas désagréable que mon visage ait échappé à cette calomnie lithographique. Adieu; gardez-moi toujours votre affection.

CCCXXXV

Paris, le 12 août 1852.

Cher Campe,

Mes meilleurs remercîments pour les livres, qui ne
m'ont coûté qu'une bagatelle : à peine deux francs
de port. Je vous remercie aussi des sentiments d'a-
mitié qu'exprime votre dernière lettre. Je ne puis
aujourd'hui en toucher qu'un point, à savoir vos
développements sur l'importance qu'il y a pour
vous à ce qu'un livre ne paraisse pas trop tard, et
vers la fin de l'année. C'est peut-être juste, mais je
ne saurais pourtant m'y arrêter beaucoup pour la
publication de mon prochain ouvrage; car, puisque ce livre est le dernier qui paraîtra de mon vivant, il faut que je songe surtout à ce qu'il soit bon
et achevé, et à ne pas faire *fiasco* au bord de ma
fosse. Il ne me reste pas de seconde flèche à lancer.
Si je n'avais pour ce dernier livre, comme vous
semblez le croire, qu'à donner le dernier poli à de
vieux articles, le travail serait bientôt fait, et l'impression pourrait déjà commencer. Mais ce n'est

pas cela. Après avoir cherché à grand'peine mes
articles dans les catacombes de la *Gazette d'Augsbourg*, il se trouve qu'ils ont été tellement défigurés
par la censure et les adjonctions, si abîmés, que je
ne puis en utiliser que la moindre partie, et que je
dois encore, avec grand labeur, restaurer ces débris
à l'aide de vieux brouillons heureusement retrouvés ;
il me faut retravailler, d'une manière plus conforme
au temps actuel, des articles entiers restés inédits ;
j'ai déjà écrit, je pourrais presque dire réinventé,
beaucoup de choses nouvelles, et vous ne savez pas
de quel travail d'enfer j'ai besoin pour restituer ce
qui manque encore, et produire, par une fonte
habile, un tout harmonieux. Il m'est impossible
de gâcher tout cela rapidement, et il me faut prendre mon temps. Je ne puis non plus donner suite
à votre idée de publier d'abord un premier volume, qui serait suivi d'un autre, puisque, même
en évitant toutes longueurs, malgré l'abondance
de mes matériaux, et ne donnant que le meilleur,
je ne puis faire paraître moins de trente feuilles
si je veux donner un tout qui ait quelque prix ; c'est
trente feuilles au moins qu'atteindra le manuscrit
avec mon plan actuel ; et, si je puis compter sur

quelques jours de santé, il est à prévoir que le travail s'allongera encore. Je puis donc décider à l'avance que le livre paraîtra en deux petits volumes qui ne peuvent être séparés. Vous savez que je suis un grand maître en fait d'arrangement, et, précisément parce que je veux montrer mon art de forme et de style avec plus d'éclat que jamais, il faut que vous me laissiez la main libre pour le temps et l'impression. Croyez-moi, c'est pour votre plus grand avantage. Je ne puis pas vous le démontrer avec évidence, puisque, aujourd'hui, en vous offrant positivement mon livre pour le publier, je ne saurais m'en faire le panégyriste. Si je n'ajourne pas davantage cette offre de publication, c'est pour deux motifs que je vous avouerai franchement. D'abord je voudrais à l'avance ne plus penser à la question d'honoraires, pour ne pas être dérangé dans mon travail. Si le livre était purement littéraire ou poétique comme le *Romancero*, je le terminerais tranquillement, sachant bien qu'il n'y aurait rien de perdu, dans le cas où la publication n'aurait lieu qu'après ma mort, quand même l'ami Campe se serait montré peut-être un peu tenace de mon vivant en fait d'honoraires. Toutefois le livre dont je

m'occupe aujourd'hui, je l'écris tout d'abord pour
l'argent. Pour cette raison, je donne essentiellement un écrit qui puisse répondre aux sentiments
du jour, et, quand il sera terminé, je ne puis le laisser chômer des années, dans le cas où mes propositions d'honoraires ne vous trouveraient pas en
belle humeur, ou ne rencontreraient pas la confiance que vous m'avez témoignée dans ces derniers
temps, de sorte que... Tout cela est peut-être injuste; mais nous sommes tous des hommes, dépendant de l'heure et du moment, et je voudrais, aussi
vite que possible, me débarrasser de ce cauchemar;
et non point, quand mon livre sera fait, et moi-
même fatigué du travail, me mettre à négocier,
m'informer à droite et à gauche à la manière des
littérateurs allemands, demander à messieurs vos
confrères ce qu'ils donneraient bien de mon ouvrage! et, après tant de misères, succédant à un pénible travail, finir par régler l'affaire. Je vous
avoue que, tout en ayant grand besoin d'argent,
quelques écus ne m'engageraient pourtant pas à
donner le livre à une autre librairie que la vôtre;
rien qu'à cette pensée, il me semble que ma bile
va s'échauffer. J'avoue aussi que la proposition de

15.

certains amis de venir en aide, une fois pour
toutes, à mes finances, au moyen de la publication
d'un livre par souscription, que cette idée, dis-je,
ne me sourit nullement, et que je voudrais beaucoup, aussi vite que possible, pouvoir remercier
publiquement, en déclinant leurs offres, ceux qui,
de tous côtés, m'engagent à leur permettre d'ouvrir
des listes ; je n'attends pour cela que le moment de
pouvoir annoncer en même temps que mon prochain ouvrage paraîtra chez vous, peut-être cette
année encore. C'est la seconde raison pour laquelle,
dès aujourd'hui, je vous fais une offre définitive,
et vous prie de me dire au plus tôt, avec votre décision ordinaire, qu'on ne peut trop apprécier, si
ma proposition et mes conditions vous agréent, de
sorte que votre réponse, courte et précise, puisse
servir de contrat. Avec l'Ulysse de la librairie allemande, il serait insensé de ma part de ne pas dire
ma pensée aussi nettement que possible, ou de vouloir cacher une arrière-pensée dont vous auriez
bien vite trouvé la piste ; une franchise sans détour
est ce qu'il y a de mieux pour moi ; je vais donc
énumérer ici, avec toute la précision et la netteté
possibles, les points essentiels de ma proposition.

Ces points sont les suivants ; si j'avais oublié quelque chose qui pût être à votre avantage, dites-le-moi sans détours.

1° Quant au titre du livre, je me suis arrêté au suivant:

SOUS LE GOUVERNEMENT
DE LOUIS-PHILIPPE D'ORLÉANS
NOUVELLES DU JOUR [1]
PAR
HENRI HEINE

Le mot *nouvelles du jour,* ou plus exactement, *compte rendu des événements du jour,* pourrait être supprimé, ce qui rendrait le titre plus simple. Si vous voulez le garder, ou même y ajouter celui de *Paris,* cela me va. L'année passée, cher Campe, quand j'accouchai du *Romancero,* dont le nom vous appartient plus qu'à moi, vous avez montré, en fait de titres, un tact si fin et tant de sens créateur, que je ne saurais décliner votre compétence, et je ne puis mieux faire que de me soumettre modestement à votre décision. C'est pourquoi je vous fais

1. *Tagesberichts.*

remarquer que, tout d'abord, j'avais songé au titre
qui suit :

LETTRES CONTEMPORAINES

ÉCRITES A PARIS

AVANT LA CHUTE DE LOUIS-PHILIPPE D'ORLÉANS

(OU : DU ROI DES FRANÇAIS)

Je crois pourtant que vous préférerez le premier
titre, puisqu'il a pour la foule une couleur ro-
manesque, et *cabinet de lecture*. Mais nous avons
encore le temps de nous entendre là-dessus.

2° Quant au nombre des feuilles, j'ai fait dans
ma tête l'inventaire des matériaux, et cela arrive
déjà à trente feuilles. Or, il peut se faire, quand
j'avancerai dans mon travail, que ce chiffre soit
dépassé, de sorte qu'en tout cas je dois publier
deux volumes plus ou moins forts. Mais je ne m'engage que pour trente feuilles ; je suis devenu si
capricieux que je rejette aujourd'hui ce que j'ai
écrit hier, ne fût-ce que parce que le style me déplaît, et j'ai une véritable passion de concision.
Mais vous savez par expérience que je finis toujours
par donner plus que je n'avais promis.

3° Quant aux honoraires, je ne vous demande ni plus ni moins que ce que vous m'avez donné en dernier lieu pour le *Romancero* ; moyennant quoi, vous aurez la propriété du livre, le droit d'en faire autant d'éditions qu'il vous plaira, et de le faire entrer dans mes œuvres complètes. J'ai loyalement interrogé ma conscience pour savoir ce que je pouvais vous demander, sans m'exposer au soupçon de vouloir exploiter mon dernier succès, et hausser mes prix ; je n'ai considéré que l'essentiel : la valeur de mon livre, et la peine d'enfer qu'il me donne ; je puis vous demander ces honoraires sans crainte, et même avec un sentiment d'orgueil et d'assurance, tel que je ne l'avais pas en vous offrant le *Romancero*. Je sais que je donne ce qui peut être fait de mieux ; que, si dans la poésie plusieurs sont mes égaux, il n'en est pas de même pour la prose, où je pourrais maintenant donner un livre modèle, qui, indépendamment de l'intérêt, et même du piquant de son contenu, aurait sa valeur durable. En outre, je vous livre la moitié plus de manuscrit que je n'étais tenu de le faire pour le *Romancero*. Vous savez combien je puis faire, avec quelques feuilles d'impression, pour le succès d'un livre, et que de fois j'ai eu occasion de favoriser vos intérêts. Je vous l'ai montré dans ces derniers temps, à propos du *Romancero*, — des *Poésies nouvelles*, — du *Salon*, et je puis vous le prouver mieux encore si je suis vivant lors de l'édition complète. Vous savez que je suis consciencieux et ne pratique pas la recette des débitants de bière que vous m'avez imprudemment dévoilée, et qui me permettrait de vous servir une écume décevante au lieu de bonne bière. Payez bien, je donne de celle-ci; autrement, vous en aurez pour votre argent. Vous voyez ma franchise; je ne vous cache pas mon jeu; je vous laisse voir mes cartes, et je puis le faire sans danger, puisque je n'ai en main que des atouts. Je suis persuadé, comme de mon existence, que si je demandais davantage, vous le donneriez également; je pourrais vous soutirer de grosses sommes, si c'était là ma façon d'agir. La main sur le cœur, vieil ami Campe, n'est-ce pas moi qui vous tiens? Permettriez-vous, à n'importe quel prix, que l'un de vos respectables confrères reçût de moi ne fût-ce qu'une feuille à publier? Cette feuille ne manquerait-elle pas dans l'édition complète que vous ne uvez ajourner longtemps? Votre point d'honneur n'est-il pas engagé à ne pas laisser inédit un re de moi, à cause de la question des honoraires, ème en supposant que ce livre dût vous mettre perte? Vous voyez que j'ai découvert votre côté ble; mais ce côté faible n'est qu'une noble générosité, et je ne suis pas assez gredin pour en user. Les natures égoïstes ne voient chez les tres que des motifs égoïstes, ce qu'il y a de eilleur chez eux leur échappe, et c'est ainsi que poëte est souvent plus perspicace en affaires que importe quel homme d'affaires endurci.

4° Quant au payement des honoraires, je désire re autorisé à en tirer sur vous la valeur, aussitôt ue j'aurai livré la dernière feuille du manuscrit, à trois mois de date.

5° Relativement à l'impression du livre, j'exrime le vœu qu'elle soit tout à fait semblable à elle des *Reisebilder*.

6° Enfin, quant au moment de la livraison, je uis seulement promettre de faire tout mon possible pour que le manuscrit soit prêt fin d'octobre. i c'est possible plus tôt, — ce dont je doute, — ela se fera à coup sûr; malheureusement, c'est dans les premières pages du livre que se trouve la portion la plus considérable à faire, tandis que la fin, où les matériaux sont déjà quelque peu préparés, pourra être plus vite terminée. Si j'ai quelques bonnes heures, j'irai vite ; mais j'ai pris la ferme résolution de donner un bel achèvement à ce livre, qui sera certainement mon dernier écrit, d'y exprimer des choses que je ne puis dire nulle part ailleurs, bref de me satisfaire moi-même cette fois, sans songer le moins du monde à Campe, qui, en définitive, tirera plus tard, de cette façon d'agir, de plus solides avantages que ceux que lui offrirait l'exploitation passagère du moment. Je vous prie donc instamment, cher vieil ami, de me laisser la main libre pour le terme où je devrai livrer le manuscrit. Assurément, vous ne le regretterez pas. Plus longtemps j'y travaillerai, meilleur sera le livre. Si j'étais bien portant, je vous satisferais aussi sur ce point, par un travail continu ; mais mon esprit dépend d'un corps horriblement malade qui parfois me laisse là tout à coup comme mon secrétaire, il y a un an, pour le *Romancero*. Éventuellement, et pour le cas où l'événement le plus sinistre, c'est-à-dire le plus humain, survenait avant que le livre fût imprimé, je me suis procuré un portefeuille où je place dans le meilleur ordre possible, tout le manuscrit qui s'y rapporte, de sorte que, quand on vous le remettra, il vous sera facile de me rendre les bons services d'un éditeur, et de transmettre l'ouvrage posthume au public, qui en pardonnera volontiers les lacunes.

Il faut que je sois prêt à tout, car, si les tortures que je subis maintenant ne diminuent pas, je devrai fermer boutique. Mon excitation d'esprit est bien plus un effet de la maladie que du génie ; ainsi, par exemple, dans ces derniers temps, pour apaiser un peu mes douleurs, j'ai versifié une quantité de drôles de fables, et bientôt j'en enverrai peut-être une à notre jeune czarovitz Campe, mon éditeur futur, pour qu'il l'apprenne par cœur. Dans ces nuits terribles, folle de douleur, ma pauvre tête se jette çà et là, et les clochettes du vieux bonnet résonnent alors avec une impitoyable gaieté.

Maintenant adieu, et, au nom du ciel, ne me faites pas attendre votre réponse; vous n'avez besoin que de m'écrire un mot, oui ou non, et vous comprenez très-bien que, dans mon état de maladie, tout retard et toute lenteur provoquent une tension qui agit d'une manière aussi funeste que le poison, et que, dans cette agitation convulsive, je puis être entraîné aux actes les plus insensés. A propos, j'aimerais assez qu'avant son départ de Hambourg, vous pussiez donner connaissance à mon frère Max du contenu de cette lettre; il ne peut lui être indifférent de savoir que, cette année encore, je puis compter sur des honoraires considérables. Il y est intéressé, soit dit entre nous, puisque, depuis long-temps déjà, je lui dois de l'argent, et que le brave garçon est en grand souci de ma détresse finan-cière. Il est au courant de toutes mes affaires in-times. C'est un homme bon, intelligent, et l'on peut compter sur sa discrétion. A part lui, je vous conjure de ne rien laisser voir à personne de ma lettre d'aujourd'hui.

Fidèle et libre. — Votre ami.

CCCXXXVI

AU MÊME

Paris, le 24 août 1852.

Très-cher Campe,

J'ai reçu votre lettre du 15; grâce à Dieu, je me suis encore tiré d'affaire à bon marché, et ma pré-

caution de ne pas procéder à la fonte du livre avant
de savoir s'il pouvait être immédiatement imprimé
et devait par conséquent être calculé pour l'actualité, ou bien s'il fallait le disposer de telle manière
qu'il ne perdît rien de sa fraîcheur à être imprimé
plus tard, cette précaution n'était pas superflue.
J'aurais voulu seulement que vous eussiez répondu
à une proposition parfaitement nette et bien arti-
culée, par un oui ou un non aussi clair, et que
vous ne m'eussiez pas mis dans la nécessité de vous
écrire une seconde fois pour vous prier de me dire
net si vous refusez mon offre. Si le volume *De la
France* n'a pas trouvé autant d'écoulement que les
autres, cela n'est point surprenant, puisque ce livre n'était autre chose qu'une reproduction brute
d'articles purement politiques, publiés successive-
ment trois mois auparavant dans la *Gazette d'Augsbourg*, et avaient figuré en même temps dans presque toutes les feuilles allemandes, en extraits plus
ou moins étendus, et tout entiers dans la plupart.
Ce livre n'était pas pour le grand public, peu accoutumé alors à des lectures politiques. D'ailleurs,
il n'était pas fort attrayant; c'est un livre mono-
tone, manquant de tout mouvement humoristique;

il n'y est question ni d'art, ni de littérature, ni de
vie populaire; c'est un récit sommaire du jour sans
lointain coup d'œil politique, que l'écrivain novice
ne pouvait encore avoir. Je ne fis rien pour l'orne-
ment de ce livre, si ce n'est une longue et brillante
préface, qui malheureusement, vous le savez bien,
ne fut pas imprimée. Je sais fort bien à quoi tient
la vogue d'un livre, et vous savez vous-même que
je suis capable, avec des loisirs suffisants, d'atteindre ce but. Vous ai-je jamais trompé sur le contenu
d'un écrit? vous ai-je jamais leurré de faux pro-
nostics à propos du volume *De la France?* Pourquoi
maintenant ces récriminations injustes? Ce que
vous dites de Louis-Philippe peut être vrai; mais,
dans mon nouveau volume, ce n'est qu'un acces-
soire, bien que, il y a quelques semaines, j'aie encore écrit supplémentairement, à son sujet, quelque
chose comme une feuille et demie d'impression qui
intéressera beaucoup. Le héros de mon livre, son
véritable héros, c'est le mouvement social que Thiers
déchaîna tout à coup lorsqu'il réveilla l'Allemagne
au bruit du clairon, et que Guizot chercha vainement à comprimer. Voilà le sujet de mon livre qui
se déroule surtout dans les années 40 à 43; la ré-

volution de février n'est que l'explosion de la Révolution, et je pourrais à bon droit donner à mon livre le titre d'école préparatoire de cette même révolution. D'ailleurs, j'avais laissé ce titre à votre libre choix, et je puis fort bien en retrancher le nom de Louis-Philippe. C'est chose singulière que les titres : j'avais un domestique qui s'étonnait naïvement de voir toujours en tête de mes livres les noms d'Hoffmann et Campe, ce qu'il blâmait en disant que Campe n'était pas très-aimé, et que Hoffmann était complétement inconnu.

Maintenant, cher Campe, une prière très-instante. Au nom de tout l'attachement que je vous ai montré dans ma vie, épargnez-moi, une fois pour toutes, ces tristes discussions d'argent, et puisse cette lettre être la dernière où j'aurai des intérêts de ce genre à débattre avec vous. Facilitez-moi toutes choses afin que je n'aie pas besoin de revenir là-dessus. Ne me parlez plus d'exemplaires moisis du livre *De la France*, de vos ennuis à propos du *Romancero*, de la souscription par laquelle vous voulez me venir en aide, — toutes choses où, sous un long masque sérieux, apparaît pourtant le fin matois que je connais si bien, et qui, dans d'autres circonstances, m'a si souvent diverti. Mais, maintenant je suis malade, j'ai besoin de tout mon temps pour terminer mes derniers travaux; aussi je vous prie de me dire, sans tant de paroles, si vous acceptez ou non ma proposition. Dans le premier cas, et si vous avez une offre honorable et acceptable à me faire (mais ne m'écorchez pas trop, ce qui me serait plus insupportable qu'autrefois, aujourd'hui que je n'ai plus que la peau et les os), — eh bien, je ferai volontiers un sacrifice. Ce que je vous demande surtout, c'est une réponse immédiate, afin que cette affaire, qui me dérange dans mon travail, me sorte de la tête. Je ne sais si mon frère Max est venu à Hambourg; mais, en tout cas, je lui écrirai au premier jour, et je vous prie de lui faire savoir où nous en sommes. Ce n'est point un homme d'argent, c'est la plus honnête âme du monde; et, si vous pensez qu'il pourrait être, malgré sa qualité de frère, l'arbitre loyal de nos intérêts communs, je lui donnerai volontiers carte blanche pour s'entendre avec vous sur la question des honoraires. Il connaît mes besoins, il sait jusqu'où peuvent aller les concessions, et combien je suis peu embarrassé pour faire de l'argent avec du papier, et, s'il le trouve opportun, il pourrait vous confier bien des choses qui auraient leur importance, et seraient faites pour vous éclairer. Mais la vraie lumière ne vient que du ciel, et c'est à celle-là que je vous recommande. En tout cas, soyez convaincu que votre amitié m'est chère, — mais, encore une fois, il ne faut pas qu'elle soit trop chère. — Votre ami dévoué.

CCCXXXVII

AU MÊME

Paris, le 12 septembre 1852.

Cher Campe,

L'absence de mon ami Reinhard, qui est à la campagne, et ne vient chez moi qu'une fois la semaine, est cause que je n'ai pas encore répondu à votre dernière lettre. D'ailleurs, il n'y avait rien de pressant à vous en dire, bien que le contenu en fût assez pénible. Je sais maintenant ce que je voulais tout d'abord savoir, c'est-à-dire que je dois écrire mon livre de manière que peu importe qu'il ne soit pas imprimé tout de suite, et plutôt qu'il puisse rester des années dans mon secrétaire sans vieillir. J'estime que vous refusez mon offre, et je vous donne ma parole que je ne suis rien moins que mécontent, mais plutôt cordialement joyeux de n'avoir pas besoin de satisfaire à mon engagement à bref délai ; je suis comme délivré d'un fardeau, car je sens que je ne puis nullement être prêt cette année, mais seulement au printemps, si je veux donner à mon livre, comme j'en ai le projet, un contenu intéressant et une forme achevée ; le plan de l'ouvrage s'est même étendu dans mon esprit, je compte y faire entrer l'histoire d'aujourd'hui, et il pourra bien s'y rencontrer des portraits, de sorte qu'il ne serait pas à propos de trop se hâter pour la publication.

J'ai la conscience de n'avoir rien fait qui pût vous autoriser à mettre en doute le moins du monde ma loyauté. Que signifie ce cri d'indignation à propos d'un prétendu congrès de mes frères qui se sont conjurés contre vous à Hambourg ? Que veut dire cette définition d'un droit de vente à propos duquel vous remarquez qu'une offre fictive ne peut avoir lieu ? Comment votre mauvaise humeur contre mon frère Gustave (quelque juste qu'elle puisse être) a-t-elle pu vous engager à aggraver encore mes chagrins, moi qui ai déjà à porter un assez lourd fardeau ? Vous ai-je envoyé mon frère ? A-t-il le moindre mandat de ma part ? Ne vous ai-je pas dit dès longtemps ma pensée sur son caractère querelleur en vous assurant que j'arrangerais tout de sorte qu'il n'eût pas à intervenir entre nous? Je vous ai proposé l'intervention de Max, qui a le caractère le plus conciliant, et dont la sensibilité va presque trop loin, puisqu'il voulait lui-même faire des sacrifices pour la paix de notre ménage. Bref, Gustave Heine est mon frère, je l'aime comme tel, parce qu'en tout état de cause on doit aimer son frère. En outre, il m'a rendu d'importants services, et je serai vraiment le dernier à me tourner contre lui ; mais chacun dans la famille vous dira qu'il est tombé comme une bombe à Hambourg, et a su, pendant son court séjour, exciter les uns contre les autres la plupart des miens. Comment donc pourrais-je me plaindre de ce qu'il ait aussi voulu nous brouiller? Déjà, à la vulgarité de tout ce qui s'est passé, vous pourriez reconnaître que je n'étais pas en jeu, et qu'il ne s'agissait pas d'amener une rupture entre nous. Des intérêts particuliers peuvent avoir agi là dedans; j'ai

16

remarqué depuis longtemps que, dans mon état désespéré de maladie, mon frère Gustave a cru de son devoir de se faire mon curateur littéraire. Relativement à mon livre, il a encore des vues spéciales que le tact m'empêche de vous avouer, mais que vous devinerez peut-être. Il m'a dit, il y a longtemps, qu'il avait l'intention de joindre à la publication de son journal celle de nouveautés littéraires, engagé qu'il est à cette entreprise par un libraire de ses amis. Max pense réellement que je serais bien fou de laisser, à prix d'argent, exploiter mon nom par Gustave pour le feuilleton de son journal ou pour quelque réclame. Il m'a fait, il y a trois semaines, une importante avance d'argent sur des affaires dont je lui ai remis la gestion ; il sait qu'il aura des remboursements à faire, et il sait qu'il n'a aucune espèce de puissance sur moi. Ce n'est pas lui, c'est réellement M. Bacher qui m'a été député, dans un but amical, avec le projet de souscription. Mon frère Gustave ne peut rien savoir non plus de mes *Mémoires*, dont, par le fait, une grande portion a été détruite; il n'a que des présomptions et en dit toujours plus qu'il n'en sait. Je suis extrêmement affligé que

vous n'ayez pas appris à le connaître par un meilleur côté ; il a beaucoup de bonnes qualités, et ce
n'est que sa passion des disputes et son intempé-
rance de langue qui peuvent le rendre odieux ; mais,
comme je vous l'ai dit, en tout état de cause, j'ai-
merai toujours un frère ; je sais pourtant qu'il a
terriblement déblatéré contre moi, mais je ne varie
pas facilement dans mes affections, et même les
amis, qui me tourmentent à coups d'épingles, peuvent compter sur ma tolérance. D'ailleurs, Gustave
ne s'est rendu coupable ici d'aucune expression
malveillante à votre égard ; il n'a jamais vu mon
contrat avec vous. Votre honnête neveu, M. V...,
est le seul qui ait eu le front de m'engager à le lui
montrer afin d'y découvrir, dans un vice de rédaction, quelques avantages pour moi.

De dégoût, c'est à peine si je puis dicter plus
loin ; le Ciel vous pardonne, cher Campe, d'avoir
eu la pensée que je pourrais jamais prêter la main
à ces honteuses manœuvres. Les droits que je vous
ai reconnus me sont sacrés. Je n'ai absolument aucun talent pour le vol, bien que j'aie poussé à la
perfection l'art d'être volé ; votre bourse est en
sûreté, lors même qu'elle serait à moitié hors de

votre poche. J'ai un puissant respect pour les po-
ches d'autrui. Si vous pensiez que les droits
que je vous ai reconnus dans notre contrat ne
sont pas assez nettement formulés, je changerais
volontiers toute expression insuffisante, pour être
sûr qu'outre-tombe la validité du traité ne puisse
donner prise à aucune chicane, en même temps
que vous êtes libre de lui donner une force iné-
branlable par toute espèce de légalisation juridique. Je donne volontiers les mains à tout cela,
tant je désire voir s'évanouir de votre âme jusqu'à
l'ombre d'une inquiétude. Le Ciel puisse vous donner encore bien des jours de bonheur et de santé!
mais nous sommes tous mortels, et celui qui a
femme et enfants doit, autant que possible, avoir
soin qu'après lui il ne leur survienne rien de fâcheux. Voilà ma manière de voir d'honnête homme.

Adieu, cher Campo, et ne me parlez plus de mon
livre; surtout épargnez-moi de nouvelles offres de
le publier à mes frais, comme vous le faites encore
dans votre dernière lettre, bien que je vous aie dit
deux fois combien je répugnais à ce mode de publication. C'est malice de votre part, rien autre; si
cela vous fait plaisir, allez! C'est ainsi que vous

prenez plaisir à annoncer un jour, dans un de vos catalogues imprimés, un drame (*Schauspiel*) du pauvre Maltitz, sous le nom d'un jeu d'échecs (*Schachspiel*), afin que cet ami, que vous aimiez beaucoup d'ailleurs, fût vexé de cette faute d'impression. Comme je vous connais maintenant et suis accoutumé à votre jeu d'échecs, il ne vous sera pas facile de m'entraîner, du fond de la paix idéale de ma conscience, dans l'arène d'un combat de puces. Celui qui jour et nuit souffre de crampes de la moelle épinière, n'a rien à craindre de semblables piqûres. Mon esprit est déjà affranchi du petit tran-tran du monde, — les vers peuvent se repaître de mon corps, je leur octroie ce festin, regrettant seulement de n'avoir que des os à leur offrir.

Libre et fidèle. — Votre ami.

CCCXXXVIII

A ALFRED MEISSNER

Aujourd'hui, cher ami, après un temps bien long, vous recevez encore de moi un signe de vie. Cela aurait eu lieu depuis longtemps si j'avais su dans quel coin du monde vous vous cachiez; mais

16.

vous êtes tantôt ici, tantôt là, tantôt dans la soli-
tude, tantôt dans la foule, et l'on se demande inutilement où il faut vous écrire pour qu'une lettre
vous atteigne. Toutefois, j'ai entendu assez souvent parler de vous, et j'ai été charmé que votre
seconde pièce ait été si favorablement accueillie à
Prague. De tout temps, ç'a été une joie pour moi de
voir les vieux proverbes et les lieux communs réfutés
par la réalité ; aussi votre triomphe dans votre ville
natale m'a fait le plus grand plaisir, en me montrant que le vieux dicton : « Nul n'est prophète en
son pays, » bien qu'emprunté à l'Évangile, n'avait
pas été, dans ce cas, *parole d'Évangile*. J'apprends
qu'en d'autres lieux, surtout à Vienne, la pièce
n'a pas plu autant ; mais il me semble que l'on peut
dire des poëtes ce que Solon disait des politiques.
que les plus mauvais sont ceux qui contentent tout
le monde. D'ailleurs, il en est du public comme du
suffrage universel : il ne peut se prononcer que sur
ce qu'il a en lui et sur ce qu'il comprend. Les Vien-
nois sont des Sybarites accoutumés à des drames
doucereux. Il faudrait écrire pour eux des tragédies
commençant par une noce et finissant par une valse
viennoise ; voilà ce qui leur plairait à coup sûr.

Je me suis fait lire deux fois votre tragédie, *la Femme d'Urie*, et j'ai pris aussi connaissance des critiques qu'on en a faites. Cette pièce a fait sur moi une impression très-forte, et je vous pronostique dans ce domaine un bel avenir. Elle est écrite avec une raison pleine de hardiesse, et a seulement le défaut de frapper en plein visage la sentimentalité allemande; l'action m'a intéressé particulièrement en ceci qu'elle dépasse constamment les visées des personnages; cela donne au drame quelque chose de surprenant, oui, de démoniaque, et me rappelle ces rochers qui, à mesure qu'on avance, dressent de nouveaux pics inattendus. Votre Batzéba est une pure et belle figure esquissée avec le plus chaste pinceau, et, en contraste avec elle, son époux est bien ce qu'il a été, le froid tyran, plein d'énergie et de présence d'esprit. Au troisième acte, on est vraiment transporté dans le désert; mais ce sont les deux derniers qui me semblent les mieux réussis. Celui qui a écrit un semblable drame peut se réjouir.

Il n'y a rien à dire sur la petitesse d'esprit de vos critiques. Ils trouvent que le monde patriarcal manque dans votre pièce, qui, à la vérité, ne peut pas être nommé biblique dans le vieux sens du mot. Ils reprochent le raffinement à votre intuition du monde. Comme s'il y avait eu un temps où les Juifs n'aient pas été raffinés !

Vous me demandez si vous devez faire front à vos ennemis ? Non, il n'y a pas de polémique possible avec des gens comme ***. Il est impossible de contraindre à la justice de semblables natures, et il faut les laisser mourir d'envie et d'impuissance. d'ailleurs, il vient un moment dans la vie de tout écrivain où, au lieu des flatteurs qui l'entouraient, et d'amis qui l'encourageaient, il ne voit plus autour de lui que des agresseurs. Du moment qu'un homme s'élève au-dessus des autres, on lui fait le procès comme troublant l'équilibre de la littérature crasseuse. Heureux celui qui n'en meurt pas, garde son appétit, et ne souffre de dommage ni dans sa santé ni dans son humour !... Adieu ! Gardez votre courage et votre ressort, et ne laissez pas l'amertume prendre le dessus.

Salut cordial de votre ami.

Paris le 13 octobre 1852.

CCCXXXIX

Paris, le 15 octobre 1852.

Cher Campe,

Je vous ai renvoyé par ma mère les livres que vous m'aviez procurés du cabinet de lecture de Bernhard, et je vous remercie encore de cet envoi. Ceux de M. Jowien m'ont causé une surprise agréable (puisqu'il me les a envoyés sans demande et d'après son propre choix), une surprise qui m'a coûté seize francs et quelques sous ; car, après comme avant, les filous de Cologne m'ont mis à contribution de la manière la plus éhontée, sous prétexte de remboursement de frais qu'ils ne se donnent pas même la peine de spécifier. Chose étrange que moi qui, au fond, m'irrite si peu de tant de vexations privées que j'ai à supporter, je m'échauffe si vite quand la filouterie s'attaque au bien général ! N'y aurait-il pas moyen d'empêcher ce désordre ? J'ai écrit pour cela à plusieurs personnes en Allemagne. Il m'est impossible, pour ces échanges de livres, de me servir du chemin de fer de Cologne, et je préfère expédier par le Havre la caisse pour ma mère. C'est par cette voie que vous m'enverrez les livres de la bibliothèque de Laeisz; j'ai extrait de son catalogue la liste ci-jointe. L'envoi n'est pas pressant. Je suis encore assez bien pourvu de livres sérieux ; mais, comme ma maladie, depuis quelques semaines, augmente d'une manière effrayante, et que mes crampes deviennent si horribles qu'au lieu de tendre mon esprit je dois faire le contraire, çà et là une lecture gaie me ferait du bien. Je cherche aussi, puisqu'enfin il faut pourtant me mettre parfois au travail, à m'occuper d'objets agréables, et qui ne me causent pas trop d'efforts. A ce point de vue, cher ami, je vous dois de véritables remerciments de n'avoir pas accepté tout de suite ma proposition de publier, encore cette année, un ouvrage considérable. Avec mon ardeur opiniâtre à tenir mes engagements et à faire pour le mieux, je me serais peut-être surmené plus que de raison, et vraiment les plus riches honoraires n'auraient été qu'un misérable prix du sang, en comparaison de ce que le livre m'aurait coûté. L'amitié la plus délicate n'aurait pu agir plus activement pour mon bien ue vous ne l'avez fait par d'autres motifs, et, ur mon honneur, je vous assure que je vous pardonne volontiers ces derniers, et que je vous garde la même amitié que si vous aviez réellement voulu me rendre le plus grand service. J'espère aussi que vos hallucinations, au sujet du complot des trois frères, d'une conspiration des poudres contre votre caisse, et Dieu sait de quel attentat nocturne sur vos droits, se sont maintenant tout à fait évanouies. D'ordinaire, on n'en rencontre de semblables que chez les gens malades des nerfs et à imagination emportée ; mais vous, l'homme d'affaires calme et pratique, vous ne devriez pas être hanté par ces rêves fiévreux, par ces visions d'Harpagon. Je connais, non par expérience, mais grâce à l'observation psychologique, ces moments de surexcitation, où l'on voit des chiffres chevauchant sur des puces, et de petits morpions d'argent qui se gonflent d'un air menaçant comme de petits éléphants. — Le Ciel vous garde, cher ami, de moments semblables, et vous conserve en joie et santé. — Votre ami dévoué.

CCCXL

A M. SAINT-RENÉ TAILLANDIER [1]

Paris, le 28 octobre 1852.

Cher monsieur Taillandier,

Je ne puis trouver des mots pour vous dire combien grand a été mon chagrin que vous m'ayez fait l'honneur d'une visite juste dans un moment où je souffrais le plus cruellement de notre maladie nationale : — je veux dire la maladie de tous les hommes de tête, la migraine. Je m'étais si fort réjoui de vous revoir, et de vous remercier verbalement de toute l'affection et la bienveillance que vous m'avez témoignées. Le même contre-temps m'est arrivé dernièrement avec Buloz, qui, à mon grand déplaisir, s'est fait annoncer chez moi au moment où je subissais une vilaine opération. Ce sont là les fatalités accessoires d'une maladie qui me consume toujours de plus en plus. J'espère que vous serez assez bon, en considération de mon état actuel, pour refaire le voyage de la rue

1. L'original de cette lettre est écrit en langue allemande.

d'Amsterdam ; — Je vous en prie, venez aussi vite que possible.

Je n'ai pas du tout oublié que vous ne possédez pas d'exemplaire complet du *Romancero*, et je vous envoie ci-joint une belle édition stéréotype ; j'y joins le *Livre des chants*, dans la même impression. Aussitôt que j'aurai une édition semblable de mes *Poésies nouvelles*, que j'ai publiées récemment dans une forme différente, je vous la ferai également parvenir. J'accompagne ce petit livre d'un exemplaire d'une édition nouvelle du second volume du *Salon*, que vous connaissez depuis longtemps ; la préface que j'ai écrite avec beaucoup de peine, pourrait seule vous offrir quelque chose de nouveau.

Je vous salue affectueusement, et reste votre bien dévoué.

CCCXLI

A. J. CAMPE

Paris, le 25 novembre 1852.

Cher Campe,

J'avais l'intention de ne vous écrire que dans quelques semaines pour vous parler de toute sorte

de petites choses ; mais, comme une accumulation
d'affaires pourrait bien m'empêcher, dans ce
moment-là, de vous écrire une longue lettre, je
viens aujourd'hui, par anticipation, vous prier de
me faire, aussi vite que possible, un nouvel envoi
de livres allemands, en vous servant de la liste que
j'ai empruntée au catalogue de Lacisz ; j'ai une
occasion pour renvoyer au milieu de janvier les
livres à Hambourg, et, quant à l'envoi actuel, vous
pouvez le faire par la voie ferrée, à moins que vous
ne trouviez quelque occasion de transport, à
meilleur marché, par mer. J'ai encore à vous remercier des livres que vous m'avez envoyés par
M. Mettler. Je ne puis rien vous dire quant à la
nouvelle édition du *Voyage du Hartz*, puisque je
n'ai pu encore, à cause de la finesse des caractères,
l'examiner de mes propres yeux. J'espère que cette
réimpression se sera faite d'après la seconde
édition des *Reisebilder*, qui a été soigneusement
revue et amendée par moi : sinon, ne négligez pas
de le faire lors d'une future réimpression, surtout
pour l'édition complète, au cas où je ne pourrais
pas, *mortis causâ*, la surveiller moi-même. Vous
me feriez plaisir en m'envoyant trois ou quatre

exemplaires de l'édition du *Romancero* à tranches dorées. Comme je ne possède pas les *Poésies nouvelles*, sous leur forme actuelle, et que je voudrais les faire connaître à plusieurs personnes, je vous prie de m'en envoyer également trois exemplaires. Je sais que je viens vous importuner dans un fort mauvais moment, puisque vous vous occupez sans doute déjà des règlements de fin d'année, et que vous préparez son arbre de Noël au public de Hambourg, ce vieil enfant ; vous ne pourrez pas, cette année, l'orner de bien grandes lumières, et il faudra vous contenter de quelques chandelles littéraires d'un sou. Mais, une fois allumées, cela a encore un certain air, et le petit bonhomme n'examine guère si c'est une bougie de cire ou un suif fétide qui éclaire l'enfant Jésus. J'espère que tout va bien chez vous. Pour moi je vais toujours mal. Je vous salue gaiement et affectueusement.

CCCXLII

AU MÊME

Cher Campe,

Je suis si malade aujourd'hui, que je ne vous
écrirai que quelques lignes; ne prenez donc pas
mon laconisme en mauvaise part.

Gathy a voulu me lire aujourd'hui une longue
lettre d'Amérique de M. Strodtmann; mais, dès que
j'en eus deviné le contenu, je l'ai prié de me faire
grâce de cette lecture, puisque l'affaire ne concerne
que vous, et que je désirais qu'il vous en écrivît
aussi vite que possible. La chose, d'ailleurs, ne m'a
point surpris, puisque je savais depuis quelque
temps déjà, par un riche émigrant, que, dans une
autre ville des États-Unis (je ne me rappelle plus
laquelle, mais pas Philadelphie), il se préparait un
semblable projet, qui s'exécuterait bientôt d'une
manière grandiose. M. Strodtmann est sans doute
un concurrent, mais je ne veux m'occuper ni de
son projet, ni des projets d'autres personnes, qui

pourraient nuire aux intérêts de mon ami Campe.
C'est vous qui saurez le mieux, cher Campe, ce que
vous avez à faire. Gathy pensait que le mieux serait de faire bonne mine à mauvais jeu, et de s'entendre avec M. Strodtmann, en même temps que
vous prendriez part vous-même à son entreprise
afin de tenir en Amérique l'affaire dans vos mains;
mais je crains que l'indignation ne vous en rende
incapable, et je le comprends. J'ai remarqué moi-
même ces jours-ci qu'il est plus facile de supporter
un dommage proprement dit, que la moindre atteinte à notre droit; et, bien que malade à la
mort, je me suis résolu hier à la pire chose qu'il y
ait au monde, c'est-à-dire un procès, pour montrer
que je préfère mourir comme un homme, que de
végéter comme un niais. Mon vieil ami Renduel
m'a déjà tenu pour mort, et a voulu hériter de mon
vivant, en faisant réimprimer ici, tout à fait à mon
insu, et il va sans dire, sans ma permission, mes
Reisebilder français. Cela avait mille désagréments
pour moi qui comptais faire de grands changements dans ce livre. Le procès commence aujour-
d'hui, et le livre est saisi. Si je ne gagne pas le
procès, je n'aurai perdu que de l'argent et non pas

ma propre estime; mais ces choses-là me font le
plus grand mal, et vous pouvez voir quel homme
tourmenté je suis, et à quel point j'ai besoin de
l'aide de vrais amis. Je ne puis souffrir aucune injustice, et c'est à qui me fait mourir; mais Dieu
sait que je sens avec la même vivacité l'injustice
qui est faite à d'autres, et je ne voudrais assurément y avoir part à aucun prix. Mon corps souffre
de grands tourments, mais mon âme est unie comme
une glace, et a encore parfois de beaux levers et
couchers de soleil.

Je salue amicalement les vôtres. Le ciel vous
donne un gai Noël. — Votre ami dévoué.

CCCXLIII

AU RÉDACTEUR DU *Journal des Débats* [1].

Paris, le 10 janvier 1853.

Monsieur,

J'ai trouvé dans votre numéro du 7 janvier, le

1. Cette lettre, écrite en français par Heine à M. Armand
Bertin, parut le 12 janvier dans le *Journal des Débats*. Ce journal avait publié, quelques jours auparavant (le 7), la note suivante, qui fut l'occasion de cette correspondance :

résumé d'une note explicative de M. Eugène Renduel. Je suis bien peiné que vous n'ayez pas donné
en entier cette note, que M. Renduel, lorsqu'il m'a
fait la dernière fois l'honneur de venir me voir,
avait rédigée sous mes yeux, et qui devait en même
temps servir à m'épargner la fastidieuse besogne
de m'adresser au public en mon propre nom. Je
ne veux pas dire que les faits que contient ce
résumé ne soient pas vrais; mais les deux principaux faits, tout en étant vrais dans le fond, sont
énoncés d'une manière si vague, qu'ils pourraient
donner lieu à des commentaires erronés et très-
fâcheux. 1° Il est vrai que j'avais autorisé M. Renduel à traiter dans mon intérêt pour une édition
in-12 de mon ouvrage, *Reisebilder* (Tableaux de
voyage), dont il était l'éditeur originaire; cependant, comme on pourrait, faute d'autre indication,
s'imaginer que cette autorisation eût été donnée

de paraître chez M. Lecou, et pour laquelle une difficulté serait
élevée. Il résulte de cette note explicative que, après discussion
amiable, il a été reconnu que M. Renduel, éditeur originaire de
M. Heine, avait été autorisé par ce dernier, et dans son propre
intérêt, à traiter d'une édition in-12 dudit ouvrage. La question
est donc terminée. M. Lecou vendra son édition, et là se bor-
nera son droit, tandis que M. Heine restera désormais seul

tout récemment, je cours risque d'avoir l'air d'un
étourdi qui, le lendemain, ne se souvient plus du
mandat qu'il a donné la veille. Or, il y a déjà longtemps que j'avais prié M. Renduel de me trouver
un éditeur pour une édition in-12 des *Reisebilder*,
en l'autorisant à traiter à ce sujet avec un libraire
de Paris. J'avais donné cette autorisation à M. Renduel quelque temps avant la révolution de février,
et depuis cette époque, comme vous savez, beaucoup de choses sont tombées dans l'oubli, et chez
plus d'un d'entre nous la mémoire s'est affaiblie.
2° Il est vrai, comme il est dit à la fin du résumé,
que « M. Heine restera désormais le seul propriétaire de ses œuvres. » C'est tout à fait vrai ; seulement le mot *désormais* pourrait faire croire que
cette propriété ne m'appartenait pas auparavant,
et dans ce cas j'aurais encore l'air d'un étourneau
qui s'engage à la légère dans des poursuites judi-
ciaires. Je passerais pour un amateur de procès,
moi qui n'ai jamais eu un procès de ma vie, quoique je sois moi-même jurisconsulte et même docteur en droit, *utriusque juris doctor*, promu à cette
dignité par le doyen de la Faculté de droit à
Goettingue, l'illustrissime et savantissime profes-

seur Hugo, qui, à cette solennelle occasion, m'a,
dans le plus beau discours latin, fait le compliment
que je serais un jour un grand légiste, un vrai
Papinien. Je ne suis pas devenu un Papinien, mais
je connais assez la jurisprudence pour savoir qu'il
faut éviter les procès, et je me serais bien gardé
d'en intenter un à l'occasion de la réimpression
des *Reisebilder*, si, en outre de mes droits matériels,
je n'avais pas à défendre des intérêts moraux. En
m'entendant à l'amiable avec M. Renduel, j'ai fait
bon marché des intérêts matériels. Je n'ai accepté
de lui aucune rétribution pour l'édition dont il a
concédé la publication à M. Lecou ; j'ai renoncé, en
faveur des indigents, à toute indemnité sous ce rapport, et M. Renduel, de son côté, s'est noblement
engagé à payer une certaine somme stipulée d'un
commun accord, aux pauvres d'un village situé
près de son château, et dont il m'avait dépeint la
détresse. Quant aux intérêts moraux, je ne les aurais pas abandonnés aussi facilement : j'avais à démontrer qu'un auteur reste, en tout temps de sa vie,
maître de retoucher pour une nouvelle édition un
ouvrage émané de sa plume à une époque antérieure. C'est, selon mon opinion (qui différait peut-

être de celle de Papinien), un droit imprescriptible et inaliénable. J'avais bien besoin de revendiquer ce droit à l'occasion d'une réimpression des *Reisebilder*, qui ont été écrits il y a plus de vingt ans, et où se trouvaient quelques passages entachés d'une impiété si crue, que j'en ressentis un véritable remords. J'ai eu l'intention de purifier ce livre par une nouvelle édition, en en retranchant les passages scabreux, ou en les neutralisant par des notes réfutatives, et un aveu sincère, comme je l'ai fait dans des éditions récentes de mes livres en Allemagne. Vous comprenez alors quel tort m'a fait la réimpression des *Reisebilder*, qui a été faite à mon insu et sans ma participation. C'est un tort irréparable, et qui me compromet autant dans le ciel que sur la terre.

J'attends, monsieur, de votre haute loyauté et de la sympathie que vous avez prouvée pour les intérêts des littérateurs, la publication immédiate de cette lettre.

Recevez d'avance mes remercîments, et agréez l'expression sincère de ma considération très-distinguée.

CCCXLIV

A M. SAINT-RENÉ TAILLANDIER [1]

Mon cher monsieur Taillandier,

Ne croyez pas que j'aie voulu abuser de l'indulgence que vous avez pour moi; je n'ai pas encore répondu à votre dernière et aimable lettre, parce que réellement j'étais trop accablé de mes souffrances corporelles, et par des tribulations extraordinaires qui me sont venues dans ces derniers temps. Je ne vous en parlerai pas. Peut-être, si vous avez lu une lettre que j'ai insérée dans les *Débats*, vous comprendrez de quoi je parle. J'étais forcé de m'occuper des préliminaires d'un procès assez embrouillé, et dont je ne pouvais pas m'abstenir sans faire une lâcheté. Quelque moribond qu'il soit, l'homme doit faire son devoir de vivant jusqu'au dernier moment. Votre ami Buloz s'est montré, à cette occasion, très affectueux pour moi; il est accouru chez moi au premier mot de détresse que je lui ai adressé; il m'a procuré tout de suite

1. Cette lettre ne se trouve pas dans la correspondance allemande de Heine (Hambourg, Hoffmann et Campe, 1863-1866.)

un bon avocat, et, lorsqu'on a vu que j'étais bien soutenu, on a filé doux, et j'ai pu sortir de cette affaire très-honorablement et avec beaucoup de dignité.

Je m'occupe dans ce moment à écrire un morceau pareil à l'article sur *Faust*, et je le donnerai peut-être à Buloz dans une quinzaine; à cette occasion, j'obtiendrai bien sûrement de lui qu'il donne une traduction de la *Heimkehr* (le Retour), aussitôt que vous l'aurez envoyée. Je suis donc certain que ce travail sera imprimé tout de suite, et je vous prie de le faire et de me l'adresser. Comme vous avez une écriture si belle et si délicieusement lisible, je pourrai parcourir votre manuscrit de mes propres yeux ; je suis d'avance persuadé qu'il n'y aura pas un mot de mal compris, et j'enverrai le manuscrit, sans tarder, à M. de Mars, en même temps que mon nouveau travail dont je vous ai parlé, et où je donne des légendes allemandes tout à fait inconnues.

Vous me demandez si j'ai quelques nouvelles poésies à ajouter à la *Heimkehr*. En réponse à cette question, j'ai l'honneur de vous faire remarquer que mes poésies récentes trancheraient trop avec les vieilles, et que l'unité de couleur serait ainsi perdue. Cependant, il se trouve dans mes *Neuere Gedichte* un cycle d'environ huit ou dix petites poésies, intitulé *Catharina*, et dont je crois qu'à l'exception de la dernière de ces poésies, les autres pourraient bien se faire intercaler dans la *Heimkehr*, vers la fin, où l'on voit poindre un nouvel amour. Je suis bien heureux d'apprendre que vous vous occupez de ce travail, et j'ai au moins la satisfaction de voir que je laisse une grande partie de mes poésies bien traduites en français.

J'ai lu avec grand plaisir votre critique sur Hebbel ; vous l'aviez bien jugé, et apprécié avec beaucoup de bonté. C'est un poète dont les contemporains doivent d'autant plus s'occuper, que la postérité sera trop injuste envers lui, en l'ignorant complétement.

Adieu, mon cher Taillandier. Faites-moi bientôt savoir de vos gracieuses nouvelles. Votre tout dévoué.

Paris, 26 janvier 1853.

CCCXLV

Paris, 9 février 1853.

Cher Campe,

J'espère que ces lignes vous trouveront vous et les vôtres en parfait bien-être, et je voudrais en même temps vous rappeler que je vous ai envoyé, il y a longtemps déjà, une liste de livres, dont vous deviez me faire parvenir ici une partie ; cette liste était empruntée au catalogue de M. Laeisz. Comme je n'ai point reçu de livres, je désire savoir si peut-être ma demande a été oubliée, ou si les livres auraient été expédiés et ne seraient pas arrivés.

J'avais chargé quelqu'un de vous envoyer sous bande le numéro du *Journal des Débats* où se trouve ma lettre originale sur l'introduction de mon procès. Dites-moi à l'occasion si vous l'avez reçu. Dans ce dernier cas, vous aurez pu juger combien étaient faux et absurdes les extraits de ma lettre qu'ont donnés les feuilles allemandes. Je dois vous faire remarquer à cette occasion que l'édition française

des *Reisebilder* est tout autrement disposée que l'é-
dition allemande, et a une coupe toute différente ;
ainsi, par exemple, les *Mémoires de M. de Schane-
b. loropski* en font partie. C'est précisément à propos de cette partie, que je m'accuse moi-même
d'*impiété*, non pas quant au reste des *Reisebilder*
qui est innocent, et où je ne changerais rien, malgré le changement de ma manière de voir. Il ne
serait pas mauvais de faire un peu connaître cette
circonstance, — mais non pas comme si la chose
venait de moi, au nom du ciel. Je laisse à la populace son droit d'interprétation, et ne réclame jamais pour des bagatelles.

Votre ami dévoué vous salue.

CCCXLVI

AU MÊME

Paris, le 30 avril 1853.

Très-cher Campe,

Hier au soir, j'ai reçu votre lettre, et je me hâte
de vous dire, — ce qui d'ailleurs se comprend
de soi-même, — que j'ai le droit de publier
une édition allemande des *Dieux en exil*; et ce

n'est pas seulement en allemand que je puis imprimer tout ce que je publie dans la *Revue des Deux Mondes*, mais la version française elle-même m'appartient en propre, et je puis en tout temps la faire paraître en volume. J'avais bien pensé que l'on pourrait publier dans les journaux allemands des extraits mal fagotés de mon article, et, pour mettre à couvert mon honneur d'écrivain, j'envoyai à Brockhaus un manuscrit préparé en vue de l'Allemagne, en le priant de le faire paraître incessamment dans les *Blätter fur literarische Unterhaltung*. Et, en effet, M. Brockhaus a annoncé, il y a une dizaine de jours, dans la *Gazette universelle de Leipzig*, qu'une version allemande des *Dieux en exil* qui venait de sortir de la plume de l'auteur, et devait être considérée comme la seule authentique, paraîtrait prochainement dans le journal littéraire susmentionné; c'est ce qui sans doute a eu lieu. Jamais je ne me serais figuré que quelqu'un en Allemagne aurait l'impudence de publier mon travail en brochure [1], sans la moindre autorisation. Comme chacun sait que je publie toujours en langue alle-

---

1. *Les Dieux exilés*, par H. Heine. Traduit du français. Avec des détails sur le poëte malade. Berlin, G. Hempel, 1853.

mande mes travaux français, et que j'ai besoin du produit de ma plume, le vol est manifeste, bien que, grâce aux lacunes de la législation, il puisse arriver qu'on escroque impunément, sous mes yeux, ma propriété littéraire; oui, je pourrais nommer cela un vol. A cela s'ajoute qu'une partie des *Dieux en exil* est empruntée à des écrits déjà publiés par moi, au *Salon*, par exemple, et que, malgré quelques modifications, des passages entiers du texte déjà imprimé subsistent littéralement, de sorte que, par le fait, la publication berlinoise peut être envisagée en partie comme une contrefaçon. De la sorte, il serait permis de retraduire soidisant en allemand tout livre allemand qui aurait été une fois traduit en français, et, comme il pourrait arriver ainsi que le style et l'ordonnance du livre eussent été améliorés, l'auteur véritable courrait risque de subir le plus grand préjudice. Maintenant, si vous avez envie, cher Campe, de porter plainte, de votre chef, contre le libraire berlinois, vous pouvez faire tout de suite les démarches nécessaires, et je vous autorise volontiers, comme mon éditeur, à défendre mes intérêts. Mais je suis moi-même trop malade pour faire la moindre chose,

— trop dépité aussi. Je suis persuadé que les traités internationaux entre la Prusse et la France ne
permettent pas au libraire berlinois de publier
comme livre en allemand mon travail français —
mais je ne suis pas assez exactement renseigné,
pour rien faire de décisif. — Vous ne vous faites
pas d'idée, cher Campe, de la sensation que mon
article a faite à Paris. Beaucoup de littérateurs
allemands m'écrivent déjà qu'ils sont chargés par
leurs éditeurs de traiter avec moi pour une édition
allemande, et quelqu'un s'est offert ici pour imprimer tout de suite mes *Dieux*, moyennant un juste
honoraire. Mais, uniquement à cause de vous, je
n'ai fait aucune démarche qui pût me lier, parce
que je ne voulais pas vous donner la moindre occasion d'interpréter faussement mes actes, et de croire
que vos droits de priorité étaient lésés. Le plus
simple aurait été sans doute de vous envoyer, en
même temps que la *Revue des Deux Mondes*, la traduction allemande pour la publier, — mais comment l'aurais-je fait ? Quand vous gardez avec moi
votre silence bouderur d'autrefois, quand vous
jouez à un jeu de cache-cache enfantin qui ne convient plus à notre âge, et que je ne pouvais pas

même savoir si j'aurais une réponse. Les *Dieux en*
ex[i]l étaient un grand livre tout prêt dans ma tête,
que je n'ai pas écrit parce que monsieur mon éditeur me dégoûtait d'écrire, et ce n'est que contraint
par la nécessité que j'en ai donné un fragment à la
Revue des Deux Mondes, parce que je ne pouvais pas
achever assez vite un grand poëme que je lui avais
promis. Avec cela je suis très-malade et écrasé par
tout un fardeau d'affaires, de sorte que ce sont des
encouragements plutôt que des contrariétés que je
devrais trouver auprès de vous.

Envoyez-moi, s'il vous plaît, la traduction berlinoise de mes *Dieux*, et, si possible, celle qui a
paru dans les feuilles de Hambourg. Je vous autorise aussi, quant à la publication de Berlin, à insérer une réclamation dans les journaux allemands,
ce que vous pouvez d'autant mieux faire en votre
propre nom que l'on connaît mon état de maladie.
— Adieu, n'oubliez pas votre ami.

CCCXLVII

Paris, le 5 octobre 1853.

Cher Campe,

J'ai été vraiment heureux que vous m'ayez envoyé dernièrement Gathy, et que j'aie pu vous faire
savoir par lui pourquoi il ne m'a été possible de
répondre à vos deux dernières lettres que quelques
semaines plus tard ; je n'ai pu malheureusement
encore liquider mon arriéré, et je ne veux aujour-
d'hui que confirmer ce que je vous ai fait dire par
Gathy. Je ne sais s'il vous a communiqué ce que je
lui ai dit relativement à Cotta et en général, à Stuttgart. Mon ami Kolb, d'Augsbourg, qui a été récemment ici, m'a exprimé de nouveau le plaisir que je
leur ferais à tous en publiant chez Cotta un livre
dont je serais parfaitement libre de fixer les honoraires. Je n'avais qu'à indiquer un chiffre. Le dada
de Cotta est la poésie lyrique, et, pour un volume
de Lieder, je pourrais avoir ses culottes. Gathy
vous aura certainement parlé de Cologne. Si j'a-

vais été avec vous en meilleurs termes, je vous
aurais envoyé tout de suite les *Dieux en exil*, avec
quelques poésies analogues dont vous auriez fait
un volume, et aucun voleur ne m'aurait escroqué
mon livre, qui, bien qu'il ait été discrédité comme
une traduction mal faite, a pourtant un grand débit, me dit-on, très-grand même. Vous m'avez trop
bien fait souvenir de votre devise qu'en affaires, il
n'y a pas d'amitié qui tienne. Mais comment se
fait-il, cher Campe, que, chaque fois que vous ré-
clamez de moi un service dans l'intérêt de vos
affaires, vous parlez toujours d'amitié, tandis que,
maintenant que j'aurais un bon besoin d'amitié,
chaque fois que je réclame de l'argent, je rencontre
le visage sévère de l'homme d'affaires? Soit! j'a-
voue que toute ma vie je me suis abandonné à une
illusion poétique; mais, maintenant, nous voulons y
renoncer, et désormais, quand il sera question
d'affaires entre nous, vous n'aurez plus à vous
plaindre de l'intervention de l'amitié. C'est un tant
soit peu tard, mais vous verrez que de cette décep-
tion je tirerai au moins un avantage que le devoir
et la dignité ne me permettent pas de négliger.
Vous pourrez maintenant jouir sans mélange de

mon amitié, et l'homme d'affaires n'aura rien à
sacrifier.

Je n'ai pas besoin de répéter ce que j'ai dit à
Gathy relativement aux questions de votre dernière
lettre. Faites imprimer le *Livre des chants* tel que je
l'ai corrigé pendant mon séjour à Hambourg. Quant
au *Conte d'hiver* et à *Atta Troll*, faites comme il
vous plaira.

Je suis trop fatigué aujourd'hui pour dicter davantage ; autrement, je pourrais vous dire mainte
chose qui vous surprendrait. Gathy vous aura appris que le Heine poétique, que vous croyiez fini
avec *Atta Troll*, a encore un dernier mot à dire.

Adieu ; vivez heureux et gai dans le cercle de
votre famille, où chacun, j'espère, est bien portant,
Dites-moi si l'état de M. de Hauenschild s'est amé-
lioré. Ce que vous m'aviez dit à son sujet m'a fort
attristé. Je crois que je ne vous ai pas remercié
encore des exemplaires à tranche dorée que vous
m'avez envoyés. Quant à ces ornements de mes
œuvres, j'ai chargé Gathy de vous dire que je dési
rais avoir votre or non pas sur la couverture, mais
dans ma bourse.

Votre vieil ami.

CCCLXVIII

AU MÊME

Paris, le 27 octobre 1853.

Cher Campe,

Le premier but de ces lignes est de vous dire que j'aurai l'honneur, le 1er novembre, de tirer sur votre honorable maison la somme de six cents marks. Ensuite, très-cher Campe, il me faut aussi des livres, et je suis fort pressé. Il y a longtemps que je vous ai fait dire par ma sœur de lui remettre une liste d'ouvrages que je vous ai envoyée autrefois, afin qu'elle puisse me les procurer si cela ne vous agrée pas. Mais ma sœur me dit que vous ne saviez rien de cette liste, et, par le fait, je crois qu'elle ne se rapportait pas au catalogue de Laeisz, que vous m'aviez envoyé en dernier lieu; je l'ai donc reprise et y ai marqué les numéros qui suivent. J'ai un très-pressant besoin des recueils de contes marqués d'une croix, et, en général, vous m'obligeriez en m'envoyant des ouvrages de ce genre qui me sont peut-être inconnus. Ainsi, par exemple, il y a des légendes serbes (non pas des chants populaires) dont je pourrais faire bon usage.

Si vous avez en librairie le neuvième volume du *Cloître* de Scheiblé (renfermant la mythologie des légendes populaires allemandes), je vous prie de m'envoyer ce livre ; si vous ne l'avez pas, écrivez, je vous prie, sans retard à Leipzig qu'on me l'adresse ici. Le mode le plus court et le meilleur serait d'enlever l'épaisse couverture du livre, et puis de le diviser en trois parties que vous mettriez, chacune à part, sous bande, à la poste, puisque là la poste ne reçoit pas des brochures trop fortes.

Pouvez-vous me procurer en prêt et m'envoyer le *Judaïsme dévoilé* d'Eisenmenger ? Cela me serait fort agréable, car je ne puis l'avoir ici. Je vous le renverrais bientôt. Je n'ai reçu qu'un exemplaire des *Poésies nouvelles.* Sans le *Conte d'hiver,* le livre a l'air diablement pelé. Nous nous sommes ici un peu exténués, et cela donne à réfléchir. L'intérieur du livre est maigrement équipé en comparaison des autres, et le seul bon côté de la chose, c'est que je puis surpasser ces poésies, et peut-être même le *Romancero,* par une végétation nouvelle.

Je n'ai absolument rien à lire, et il y a dans ma poste maint ouvrage qui m'amuserait, outre les recueils de contes dont j'ai besoin. Envoyez-moi donc ces livres bientôt.

Je n'ai pas vu votre ministre plénipotentiaire à Paris, M. Gathy, depuis qu'il m'a remis vos dernières dépêches, et je ne sais s'il a passé les Dardanelles, et se bat sur le Pruth contre les Turcs.

Adieu; saluez très-amicalement les vôtres, et n'oubliez pas votre dévoué.

CCCXLIX

A MICHEL SCHLOSS, A COLOGNE

Paris, le 15 novembre 1853.

Monsieur,

J'ai l'honneur de vous renvoyer les livres que j'avais reçus récemment de vous, et je vous remercie de votre obligeance. Si je ne me trompe, vous m'avez parlé d'un petit supplément de catalogue, que vous faites imprimer maintenant; s'il a paru, je vous prie de me l'adresser, et, s'il s'y trouve quelque chose qui m'intéresse, je prendrai la liberté de vous faire de nouvelles demandes.

18

J'ai eu le plaisir de voir, chez moi, la jolie
Norvégienne, mademoiselle Ingier, peu de temps
avant son départ; mais je me trouvais dans un si
triste état, que je n'ai pu jouir que quelques
minutes de sa gracieuse visite. Je vous salue
amicalement. — Votre dévoué.

CCCL

A J. CAMPE

Paris, le 7 mars 1851.

Cher Campe.

M. le docteur Frittau vous aura dit par le menu
tout le plaisir que m'a fait votre dernière lettre.
Je vous remercie cordialement de m'avoir tendu la
main de la réconciliation, et cela si franchement
que je n'ai pas hésité un moment à vous rendre
toute ma confiance. Il serait injuste à moi de
soupçonner encore une arrière-pensée dans vos
paroles, et j'y vois, au contraire, la réaction d'un
sentiment d'amitié qui vous fait honneur. Bien
loin de vouloir l'exploiter, je veux plutôt tout faire
pour vous montrer combien j'ai vos intérêts à
cœur, et tout au moins je ne lésinerai pas avec les

trésors d'esprit que je puis vous offrir. J'avais déjà
dit à M. Frittau que je voulais vous donner, en
échange des mêmes honoraires que je réclamais
pour deux petits volumes d'ensemble trente feuilles
d'anciens travaux avec quelques adjonctions nouvelles, — deux forts volumes de vingt feuilles chacun, où il y aurait une dizaine de feuilles de ma
plus récente muse. J'étais résolu à faire pour vous
quelque chose d'extraordinaire, mais je n'étais pas
encore au clair sur le choix des manuscrits que je
pourrais terminer, et c'est pourquoi je n'ai rien
pu dire de définitif à M. Frittau. Vous me demandez, cher Campe, de m'envoyer tout de suite
du manuscrit, mais vous avez oublié qu'avant de
recevoir votre lettre j'ignorais si, dans les termes
où nous étions alors, je devais terminer quelque
chose ; c'est ainsi que rien n'a été prêt pour
M. Frittau, et qu'il m'a inutilement pressé sur ce
point, avec un intérêt vraiment amical pour vous,
et montrant à cette occasion une haute estime de
votre caractère. Ce n'est que depuis que j'ai pu
aviser, et je vois que je puis faire beaucoup dans
votre intérêt, bien plus que vous ne vous y attendez
sans doute ; au lieu de dix feuilles de manuscrit

nouveau, je vous remets un premier volume où tout
est inédit, et qui, sauf quelques petits morceaux
non publiés encore (une feuille et demie), est sorti
de ma plume l'an dernier : plus de vingt feuilles
inédites, parmi lesquelles dix de poésies entièrement
nouvelles. Je ne veux rien vous en dire, puisque
vous recevrez le manuscrit de ce premier volume
dans une semaine ou deux, avec la caisse de livres
que je suis sur le point de vous expédier. C'est à
vous, et non pas à ma sœur, que j'adresse cette
petite caisse, pour ne pas fournir à la curiosité
féminine une occasion de chute. Je vous demande
aussi votre parole d'honneur de ne laisser voir à
personne une ligne de mon manuscrit. Il ne s'y
trouve, ni au point de vue féminin, ni au point de
vue politique, rien de scabreux ; mais vous sentirez
combien il importe qu'avant la publication du
livre personne n'en ait vent, et que le vacarme
n'éclate pas trop vite. J'intitule le livre *Mélanges*,
par Henri Heine.

La première comprend :

1° *Aveux*, — huit à dix feuilles environ, un
fragment qui vous plaira beaucoup, parce qu'il
forme en quelque sorte le prélude de mes Mémoires

qui sont écrits, il est vrai, dans un style plus populaire plus pittoresque encore.

2° *Poésies*, — un ton tout à fait nouveau, appartenant à ce que j'ai écrit de plus original (six feuilles environ).

3° *Les Dieux en exil*, — condensés, de sorte que, avec un appendice, intitulé *la Déesse Diane*, il y aura six feuilles au plus.

4° Environ deux feuilles sur les derniers bouleversements politiques, et sur l'Empire, — que je voulais donner à la fin du second volume, ce qui l'aurait rendu trop fort.

Le second volume des *Mélanges* contiendra, en une série variée, les meilleurs articles que j'ai donnés à la *Gazette d'Augsbourg*, pendant la courte période du ministère Thiers, et le commencement du ministère Guizot, de sorte qu'on trouvera ici la période la plus brillante du régime parlementaire, un tout par conséquent. Des informations sur les beaux-arts, les théâtres, les salons, la saison musicale, les danses publiques, la vie populaire, entremêlées de beaucoup de portraits, le tout, grâce à Dieu, richement épicé d'esprit, ôterait à la politique sa monotonie, et mainte adjonction restée

18.

inédite vous amusera beaucoup. J'intitule le tout *la période d'éclat du régime parlementaire*. Le livre sera, je l'espère, une chrestomathie de prose, et pourra grandement profiter aux progrès du style pour les sujets populaires. C'est là mon mérite, mais vous aurez le bénéfice.

Vous me payerez pour cette œuvre, une fois pour toutes, ainsi que pour le droit d'en faire autant d'éditions que vous le voudrez, les mêmes honoraires que pour le *Romancero*. Mon ambition (une sotte bête) sera ainsi satisfaite, puisque je me figurerai qu'il me serait toujours possible d'obtenir de vous ce que je demande, et il m'arrive ici comme à mon ami d'Université, Adolphe, qui avait besoin de quatre thalers et voulait donner en échange à M. Abraham deux gilets; mais M. Abraham tomba d'accord avec lui qu'il recevait pour cette somme deux habits, dont l'un tout neuf, et le nigaud se vantait à moi qu'en affaires d'argent, quand il avait une fois demandé quelque chose, il ne cédait pas d'un centime, et recevait exactement ce qu'il exigeait. J'avais d'abord envie, comme je le disais à M. Frittau, de donner place dans les *Mélanges* à mes *Femmes de Shakspeare*; mais je change d'avis.

M. Frittau m'a appris que cet ouvrage entrerait plus tard dans l'édition complète, comme vous le lui aviez dit. C'est juste, et je suis tenu à joindre ce travail à cette édition, puisqu'il a paru sous mon nom. Mais dès lors le livre a été complétement épuisé ; on ne saurait en faire une édition nouvelle puisque les planches des figures ont disparu ; le texte, écrit par moi, est ma propriété ; en outre, lors de la débâcle de Delloye, j'ai perdu une petite somme, et l'on pourrait bien m'accorder, avant la publication de l'édition complète, de tirer quelque profit de mon travail. Toutefois, ceci appartient aux futurs contingents, puisque le temps me manque aujourd'hui pour refaire ce travail.

Vous ne pouvez vous figurer la peine d'enfer que m'ont déjà donnée les lettres de la *Gazette d'Augsbourg*, et il me reste encore énormément à faire, puisque, comme je vous l'ai dit, tout doit être terminé à la fois. Il est vraiment triste que ces travaux morcelés (comme l'était aussi le premier volume de mon livre) me tombent sur les bras dans un moment où j'étais si bien en train d'écrire mes Mémoires. M. Frittau vous dira que je me suis soumis héroïquement à une rédaction toute nouvelle de cet ouvrage, et j'espère que ce sera là le couronnement de mes écrits. Mais c'était de l'héroïsme, au lieu de recoudre du vieux, de tisser du neuf, et j'espère, si je ne suis pas dérangé, en terminer une grande partie déjà cette année, et la publier sans délai. Comme je sais maintenant ce que je ne puis pas dire, j'écris avec une grande sûreté, et rien ne m'empêche plus de lancer déjà de mon vivant ce que j'aurai écrit.

Je m'arrête ici, j'ai la tête abîmée de travail, et je vais d'ailleurs parfaitement mal. Je vous écrirai ce qu'il me reste à vous dire, aussitôt que la petite caisse avec le manuscrit sera expédiée ; cela se fera au premier jour, et vous l'aurez peut-être déjà la semaine prochaine. J'y joindrai le manuscrit sur Grabbe [1], ainsi que quelques livres de la bibliothèque de Jowien, que je vous prie de rendre à ce dernier au nom de ma sœur. Celle-ci m'a longtemps caché qu'elle avait remarqué, après son entretien avec vous, la réaction qui s'était faite chez vous en ma faveur, et l'intérêt plus vif sur lequel je pouvais compter ; vous lui avez dit qu'une conversation de

---

1. M. Campe avait envoyé à Heine le manuscrit de la *Vie de Grabbe*, par Ziégler.

quelques minutes eût suffi pour aplanir tout différend entre nous. Vous avez tout à fait raison, et nous n'avons qu'à nous garder de malentendus qui ont leur origine dans des vétilles, et non pas dans des dissidences personnelles. Adieu ; conservez-moi votre amitié.

CCCLI

AU MÊME

Paris, le 10 mars 1854.

Cher Campe,

Je me suis décidé hier, pour échapper à des hésitations de tout genre, à vous envoyer mon manuscrit, sans relire les poésies qui auraient besoin d'une révision, laquelle révision m'aurait pris plusieurs jours. Le commencement des *Dieux en exil*, que je dois retravailler encore, manque aussi, et je vous l'enverrai incessamment par lettre. Vous verrez vite combien les *Aveux* sont un important écrit, et, quant à la valeur de mes poésies, vous vous y entendez aussi bien que le joaillier Delvy en bijoux. Toutefois, *puisque les affaires sont les affaires*, je ne puis vous faire grâce de la notification ordinaire : « Dans le cas, monsieur, où vous ne seriez pas satisfait de mon travail, et où vous ne voudriez pas accepter mes offres aux conditions spécifiées dans ma dernière lettre, je vous prie de m'en donner avis immédiatement, auquel cas je vous annoncerais à qui vous auriez à remettre le manuscrit *in loco*, ou ailleurs. » Je ne puis penser sans rire que cette formule ressemble au décret du Sénat de Hambourg, qui notifie aux bourgeois qu'ils ne peuvent donner à manger, deux fois la semaine, du saumon à leurs domestiques. Mais j'ai voulu une fois employer la formule, bien que je sache que mon manuscrit ne sortira de vos mains que pour passer dans celles du compositeur.

Le manuscrit sur Grabbe, que je vous ai renvoyé, est des plus remarquables au point de vue de l'histoire littéraire, et, à d'autres points de vue encore, produirait beaucoup de sensation. Mais il s'y trouve cependant, pour l'éditeur qui veut agir en toute conscience, des choses fort scabreuses, sur lesquelles je me prononcerai une autre fois. Le manuscrit doit être imprimé tel qu'il est, autrement sa valeur disparaît ; mais cette publication pourrait-elle avoir lieu du vivant de la femme ?

Je suis toujours malade comme un chien. J'espère que vous allez bien, vous et les vôtres, et je vous prie de saluer très-gracieusement madame Campe. — Votre ami dévoué.

CCCLII

AU MÊME

Paris, le 19 mars 1854.

Cher Campe,

Le manque d'un avis de réception de ma caisse me met dans une inquiétude dont vous ne devez pas tarder à me tirer. Comme en aucun cas le manuscrit ne reviendra ici, je vous envoie ci-joint, pour le compléter :

1° Le commencement des *Dieux en exil*, que je vous prie de joindre au manuscrit ;

2° Un petit écrit[1], sur lequel une note donne des explications suffisantes ; placez-le entre la *Déesse Diane* et le fragment sur *Waterloo*.

J'ai pu remettre la main sur mon vieux brouillon où se trouvait la meilleure portion de cet écrit,

---

1. En *Mémoire de Louis Marcus*, (Voyez *Mélanges politiques et littéraires*, Paris, Michel Lévy frères.)

que la *Gazette d'Augsbourg* n'avait pas publiée, et
que j'intercale ici. Quand vous lirez ces paroles de
souvenir, priez d'abord votre femme de vous
donner un coussin, et lisez l'ouvrage à genoux,
car vous n'aurez pas tous les jours occasion
d'adorer un si bon style. Je me suis convaincu
avec plaisir que presque tout le second volume, au
point de vue du style, était également adorable.

Adieu ; n'oubliez pas votre ami.

CCCLIII

AU MÊME

Paris, le 23 mars 1854.

Mon cher monsieur et éditeur,

Les paquets que l'on donne aux Messageries sont
toujours exactement arrivés, et, comme je sais que
ce n'est pas l'habitude de mon ami J. Campe d'être
malade, et que le manuscrit que je vous ai envoyé, il
y a quinze jours, doit être depuis longtemps dans vos
mains, c'est aux causes les plus pénibles que je suis
contraint d'attribuer le retard d'un avis de réception et d'un assentiment empressé à mes désirs.
Vous savez qu'avec ma maladie un retard de cette

espèce pouvait m'agiter de la manière la plus
cruelle, et pourtant vous tardez à m'écrire, Dieu
sait pour quels misérables motifs d'intérêt, tandis
que, tout entier à la joie que vous m'aviez causée
en me rendant votre amitié, et repoussant toute
hésitation mesquine, je vous envoyais mon manuscrit avec la plus affectueuse confiance... Je vous
jugeais capable de comprendre combien est grand
le sacrifice que je fais pour ce livre, pour lequel, dans
d'autres circonstances, j'aurais demandé des honoraires de moitié plus forts, et je vous croyais trop
avisé pour ne pas connaître le vieux proverbe : «Pendant que le renard délibère, l'âne délibère aussi. »

Je vous invite donc de la manière la plus pressante, comme homme d'honneur, dans le cas où
mes offres ne vous conviendraient pas, de me renvoyer immédiatement mon manuscrit par la poste.
C'est une chose inexcusable que la manière dont
vous me gâtez toute joie au travail, tandis que je
pense constamment à vos intérêts. Je ne saurais
croire que, pour vous faire un potage, vous vouliez
égorger la poule aux œufs d'or; vous me tuez réellement avec vos procédés boudeurs, et ce n'est
vraiment pas habile. — A vous.

III.   19

CCCLIV

A ALEXANDRE DUMAS

Paris, 28 mars 1854.

Mon cher Dumas,

La chronique de votre journal[1] annonce que je publie en ce moment un nouveau poëme, dont elle indique même le titre; c'est une nouvelle controuvée.

Je n'ai jamais écrit un poëme qui puisse avoir un rapport quelconque avec ce titre, et je vous prie, mon cher ami, d'insérer cette rectification dans votre journal.

Je ne serais pas fâché si vous aviez l'obligeance d'annoncer en même temps à vos lecteurs que je ferai paraître sous peu une édition complète de mes poésies traduites de l'allemand, tant par moi-même que par des collaborateurs amis.

Ne donnez pas à cette insinuation l'air d'une réclame, vu qu'elle a uniquement pour but de mettre mes pauvres poésies à l'abri du zèle malencontreux de certains littérateurs et industriels, qui veulent s'ériger en truchements de mes vers sans avoir reçu

1. *Le Mousquetaire.*

pour cela la moindre mission ni de moi-même, ni de mon auguste père Phœbus Apollo. Après un pareil avertissement, toute tentative ultérieure d'empiéter sur mes prérogatives d'auteur ne serait plus seulement de l'outrecuidance, ce serait de la déloyauté.

Il y a quelques semaines, vous exprimiez dans votre feuille l'intention de venir bientôt me voir. C'était une bonne pensée. Mais je vous préviens que, si vous remettez votre visite encore longtemps, il se pourra bien que vous ne me trouviez plus dans mon appartement actuel, rue d'Amsterdam, 50, et que je sois déjà parti pour une autre demeure, qui m'est tout à fait inconnue ; de sorte que je ne pourrai laisser à mon portier ma nouvelle adresse pour le cas où des amis retardataires comme vous viendraient demander après moi. Je ne me fais pas une grande idée de ma future résidence ; je sais seulement qu'on y entre par un couloir obscur et fétide, et cette entrée me déplaît d'avance ; aussi ma femme pleure quand je parle de ce déménagement.

Madame Heine a bonne souvenance de toutes les amabilités que vous nous avez prodiguées il y a douze ans ou même plus.

Depuis six ans, je suis alité : dans le fort de la maladie, quand j'endurais les plus grandes tortures, ma femme me lisait vos romans, et c'était la seule chose capable de me faire oublier mes douleurs.

Aussi, je les ai dévorés tous, et, pendant cette lecture, je m'écriais parfois : « Quel ingénieux poète que ce grand garçon appelé Alexandre Dumas ! »

Certes, après Cervantes et madame Schariar, plus connue sous le nom de la sultane Schehérazade, vous êtes le plus amusant conteur que je connaisse.

Quelle facilité ! quelle désinvolture ! et quel bon enfant vous êtes ! En vérité, je ne vous sais qu'un seul défaut : c'est la modestie. Vous êtes trop modeste.

Mon Dieu ! ceux qui vous accusent de vanterie et de rodomontades ne se doutent pas de la grandeur de votre talent. Ils ne voient que la vanité. Eh bien, je prétends, moi, que, de quelque haute taille que soit la vôtre, et quelques soubresauts élevés qu'elle fasse, elle ne saurait atteindre les genoux, que dis-je ! pas même les mollets de votre admirable talent. Encensez-vous tant que vous voudrez, prodiguez-

vous à vous-même les louanges les plus hyperbo-
liques, donnez-vous-en à cœur joie, et je vous défie
de vous préconiser autant que vous le méritez pour
vos merveilleuses productions.

Vos merveilleuses productions! « Oui, c'est bien
vrai! » s'écrie en ce moment madame Heine, qui
écoute la dictée de cette lettre; et la perruche qu'elle
tient sur la main, s'évertue à répéter : «Oui, oui,
oui, oui, oui! »

Vous voyez, cher ami, que, chez nous, tout le
monde est d'accord pour vous admirer. — A vous
de cœur.

CCCLV

A J. CAMPE

Paris, le 15 avril 1854.

Très-cher Campe,

Mon secrétaire est indisposé, et je suis moi-
même si malade que je ne vois pas ce que j'écris.
Ce ne sera donc que demain ou après-demain que
je pourrai répondre véritablement à votre lettre.
Le plus pressant aujourd'hui est que je m'allége du
sentiment pénible que votre lettre m'a causé, et

que je vous dise combien je suis affligé de vous
avoir injustement offensé. Avec votre inconcevable
silence, je pouvais me livrer à toutes les pensées
les mieux faites pour me tourmenter, mais je n'a-
vais aucun droit d'articuler la moindre inculpation
offensante, avant de savoir ce qui s'était passé.
Mais n'oubliez pas que je suis poëte, et que je ne
pouvais croire qu'on ne met pas immédiatement
tout de côté pour lire mes poésies : Wolfgang Gœthe
ne le céderait pas, pour ce sentiment vaniteux, à
un Louis Wihl. Or, dans cette supposition que vous
aviez lu tout de suite mes poésies, le poëte devait
envisager votre silence comme une désapprobation,
se dépiter et perdre la tête. En outre, je suis très-
malade, l'inquiétude aggrave mes crampes, et le
temps de régulariser mon fâcheux état financier
presse. Dans de semblables circonstances, après
m'avoir laissé trois semaines sans nouvelles de mon
manuscrit, qui, outre les poésies, contient un do-
cument des plus importants, destiné à faire beaucoup de sensation dans le monde, je veux dire mes
Aveux, ma confession religieuse, — dans de telles
circonstances, dis-je, vous ne deviez pas vous attendre à recevoir une lettre idyllique. — Malade à la

mort de chagrin, d'inquiétude, je me décidai, le
cœur saignant, à confier à un ami sûr, le prince
Puckler, toutes mes affaires littéraires et à lui remettre une procuration pour retirer mon manuscrit.
Je ne voulais plus m'inquiéter de rien... J'ai maintenant sous les yeux le manuscrit presque complet
(la préface, et quelques morceaux de transition
manquent encore), terminé à la hâte afin de pouvoir, en cas de nécessité, le remettre aussi au
prince; il contient environ quatre cents pages de
l'écriture de mon secrétaire. Ce travail de nègre m'a
absorbé pendant des nuits et des jours (refonte, et
adjonction de huit à dix feuilles nouvelles, le tout
pour que l'ouvrage fût achevé artistement, et en
harmonie avec les questions du jour.) Le titre particulier du second volume sera celui-ci : *Lettres et
communications parisiennes, période parlementaire de
1840 à 1843*; vous voyez qu'il ne s'agit que de trois
années, et que le livre, malgré la succession presti-
digitatrice des sujets, a pourtant une parfaite unité ;
c'est un livre d'histoire qui intéressera le temps
actuel, et qui vivra dans l'avenir. Sous ce rapport,
il a bien plus de valeur pour vous que le premier
volume.

C'est à peine, cher Campe, si je vois encore ce que j'écris, mais j'ai le cœur soulagé en me sentant si près de rentrer dans la vieille ornière de notre amitié. Le ciel sait que je fais pour vous les meilleurs vœux, et que votre bonheur, comme celui de toute votre famille, me tient au cœur. Une brouille avec vous me serait un vrai poison.

A propos, — comme il est possible que, satisfait du contenu de cette lettre, vous mettiez tout de suite sous presse le premier volume, — je vous fais remarquer qu'à la place de la poésie un peu crue sur Herwegh, j'en ai écrit une autre, plutôt bouffonne, que je vous envoie; supprimez la première. La petite poésie intitulée *Aux écoutes*, qui me mettrait à dos deux riches Israélites hambourgeois, doit aussi disparaître et être remplacée. Maintenant, adieu ; ne croyez jamais à une offense préméditée de ma part, et soyez convaincu que, si vous voulez bien maintenant condescendre à mes désirs, ma reconnaissance ne vous manquera pas.

Votre ami.

CCCLVI

AU MÊME

Paris, le 21 avril 1854,

Très-cher Campe,

J'ai reçu hier, tard dans la soirée, votre lettre que je lis seulement ce matin, et à laquelle je réponds de ma propre patte, puisque mon secrétaire n'arrive que demain, et que je ne veux pas perdre un jour de plus dans ces tiraillements. Je croyais avoir fait tout ce qu'il est humainement possible de faire, et, maintenant que mon livre est terminé, pouvoir commencer, l'âme tranquille, la cure que j'attends depuis si longtemps, et me livrer au plaisir d'écrire mes mémoires qui, au lieu d'être un travail, sont un délassement pour moi ; — et, pour ne pas rompre avec Campe, et résoudre le dilemme qui me tourmente, il faut que je m'impose, juste dans ce moment, de nouveaux efforts d'esprit, et que je publie des choses qui ne sont pas précisément faites pour me laisser en paix avec les hommes.

19.

Je n'ai, en effet, rien de moins à vous offrir que
l'avantage de pouvoir vendre à vos pratiques trois
volumes au lieu de deux. Vous aurez ainsi, si je
comprends bien les affaires, un profit triple au lieu
d'un profit double, vous êtes à l'abri de tout risque,
même s'il ne se faisait aucune édition nouvelle
pendant les mille ans de mon immortalité allemande. — Et moi, l'ami et l'âne de bât obéissant,
je ne cours aucun risque, il est vrai, mais aussi je
n'ai pas un sou de bénéfice, même quand le livre
aurait plus tard le plus grand succès. Il y a longtemps que j'avais eu cette idée, mais la crainte
du travail l'avait éloignée, et, aujourd'hui seulement, puisqu'il faut que je me décide à faire quelque chose pour mettre un terme à ma situation, et
comme je ne veux plus de lanterneries et de bar-
guignage, je laisse à votre générosité, à votre honneur, en tout cas à votre équité, le soin de décider
dans quelle mesure et de quelle manière vous me
rémunérerez pour le travail d'enfer auquel je me
soumets, en tirant de la seconde partie des *Mélanges*, deux volumes au lieu d'un, chacun d'au moins
trois cents pages, et probablement même de vingt
feuilles, et cela au moyen de morceaux entière-

ment nouveaux intercalés dans l'ouvrage, d'adjonctions et de suppléments.

Voilà, très-cher Campe, mon offre; j'attends votre décision par le premier courrier... — Je ne puis écrire davantage. Cette lettre est un grand sacrifice. Répondez-moi tout de suite. — Vous le voyez, Hercule a deux chemins devant lui, et doit faire son choix entre la vertu et le vice, entre Campe et... Je n'y vois plus. — Votre ami.

CCCLVII

AU MÊME

Paris, le 22 avril 1831.

Très-cher Campe,

J'ai oublié de vous dire, avant-hier, de me renvoyer, s'il vous plaît, par le premier courrier, le fragment sur Waterloo; je l'avais donné malgré moi, puisque, séparé du contexte, il peut être facilement mal compris par les malveillants, et dérange l'harmonie du premier volume, où je veux remplacer ce morceau par une douzaine de poésies, que je vous enverrai aussitôt que j'aurai votre réponse, et saurai si l'impression se fait rapidement.

Ceci est indispensable, parce que les deux derniers volumes renferment beaucoup d'actualités. J'espère avoir terminé dans un mois ce qui manque, mais je serai forcé sans doute d'employer, pour compléter le livre, bien des travaux ébauchés que je compte exécuter plus tard : ainsi un portrait de George Sand, de Rothschild et de son comptoir, des courtisanes françaises, de la boutique allemande de commérages à Paris, — tout cela, franchement, sans peur. Quelque chose me presse d'en finir, et de pouvoir ensuite faire quelque chose pour mon corps malade et très-souffrant.

Votre ami.

CCCLVIII

AU MÊME

Paris, le 2 mai 1851.

Cher Campe,

Je ne veux aujourd'hui que vous accuser réception de votre lettre du 27 avril, je suis trop malade pour y répondre comme il faut. Depuis deux jours, je me trouve cordialement mal, ce qui est bien fatal avec mes grands travaux. Grâce à Dieu, je suis au moins au clair avec vous, et, de ce côté-là, je n'ai plus d'inquiétude. Impressionnable comme je le suis devenu, ce qui m'a le plus affecté dans votre lettre a été d'apprendre que votre petit avait la fièvre scarlatine. Je comprends que votre humeur ne soit pas rose, et je vous prie de ne pas négliger de me dire tout de suite quand il ira mieux. Je ne puis aujourd'hui répondre avec détail à votre demande, relativement à la note définitive que vous désirez avoir sur le contenu approximatif du second et du troisième volume des *Mélanges*. Je vous fais remarquer seulement ce point essentiel, c'est que, pour sauvegarder vos intérêts mercantiles, je ne mêlerai rien d'hétérogène dans ces deux volumes, mais qu'ils formeront ensemble un tout à part.

Je laisse à votre imaginative, éprouvée en ces matières, le choix du titre de ces deux volumes, pour lesquels je me réserve le travail désolant de tirer de vieux brouillons inédits assez de matière pour arriver au nombre de feuilles voulu. — Mais, dites-moi, le chiffre légal est-il précisément de vingt et une feuilles, ou bien suffit-il de donner quelques pages au-dessus de vingt feuilles? N'oubliez pas de me dire cela. N'oubliez pas non plus de me renvoyer le fragment sur Waterloo; monsieur mon secrétaire m'écrit dans ce moment une douzaine de petites poésies que je vous enverrai bientôt comme dédommagement, ainsi que les deux poésies qui doivent remplacer celles que j'ai supprimées.

Je crois qu'il vous est très-avantageux de pouvoir vendre à part, les second et troisième volumes des *Mélanges*. Le ciel ne sait s'il me sera jamais donné de mettre sur pied un quatrième volume. Je suis malade comme un chien, et vraiment je ne veux rien répondre aujourd'hui aux griefs de votre lettre. Le diable recommence à vous tourmenter et vous fait parler encore de mon frère, bien que je vous aie dit alors, en tout autant de termes, combien je désapprouvais son langage. Vous êtes aussi dans l'erreur relativement à mes plaintes à votre égard; il ne s'agit pas tant d'intérêts d'argent que d'intérêts de sentiment et d'ambition. Je ne veux pas être traité comme un conscrit. Quand vous vîntes chez moi à Paris, et que je vous offris de lire mon *Romancero* avant de l'acheter, vous me dîtes : « Vous ne pouvez rien écrire de mauvais, et vous n'avez qu'à me donner un livre et votre nom. » C'est ainsi, cher Campe, que les choses se passaient entre Cotta et Gœthe, bien que celui-ci donnât beaucoup de choses faibles. Il ne s'engageait jamais dans une critique de libraire. Qu'ai-je donc donné de mauvais depuis lors, que vous vous croyiez autorisé à à tenir un autre langage? Fiez-vous seulement à ma solvabilité intellectuelle, comme je me fie à votre solvabilité commerciale. Après avoir boudé pendant presque une année, vous m'avez tendu la main en me demandant de m'envoyer tout de suite du manuscrit. M. Frittau, qui vint vers ce temps, me pressa tellement de le faire, parce que, disait-il, cela rendrait votre conscience satisfaite, que je me hâtai, avec ma bonhomie ordinaire, toujours prête à se tenir debout, comme un morse sur ses jambes de derrière, de vous envoyer précipitamment un manuscrit à des conditions dont je n'aurais jamais pu croire qu'elles ne fussent pas les bienvenues. Et de tout cela je vis sortir pour moi tant de chagrins et de blessures d'amour-propre, que vous ne sauriez vous en faire une idée. Si je me suis plaint de vous à d'autres personnes, cher Campe, je n'ai vraiment jamais mis en question votre loyauté : j'ai simplement dit que, par vos bouderies, vous me gâtiez la publication de mes écrits. Ne pensez donc qu'à ménager ma tranquillité, et ne prenez pas pour méfiance ce qui n'est que l'anxiété d'un malade. Aussi envoyez-moi sans retard la note définitive que je demande, puisque je m'aperçois que, sans le vouloir, je vous ai dit l'essentiel.

Adieu ; n'oubliez pas votre dévoué.

CCCLIX

A MICHEL SCHLOSS

Paris, le 4 mai 1854.

Très-honoré monsieur,

J'ai bien reçu le paquet de livres, ainsi que votre amicale lettre ; — mais, avant de vous remercier et de vous répondre, il faut que je vous prie instamment de m'excuser auprès de madame Schloss, mon aimable amie, de ne pas lui avoir dit encore combien j'ai été réjoui et restauré par sa cordiale lettre. Cette lettre est vraiment le reflet de sa belle âme, de sa noble nature, dont le souffle m'a dédommagé en quelque sorte de la privation des fleurs et des arbres, privation aussi douloureuse que l'a si justement deviné sa sympathie féminine. Je ne sau-

rais assez la remercier de cette marque d'intérêt, et
je lui souhaite bien-être et bonheur dans sa nouvelle patrie. Je vous prie de l'embrasser tendrement
en mon nom, et je pense que cette commission ne
vous sera pas difficile.

J'ai vu avec plaisir par votre lettre, cher monsieur, que Meyerbeer reconnaissait que le ballet
berlinois était sorti de ma *Méphistophéla*, et que je
pouvais très-justement faire valoir mes droits d'auteur. Mais je suis dans ce moment si malade et si
occupé, que je ne saurais m'occuper bien vivement
de cette affaire ; j'attendrai de voir si Meyerbeer a
assez de cœur pour prendre en mains, de son chef,
mes intérêts, et, en sa qualité d'intendant général de
toute la musique royale, redresser, comme elle le
mérite, l'usurpation faite à mon égard. Il a en
mains tous les pouvoirs pour cela, et son influence
est si grande, qu'il n'a qu'un mot à dire pour que
l'injustice soit réparée ; aussi je suis en droit de le
considérer comme entièrement responsable vis-à vis
de moi dans cette affaire, même si je ne lui écris
pas directement, comme vous m'insinuez de le faire.
Ses plaintes sur mes attaques dans la presse reposent sur une erreur, ou de fausses indications ; de-

puis mai 1847, je n'ai jamais fait mention de lui
publiquement. Une poésie badine, à son sujet, a été
imprimée sans mon aveu, par un abus de confiance, et passablement mutilée. Autant que faire
se pourra, je me conformerai à votre désir d'empêcher les publications projetées contre lui ; je publie
trois volumes chez Campe ; dans le premier se
trouve une attaque très-insignifiante, et je la retrancherais si je l'avais encore en mains, et si d'ailleurs c'était quelque chose de plus qu'une plaisanterie ; mais les deux autres volumes, que je ne dois
envoyer à Campe que dans un mois, sont encore là,
et, comme ce que j'y ai écrit sur Meyerbeer est assez
considérable, je puis supprimer maintenant cette
partie de l'ouvrage, sauf à la remplacer par quelque autre travail ; ce n'est point un grand sacrifice,
puisque la conjoncture n'est pas favorable, et que
l'effet serait meilleur dans un autre moment.
Mais, en tout cas, c'est un très-grand besoin
pour moi de ne pas soustraire au monde mes
Meyerbeeriana, et de ne pas crever comme un chien
avec une muselière. Je vous avoue que je ne puis
surmonter ce sentiment désagréable, et les mou-
rants n'ont aucune crainte des moyens qui sont à la

disposition du grand intendant général de la musique.

Adieu, gardez quelque amitié à votre dévoué.

CCCLX

A J. CAMPE

Paris, le 20 mai 1854.

Cher Campe,

Je suis enfoncé jusqu'au cou dans mes nouveaux livres, et je ne puis que vous accuser réception de votre lettre. Je vous remercie de votre amicale pensée de m'accorder deux mille marks, en cas d'une seconde édition [1]. — J'ai suffisamment de manuscrit ; sans être obligé d'avoir recours à des titres, ou d'espacer trop, j'aurai peut-être cinq à six feuilles de plus que je ne pensais ; mais, pour arrondir le tout, il me reste encore plus de trois feuilles à écrire. C'est pour être en mesure de donner au livre un titre particulier qui vous plaira, et que le livre justifiera par son contenu. Je ne puis rien changer sans doute au titre général de

1. Voir, ci-après, la note de la lettre du 18 juillet 1854.

Mélanges, mais je donnerai ce titre spécial aux second et troisième volumes :

LUTÈCE

Je ne sais s'il sera nécessaire d'ajouter :

CORRESPONDANCE

SUR LA POLITIQUE, L'ART ET LA VIE POPULAIRE

Je vous laisse la décision. Mais gardez ce titre secret, pour que personne ne me l'escamote, car il me semble une bonne trouvaille, comme le fut celui de *Romancero*. Il sonne bien, et promet beaucoup. Quant au titre général, *Mélanges*, je n'en saurais pas de meilleur, et il pourrait nous être utile au cas où un succès considérable m'engagerait à mettre sur pied un quatrième volume.

J'ai appris avec plaisir par votre lettre la convalescence de votre garçon. — Je suis trop occupé pour écrire à personne, et les miens se plaignent. Auguste Lewald est ici dans ce moment; je l'attendais depuis longtemps, et sa visite amicale m'a fait beaucoup de plaisir. C'est un des hommes avec lesquels les relations m'étaient le plus faciles,

et son sens pratique me l'a rendu cher. J'ai vu
Gathy, mais seulement quelques instants. — Votre
ami dévoué, et aussi mal portant que possible,
vous salue à la hâte.

CCCLXI

A MICHEL SCHLOSS

Paris, le 10 juin 1854.

Très-honoré monsieur,

J'ai le plaisir de vous réexpédier aujourd'hui,
avec remerciment, votre dernier envoi de livres.
Vous aviez très-bien rencontré, et presque tous ces
livres m'ont fort intéressé.

Je vous remercie aussi de l'écrit satirique. J'ai
bien reçu par Brandus la brochure de Liszt sur
Chopin, mais je ne l'ai pas lue encore ; à qui dois-je
la renvoyer ? Quant à Wagner, vous m'avez mal
compris ; je n'ai point écrit sur lui une critique,
mais une poésie [1], contenue dans une série de morceaux qui paraîtra dans le premier volume de mes
Mélanges. L'impression de cet ouvrage, qui sera

1. La *Société philharmonique des Matous.* (Voir *Poëmes et
légendes,* page 374. Paris, Michel Lévy frères, 1865.)

publié chez Campe, n'a point encore commencé,
et ce n'est qu'après avoir reçu mes épreuves, que
je pourrai communiquer cette poésie. Au lieu de
deux volumes, j'en publierai trois, et j'oublie presque ma maladie à force de tracasseries et de
vexations littéraires.

Saluez amicalement pour moi la chère princesse
Ingier de Norvége, la jolie fée qui s'est établie à
Cologne, comme votre femme et épouse. Je pense
souvent à son apparition féerique à Paris, et je
n'oublierai pas son aimable bienveillance.

A-t-il paru quelque chose de nouveau de Boz-
Dickens? M. Otto Muller a-t-il écrit d'autres romans? Je ne connais pas les *Contes bruns*, et le
Lessing de Sternberg, non plus que les *Tisserands
allemands*, de L. Storch. Je remarque cela pour le
cas où vous me feriez de nouveau un petit envoi.

En attendant, recevez les plus affectueuses salutations de votre bien dévoué.

CCCLXII

Paris, le 20 juin 1854.

Cher Campe,

Par précaution, et pour que vous n'attendiez pas le manuscrit tout entier avant d'en faire mettre le commencement sous presse, je me hâte de vous envoyer le tout par le chemin de fer. Il y manque seulement une petite préface, une table des matières que je ne veux pas dresser d'après mes brouillons, ainsi que quelques feuillets de la seconde partie, pour lesquels je dois encore me procurer quelques notes ; la semaine prochaine, je vous enverrai tout cela. La seule vue du manuscrit vous montrera déjà que je donne plus que je n'avais promis, et j'ose dire que, depuis six semaines, j'ai travaillé sans relâche à embellir le livre, et qu'il me coûte plus que tout autre de mes écrits. Si vous lisez d'un trait les deux parties, vous remarquerez quelle fausse idée vous vous faisiez du livre, en le comparant involontairement

au volume *De la France*. Ce n'est qu'au milieu de
première partie que se rencontrent quelques steppes
arides ; mais l'ensemble se lit comme un roman,
en même temps que c'est une véritable pièce
d'histoire, et que mon style le plus plein y apparaît.
Je crois que le moment est propice, et qu'une
seconde édition pourrait bientôt m'échoir. En tout
cas, ce livre complète très-avantageusement la
série de mes écrits, et vous me saurez gré d'avoir
pu retrouver, dans des matériaux déjà perdus,
quelque chose d'un emploi aussi excellent. Car, je
vous le répète, il m'eût été beaucoup plus facile de
dicter un livre tout à fait nouveau. Aussitôt après
vous avoir envoyé les feuilles ci-dessus, je me re-
mettrai à mes travaux, qui se sont malheureusement
fort ressentis de cette interruption. Je suis d'ailleurs
très-malade, et je souffre beaucoup des crampes. Que
personne ne sache rien des personnalités contenues
dans mon livre, et qui provoqueront plus tard
assez de grognements. Ayez aussi la bonté de
m'annoncer tout de suite l'arrivée de mon manuscrit.

J'ai lu les *Châteaux en Espagne* de Schiff, mais
j'ai la tête trop abimée pour en parler comme il

faudrait. Ici encore, le talent de Schiff est incontestable, mais trop souvent il se laisse aller à des courants qui ne lui conviennent pas. Il ne doit aborder que fort rarement les sphères cultivées de la vie sociale, se garder avec soin de tomber dans une manière raisonneuse, et surtout il lui sied toujours mal de se mettre lui-même en scène, avec toutes les détresses et les réalités de sa vie, sous le masque d'un personnage imaginaire. L'humour lyrique d'un Sterne ne lui convient pas, et il faut qu'il s'en tienne à la manière plastique de Cervantes, dont l'ironie répond à son talent. S'il se figure que je ne m'aperçois pas, moi, le maître en ironie, combien il faut se méfier de sa naïveté sournoise, il se trompe fort. Saluez-le très-cordialement et amicalement de ma part.

Ces jours-ci, j'ai été en danger de vie par un incendie ; la maison voisine de celle que j'habite a été réduite en cendres.

Adieu ; jouissez avec les votres de cette belle saison. — Votre ami dévoué.

CCCLXIII

Paris, le 1er juillet 1854.

Très-cher Campe,

J'ai reçu il y a trois jours votre lettre du 24 écoulé. L'impression de mon livre, je vous l'ai déjà dit, peut commencer tout de suite. Au premier volume, dans les *Aveux*, j'aurais bien, comme vous le dites, quelques expressions à amender, et il me revient, par exemple, que le passage où je parle de Blucher, peut être adouci... D'ailleurs, je ne me souviens pas d'autre chose. Je vous ai dit, dans mon avant-dernière lettre, tout ce qui concernait ce volume.

J'espère que vous avez maintenant la caisse avec le manuscrit, et je vous prie de ne pas oublier de m'en donner avis. J'avais à expédier en même temps une petite caisse à ma sœur, et je voulais d'abord y mettre le manuscrit, mais je me suis ravisé et je l'ai envoyé à part. Ma sotte ménagère, à qui j'avais recommandé d'affranchir la caisse de ma sœur, en fit autant pour la vôtre, et ceci vous explique une méprise qui vous aura surpris. Vous riez de mes excuses.

Je me trouve toujours parfaitement mal, et suis incessamment tourmenté par des visiteurs des quatre parties du monde, et le bruit des ouvriers qui réparent les murs incendiés. Votre ami dévoué.

N.-B. — Quelqu'un m'a dit récemment que, dans les petites livraisons qui paraissent à Leipzig sous le titre : *les Contemporains*, il s'en trouvait une sur moi; si vous l'avez, envoyez-la-moi, je vous prie. — J'admire que vous n'ayez pas su la friponnerie dont l'Opéra royal de Berlin s'est rendu coupable envers moi. Il y a cinq ans, je demandai par Laube le manuscrit de mon ballet, dont on ne fit pas usage; mais, depuis lors, on m'en vola l'idée, et ma *Méphistophéla* dansa, avec un grand succès, sous le nom de *Satanella*. Si je n'étais pas occupé de mes livres, je houspillerais d'importance, pour ce fait, le directeur berlinois, Meyerbeer. Il a dit lui-même à Schloss, de Cologne, que la *Satanella* était réellement ma *Méphistophéla*, et que je pouvais réclamer des *droits d'auteur*. — Puisqu'il sait cela, com-

ment n'a-t-il pas profité de sa position officielle
pour me procurer satisfaction? Je suis du reste
très-heureux quand une grande injustice se commet
publiquement contre moi, et que la canaille se
trahit ainsi.

CCCLXIV

AU MÊME

Cher Campe,

J'ai reçu, il y a quelques heures, votre lettre du
12. Je suis très-malade et puis à peine parler : aussi
je ne dicterai aujourd'hui que le plus indispensable.
J'ai envoyé hier à Hambourg les deuxième et troisième feuilles des *Aveux*. On m'a apporté, il y a
quelques minutes, un petit paquet avec la quatrième
feuille de cet écrit, et la seconde et la troisième des
Poésies. Je ne pourrai les mettre corrigées à la
poste que demain. Non-seulement j'ai à me plaindre que les feuilles des *Aveux* renferment horriblement de fautes qu'un enfant n'eût pas laissé passer,
ce qui me dépite fort, mais ce qui est pis, c'est que
la sottise et l'ânerie allemandes ont mis à profit

cet envoi d'épreuves pour me dire une grossièreté. A la troisième feuille des *Aveux* (j'en ai reçu deux exemplaires dont l'un vous a été renvoyé corrigé), il se trouvait, à la page 41, une note écrite en marge que je découpe et joins à cette lettre, afin que vous puissiez voir de vos yeux cette infamie, et vous convaincre que ce n'est pas une mauvaise plaisanterie d'un apprenti, mais celle d'un âne déjà mûr. Prenez vos mesures pour que ce désordre inouï soit signalé au propriétaire de l'imprimerie, et qu'on ne puisse plus me jouer d'aussi misérables tours. En tout cas, vous verrez par là que mes feuilles d'épreuve tombent en mauvaises mains, et, pour des motifs faciles à comprendre, vous prendrez des mesures sévères.

L'essentiel aujourd'hui est que vous fassiez tout corriger soigneusement à Hambourg, de sorte que je n'aie pas trop à fatiguer mes yeux. Je vois bien que, si je dois revoir ici les épreuves de *Lutèce*, les choses traîneront en longueur; aussi je me résous à laisser de côté toute mesquine vanité d'auteur, et à vous abandonner à vous-même la correction du livre, que vous surveillerez vous-même, je compte là-dessus, avec le plus grand soin. Malgré cela pourtant vous m'enverrez toujours une dernière feuille, non pas pour la corriger, mais pour que je puisse vous signaler tout de suite les fautes de quelque importance. Avec votre exactitude, je veux espérer qu'une liste d'*errata* ne sera pas nécessaire.

Vous aurez sans doute écrit vous-même à Halle que la pagination des *Poésies* était fautive, puisqu'elles sont placées à la suite des *Aveux*, et forment la transition entre cet écrit et les *Dieux en exil* que j'avais en vue en faisant le choix de ces morceaux.

Ne pourrait-on pas charger Delmold de vous faire un prospectus dans mon intérêt. En tout cas, il faut tenir la main à ce qu'il fasse quelque chose lors de la publication du livre, ce qu'il ne refusera certainement pas. Vous n'avez pas d'idée, cher Campe, combien je suis bas physiquement, et quels héroïques efforts je dois faire pour ne pas succomber à la tâche. Cherchez donc à m'aplanir le chemin autant que possible, autrement le lièvre étendra les quatre fers en l'air, comme dans le délicieux dessin de Lyser [1], dont l'humour est de l'espèce la plus pré-

1. Il s'agit des illustrations du peintre sourd J.-P.-T. Lyser, pour le conte en bas-allemand du *Hérisson disputant le prix de la course*. Ces illustrations venaient de paraître chez Hoffmann et Campe.

cieuse et la plus vraie. C'est révoltant que rien ne
se fasse en Allemagne pour de tels hommes.

Adieu ; saluez les vôtres et ne m'oubliez pas.

CCCLXV

AU MÊME

Paris, le 18 juillet 1854.

Très-cher Campe,

Je vous ai envoyé hier les feuilles où se trouvent
les *Poésies*, et aujourd'hui deux autres feuilles des
Aveux que j'ai parcourues et n'ai pas voulu adresser à Halle, mais directement à vous, parce que
j'éprouve du dégoût à me mettre en relations avec
une imprimerie où j'ai été si scandaleusement in-
jurié. Quant aux deux volumes de *Lutèce*, ils reste-
ront disposés comme je l'avais dit. J'ai déjà reçu
hier la première feuille de Cassel, et j'en suis très-
satisfait ; l'impression est fort bonne, seulement
elle ne cadre guère avec celle du premier volume
de Halle, qui est mauvaise, et il en résulte une dis-
parate typographique, d'autant plus qu'ici je m'a-
perçois que le nombre des lignes de chaque page
est plus grand. J'ai déjà revu cette première feuille

en entier, et je n'y trouve presque pas de fautes. Je
ne comprends toujours pas la pagination des *Poésies*; il faut que celles-ci soient à l'endroit prescrit,
autrement l'harmonie du livre est troublée; ces
poésies sont le nez du livre, il faut que le nez soit à
sa place; c'est une continuation des *Aveux*, et, à la
fin du livre, je reviens encore sur ce sujet. Ce sont
les dernières poésies que j'ai écrites dans ces tout
derniers temps; quelques instances qu'on m'ait
faites, je n'ai pas voulu jusqu'ici en publier une
seule, alléguant toujours que je devais donner à
Campe une seconde partie du *Romancero*, et que je
ne voulais pas la déflorer. J'espère qu'elles mettront
le livre en vogue, et j'ai si bon espoir, que je ne donnerais pas pour dix-neuf cents marcs banco [1] l'expectative d'une seconde édition. Au milieu des circonstances les plus défavorables, je crois encore avoir
produit quelque chose d'important, tandis que
maintenant le marché est désert. Le volume de *Lutèce* contient un trésor pour ceux qui veulent ré-

[1]. Bien que M. Campe, en acceptant les propositions de Heine,
eût acheté toutes les éditions des *Mélanges*, il s'était engagé de
son propre mouvement à payer encore au poète deux mille marks
de plus, si une seconde édition devenait nécessaire avant dix
ans.

veiller en Allemagne la vie politique. On n'est pas seulement amusé, mais instruit, et, comme vous avez maintenant payé le livre, vous serez de mon avis.

A la fin de la semaine, je vous enverrai la portion de manuscrit qui vous manque et qui doit être intercalée à peu près au milieu de la seconde partie de *Lutèce*. Ç'a été un bon mais pénible travail, et il faut le copier encore afin qu'il ne soit pas trop volumineux pour la poste. Vous voyez, cher Campe, que, malgré ma mauvaise santé et l'état désolant de mes yeux, je fais tout au monde pour accélérer la publication du livre. — Tout à vous.

CCCLXVI

AU MÊME

Paris, le 26 juillet 1854.

Cher Campe,

Peut-être donnerai-je encore quelques feuillets pour la dernière partie du second volume de *Lutèce*. Je voudrais beaucoup, si cette seconde partie est trop forte, laisser tomber le morceau de l'appendice intitulé : *Révolution irlandaise*, etc. Ce

morceau n'est pas mauvais, mais il est moins attrayant et actuel que les autres.

Si la première partie des *Mélanges* avait le
nombre de feuilles requis, sans le morceau qui a
pour titre *la Déesse Diane*, il me serait également
agréable que ce fragment fût supprimé, puisqu'il
n'est pas de grande valeur, et que j'ai trouvé à le
remplacer par quelque chose qui ferait mieux.
C'est mon intérêt d'artiste que j'ai toujours en vue.

Avec le meilleur vouloir, je ne puis écrire un
prospectus, mais je donnerai une grande préface
où sera résumé le contenu de *Lutèce;* avec ce résumé, et quelques indications particulières, un
autre pourra facilement se tirer d'affaire. J'aurai
soin de ne pas livrer trop tard cette préface qui
tiendra sans doute dans une feuille d'impression.

Il fait ici une chaleur horrible qui agit très-fâ-
cheusement sur moi. — Votre ami dévoué.

CCCLXVII

AU MÊME

Paris, le 1er août 1854

Bien cher Campe,

Je reçois votre lettre, et je me hâte de vous faire

savoir ce qui se trouve sur la feuille ci-jointe, vous priant instamment de me tirer aussi vite que possible d'inquiétude. Ce qui me tourmente, ce n'est pas seulement qu'aucune épreuve ne m'ait été envoyée des poésies indiquées, mais la pensée que peut-être elles n'ont pas été imprimées du tout. Je ne serai pas tranquille avant d'avoir eu en mains *toutes* les feuilles des *Poésies*.

Quant à *Lutèce*, je vous fais remarquer que le mot de *Kéchénaïens* est formé d'après un mot grec qui veut dire *badauds*. Peut-être l'ai-je mal écrit. Une faute beaucoup plus grave est à la seconde feuille, où il est dit de George Sand : *Ses principes anti nationaux*, au lieu de *anti matrimoniaux*. Plus un manuscrit est lisible, plus facilement les compositeurs font des fautes de cette espèce ; le correcteur, qui ne flaire aucun non-sens, les laisse passer. C'est pourquoi il est si nécessaire de collationner exactement. Je donne la préface sous forme de dédicace à un ami, et, si je n'étais pas si malade, elle serait déjà terminée ; toutefois je l'écrirai encore cette semaine, et vous l'aurez dans huit jours. Un tiers ne saurait faire la table du livre, c'est impossible pour un ouvrage de ce genre, et il n'y a en tout cas qu'un prospectus qui puisse sortir d'une plume étrangère. Vous aurez vu, par la défense rétrospective que je vous ai récemment envoyée, qu'il n'est pas opportun de nommer trop souvent, et de faire trop ressortir dans ce prospectus les noms propres de ministres français comme Thiers ou même Guizot. L'essentiel est de rendre attentif au matériel des faits, et au trésor d'expérience, que j'ai déposé dans ce livre. Je ferai d'ailleurs moi-même pour le mieux dans la la lettre-préface dont je vous ai parlé.

Ayez seulement soin, cher Campe, de régler bientôt les malentendus au sujet des *Poésies*. Il va de soi que, puisque le volume n'est pas trop fort, je garde *Diane*. Lors de ma dernière lettre, il me resta encore quelques minutes avant le départ de la poste, et j'écrivis à M. Schmidt à Halle pour lui dire que, dans le cas où il y aurait une erreur dans l'impression des *Poésies,* il devait suspendre tout de suite son travail ; jusqu'à ce que le mal ait été réparé. En cas semblable, quand il y a *periculum in mora,* un seul jour peut être de grande importance. Aussi j'ai surmonté ma répugnance à écrire à Halle, et j'ai averti ces gens-là que, en cas d'erreur importante, des cartons devraient être imprimés à vos frais (il est vraisemblable que M. Campe ne payerait pas des frais semblables).

Je suis fort souffrant. La chaleur m'a coulé à fond, et le lièvre étend les quatre fers en l'air. J'espère que vous et les vôtres êtes bien. J'attends une réponse tranquillisante. — Votre ami.

CCCLXVIII

AU MÊME

Paris, le 3 août 1851.

Cher Campe,

J'ai revu la suite des sujets de *Lutèce*, et me suis convaincu que la nature de l'ouvrage n'admettait pas une table des matières, qui même lui nuirait. Ceux qui voudront chercher dans le livre quelque particularité dont on leur aurait parlé, devront se donner la peine de le lire en entier, et, si peut-être ils ne trouvent pas ce qu'ils cherchaient, ils feront, je l'espère, plus d'une trouvaille inattendue. Il en est autrement d'un prospectus, et je pourvoirai à une annonce habile. De votre côté, je ne doute

pas que tout ne se fasse pour procurer au livre des
amis, non pas des gâcheurs de louanges, mais des
gens qui en facilitent l'intelligence. Les poésies sont
chose toute nouvelle, et ne font pas entendre de
vieux accords dans l'ancien style; il faut, pour les
apprécier, des natures tout à fait naïves, ou d'é-
minents critiques. Les *Aveux* ne sont pas non plus
accessibles à chacun, mais ont leur importance,
parce qu'ils font mieux saisir l'unité de mes
œuvres et de ma vie. Le livre de *Lutèce* a son intérêt à lui, et l'on se plaindra, en tout cas, que les
caricatures qu'on y rencontre aient gardé leurs
noms propres; il m'aurait été facile au lieu de
M. Léo d'écrire M. Schléo; mais ce sont là de lâches
conceptions que les forts ne doivent jamais faire.
Les médiocrités coalisées peuvent ménager leurs
compères; je n'appartiens à aucun compagnonnage
de ce genre, où l'on se pousse réciproquement et
se couronne à l'envi de lauriers, et qui sont cause
que les gaillards les plus capables, en Allemagne,
ne peuvent percer. Ne vous étonnez donc pas que
je ne veuille rien avoir à faire avec beaucoup de
gens qui pourraient être momentanément utiles à
mon livre, mais plus tard me fatigueraient par des

prétentions déplaisantes; et, moins encore, ne soyez pas surpris si, de ce côté-là, mon livre rencontre les mêmes perfidies auxquelles on nous a déjà accoutumés. Il s'agit d'être fidèle et loyal avec soi-même, et on arrive alors au but, bien qu'un peu plus tard. — Adieu. J'ai déjà ingurgité aujourd'hui un quintal d'opium, et suis très-endormi. — Votre ami.

CCCLXIX

AU MÊME

Paris, le 10 août 1854.

Cher Campe,

Alfred Meissner était à Paris ces jours-ci, et comptait y passer quelque temps, mais il est reparti en voyant que le choléra faisait rage dans son quartier. Il retourne à Prague, presque directement, et je lui ai promis que, avant l'expédition de mon livre, il lui en serait envoyé un exemplaire, pour qu'il pût en faire sans retard le compte-rendu. La meilleure réclame serait sans doute d'en publier quelque chose, — je ne sais pas au juste quoi, — dans la *Revue des Deux Mondes*. — Je suis absolu-

ment en dehors de tout compérage littéraire, et je ne
puis compter que sur votre activité. Dites-moi
si vous publierez les trois volumes en même temps,
ce qui vous est facile puisque, avec l'autorisation
que je vous ai donnée de reviser vous-même les
épreuves, vous pouvez accélérer l'impression. Et
quand croyez-vous bien que le livre pourra paraître ? Je vous prie de m'informer de tout cela,
afin que j'écrive à temps à la *Gazette d'Augsbourg* ce
qu'elle a à faire. J'ai dit mainte chose dans le livre
qui peut-être ne sera pas fort à son gré, et, dans
la préface qui est prête, mais pas encore au net, je
lui fais entendre aussi quelques notes désagréables.

Adieu. Votre ami vous salue,

CCCLXX

AU MÊME

Paris, le 21 août 1854.

Cher Campe,

Les feuilles ci-jointes sont la dédicace longtemps
annoncée qui doit servir de préface à *Lutèce*, et être
insérée en tête du premier volume. Je désire que
cette dédicace soit imprimée de même que l'ou-

vrage, et non pas en caractères plus grands, comme cela se fait souvent pour les préfaces. Je vous prie de le recommander expressément à l'imprimerie de Cassel. Cette uniformité typographique donnera à ma dédicace l'accent de la camaraderie, au lieu de celui d'une humble lettre à un patron. Je fais ainsi beaucoup plus d'honneur à l'homme [1] que par des arabesques de chancellerie. — Il y a déjà six jours que ces feuilles sont prêtes, et, jusqu'à aujourd'hui, je n'ai pu parvenir encore à les relire. Vous les recevrez donc un peu tard. Je suis en effet extrêmement malade, et dans ma maison on continue à bâtir, de sorte que le bruit me rend fou. — Très à la hâte, votre ami dévoué et dépité.

CCCLXXI

A MICHEL SCHLOSS

Paris, le 25 août 1854.

Cher monsieur Schloss,

J'ai tardé jusqu'à aujourd'hui à vous renvoyer

---

1. Le prince Puckler-Maskau, auquel Heine a dédié *Lutèce*. (Voir le volume qui porte ce titre, Michel Lévy frères, Paris, 1863.)

les lettres ci-jointes, afin de vous écrire quelques lignes. Vous ne pouvez vous figurer à quel point j'ai été absorbé depuis longtemps par les tribulations de chaque jour. Dans ce moment, je suis occupé des préparatifs d'émigration dans un appartement où j'aurai enfin un grand jardin, et pourrai respirer les fraîches émanations des arbres et des fleurs, ce qui réjouira sans doute madame Schloss. Quant à mes tourments de publication, à Hambourg, je ne suis pas encore au terme. Ce ne sera sans doute que vers la fin de septembre. Je vous remercie de votre envoi de livres, mais il est rare que, lorsque le choix est laissé au hasard et que je n'ai donné préalablement aucune indication, il m'en arrive un seul qui me soit inconnu ou puisse m'intéresser. C'est ainsi que j'ai dû laisser de côté des envois entiers de Hambourg.

Jusqu'ici, je n'ai pas un mot de réponse de Meyerbeer, et vous verrez que je serai dupé. Vous m'avez amicalement promis de m'envoyer ou bien le libretto de *Satanella* ou bien un compte rendu exact de ce ballet : je vous prie de tenir bientôt votre promesse.

Quant à ma santé, cela va toujours plus

mal, mais je suis calme et dispos. Saluez cordialement ma belle amie. J'espère qu'elle se trouve bien.

Je vous salue très-amicalement et reste votre dévoué.

CCCLXXII

A J. CAMPE

Paris, le 3 septembre 1854.

Cher et bon Campe,

J'ai déménagé depuis trois jours et demeure aux *Batignolles, grande rue, 51, barrière de Paris*. — J'ai fait les plus grands sacrifices pour être mieux, et voici! ma demeure a d'autres inconvénients plus insupportables que l'autre; et peut-être, déjà ces jours-ci, devrai-je changer encore et m'installer à nouveau. — Le plus grand malheur est que je suis très-mal, et que peut-être j'ai le choléra. — Hier, j'ai été près de mourir pour tout de bon. Je me lève pour vous écrire tout de suite que je ne veux pas retarder l'impression du premier volume de Halle; j'ai pris les épreuves qu'on m'a envoyées de là-bas pour de bonnes feuilles. Je ne les renvoie

point à Halle. Dites à M. Schmidt que, après correction, il n'a qu'à mettre tout ce fatras sous presse.
Mon secrétaire me manque et je suis trop malade.

En revoyant les feuilles de Halle, j'ai remarqué
avec effroi la note que monsieur mon éditeur, em-
piétant sur les droits et priviléges de l'écrivain, a
placée sous mon texte, ce qui me blesse par mille
raisons esthétiques et morales, et non pas seulement par amour-propre d'auteur. Pourquoi me
faites-vous ce chagrin? Je suis un satirique, et,
sans le nommer, j'ai fouaillé d'importance ce gredin
berlinois. — Et maintenant suis-je un bourreau et
un écorcheur? Qu'y a-t-il à faire pour que le public
apprenne, sans que j'en parle, que cette note n'é-
tait pas dans mon manuscrit? Je m'adresse pour
cela avec les plus amères instances au cœur de
mon ami.

La *Lutèce* n'a nullement besoin d'une table de
matières; j'en aurais fait une si par là le titre n'eût
perdu son attrait mystique. En tout cas, personne que moi ne pourrait la faire; l'index que l'on
m'a envoyé ne contient que des noms de personnes,
et l'on aurait l'idée que je ne fais que rabâcher des
nouvelles de journaux, au lieu que mes personna-

ges ne sont que les clous auxquels j'accroche mes
pensées.

Votre ami.

CCCLXXIII

Paris, le 7 septembre 1854.

Mon cher Campe,

Par suite de mon déménagement, je suis toujours
dans le plus misérable état. Quand j'étais le plus
mal, il y a quelques jours, je vous ai écrit pour
vous faire savoir qu'il ne tient pas à moi que le
premier volume des *Mélanges* soit sorti de presse,
et que vous pouviez annoncer à l'imprimeur de
Halle que depuis longtemps je croyais la chose terminée, et qu'il m'importait peu, par exemple, de
n'avoir pas reçu du tout la dernière feuille. Pour
ne pas perdre une minute, il n'est pas nécessaire
non plus de m'envoyer une épreuve de la dédicace,
mais seulement la bonne feuille, et je me fie, cher
Campe, à votre amitié pour que vous veilliez à la

21.

correction la plus scrupuleuse. De cette façon, le 15 septembre, terme indiqué par vous pour la publication, ne sera pas dépassé. Vient ensuite la grande question, à savoir ce qu'il y aura de mieux à faire pour préparer un bon accueil à l'ouvrage. Je vous abandonne encore ici la solution. J'ai oublié de vous dire que Alfred Meissner est suffisamment connu à Prague, et que vous pouvez lui envoyer les trois volumes dès qu'ils auront paru, sans autre indication d'adresse. Envoyez aussi, je vous prie, tout de suite, un exemplaire au docteur Detmold. Je suis ici complétement isolé, et la seule personne qui pourrait faire quelque chose pour mon livre, et qui a assez d'esprit pour qu'on se fie à elle en semblable occurrence, vient, à ce que j'apprends d'être éloignée de Paris. C'est Engländer, et pour moi dans ce moment c'est fatal. D'ailleurs, je me fie assez au contenu du livre pour espérer qu'il fera son chemin tout seul ; c'est seulement contre les petites manœuvres des petits ennemis dans les journaux, qu'il vous faudra réagir par la même voie.

Je suis un peu mieux ; pourtant le chagrin de ne pas avoir trouvé, après des dépenses folles, un appartement convenable, m'attriste beaucoup. Je re-

mercie infiniment, mon jeune ami et futur éditeur,
Campe Junior de ses lignes amicales, et je n'oublierai pas ses fables; mais dans ce moment je ne
puis me plonger dans le monde innocent des animaux, bien que les hommes avec lesquels j'ai affaire
se comportent assez bestialement.

Salut amical et dévoué.

CCCLXXIV

AU MÊME.

Paris, le 14 septembre 1854.

Cher Campe,

Vous m'avez dit positivement que vous publieriez
mon livre le 15. Dans la ferme croyance au terme
indiqué, je me suis hâté, en dépit de tout, de traduire les *Aveux*, et je les ai offerts à la *Revue des
Deux Mondes*, afin qu'elle en prit ce qu'elle voudrait, pour attirer, par une annonce préalable de
mes *Mélanges*, l'attention du public sur une traduction française. J'écrivis pour cela une note annonçant que *Lutèce* paraissait dans votre librairie. Je
ne croyais pas que la *Revue* entrât si vite en ma-

tière ; mais, à ma joie, et en même temps à mon déplaisir, j'appris hier par un billet, qu'elle publierait déjà, dans son prochain numéro, la seconde
moitié des *Aveux*, avec une grande réclame pour
notre publication, de sorte que le public ne pourra
être trompé par aucun faux rapport de correspondant, sur l'esprit de mon plus récent ouvrage; je
craignais surtout, en effet, des extraits malveillants
de cette partie du livre, dans les journaux allemands. Mais malheureusement, comme je hâtais
l'impression, on ne m'envoya pas d'épreuves, et
moi qui espérais amender en corrigeant ces feuilles,
mon style français, il faut que je laisse aller les
choses comme elles sont. Je croyais que la *Revue,*
ne paraissant que tous les quinze jours, mon travail ne serait publié qu'en octobre, et prévoyant
que vous publieriez mon livre le 15 courant, je
n'aurais pas été suffisamment garanti contre les
journaux. Mais j'ai été servi plus vite que je ne m'y
attendais, et c'est là pour le livre une colossale réclame, sur laquelle aucun article de correspondant
allemand ne pourra l'emporter. Aussitôt que j'aurai le numéro de la *Revue des Deux Mondes*, je vous
l'enverrai. J'ai annoncé, dans une note, que je pu-

blierai aussi une traduction française de *Lutèce*; mais je l'ai fait pour dérouter mes chenapans allemands.

J'espère que les bains de mer d'Héligoland vous auront convenu, à vous et aux vôtres. Le grand air de jardin dont je jouis ici m'est très-salutaire; mais ma demeure actuelle a le grave inconvénient d'être froide et humide en hiver, et il me faut songer à une nouvelle émigration. Nouvelles tribulations, et, ce qui est plus fâcheux encore, nouveaux frais, qui vont achever de me ruiner.

Salut amical.

CCCLXXV

AU MÊME

Paris, le 16 septembre 1851.

Cher Campe,

Je vous accuse réception de votre lettre du 12, et j'ai appris avec plaisir que vous étiez de bonne humeur, et jouissiez de la vie de la meilleure manière, c'est-à-dire dans le bien-être domestique. Pauvre diable que je suis, cela ne va pas aussi bien pour moi, et, là où il y a un trou dans le pont, je puis être sûr d'y planter le pied. Ainsi, quand je vous écrivais ma dernière lettre, je croyais avoir fait merveille avec la *Revue des Deux Mondes*, et voici ! la *Revue* m'arrive dans ce moment, et les coups de ciseaux sont à me rendre fou. La seconde partie des *Aveux* devait seule être imprimée, mais sans changement, et on y a fait force mutilations, en y accolant très-maladroitement un morceau du début. La note où je parlais de notre publication et qui était une réclame importante, est à peine mentionnée ; mon titre est arbitrairement changé. Les changements les plus outrageux ont eu lieu ; bref, c'est à en perdre la tête. Cela ne signifierait pas grand'chose, si vous aviez publié le livre le 15, comme je m'y attendais. Mais le retard que vous m'annoncez me met dans le plus extrême embarras, et je viens vous prier instamment de publier aussi vite que possible la première partie des *Mélanges*. Quant aux deux volumes de *Lutèce*, ils doivent sans doute être publiés ensemble, puisqu'ils forment un tout, et je ne doute pas que la seconde partie du livre ne l'emporte sur la première.

Les succès de votre fils, l'oiseleur, m'ont fort amusé. Il se forme de bonne heure. Aussitôt que je

serai un peu casé, je chercherai pour lui mes Fables, et je me promets un grand succès à ses yeux
pour ma fable du Rat.

Je resterai probablement jusqu'au 15 du mois
prochain dans le pavillon que j'habite, et j'irai ensuite occuper, aux Champs-Élysées, un appartement que ma femme a loué pour moi. Avant la fin
d'octobre, je n'aurai donc pas un moment de repos.

Adieu.

CCCLXXVI

AU MÊME

Paris, le 21 septembre 1851.

Cher Campe,

Je suis dans ce moment extrêmement malade, et
tourmenté par des fatalités extraordinaires qui ont
leur cause soit dans mon changement de demeure,
soit dans des cas de mort. La mère de mon lecteur,
qui est morte du choléra, a été inhumée aujour-
d'hui, et, depuis huit jours on ne m'a pas fait une
lecture. Par contre, j'assiste en ce moment à un
grand triomphe ; mon article de la *Revue des Deux
Mondes*, en dépit des mutilations qu'il a subies, fait

fureur, et, comme me le disait hier le rédacteur de
la *Revue*, on ne parle dans ce moment d'autre
chose, et bien des personnes qui savent l'allemand
attendent avec une extrême impatience de pouvoir
lire le tout dans l'original. Mon but de faire une
annonce monstre est atteint; mais il est nécessaire,
je vous l'ai déjà dit, que vous accélériez l'impression. A ce qu'assure le directeur de la *Revue*, jamais
encore article n'a fait autant de sensation, et ce
succès n'est dans aucun rapport avec celui des *Dieux
en exil*. Je ne saurais vous écrire ceci sans une maligne joie, puisque c'est précisément à ce morceau
que mon ami Julius Campe prédisait un si fâcheux
destin. L'autre jour, il y avait sur cet article,
dans *le Mousquetaire*, quelques remarques que je
vous enverrai peut-être si je puis ravoir ce journal;
vous pourrez en tirer parti pour l'Allemagne. Mon
factotum pour les journaux est retenu par la paralysie dans une maison de santé, de sorte que je
n'apprends rien de ce qui se passe dans les feuilles
allemandes. Je n'ai pas l'adresse d'Engländer qui
n'est réellement plus ici ; il est en relations continuelles avec Hebbel à Vienne, qui pourra sans doute
vous la donner. M. Taillandier arrivera à Paris les

premiers jours du mois prochain, et, si je puis lui
remettre un exemplaire complet de mon livre, il
me fera certainement un article. Je vous prie donc
de dire à l'imprimeur de Cassel, d'abord de m'envoyer aussi vite que possible les feuilles prêtes, que
je n'ai pas reçues encore, ensuite de m'adresser ici
un exemplaire du livre, aussitôt qu'il sera terminé.
Le succès de mon article me donne bon espoir de
pouvoir confondre, par un débit considérable, mon
Fabius Cunctator de Hambourg, et d'emporter en
même temps les deux mille marcs, que j'aurai certes bien gagnés. — Votre ami.

CCCLXXVII

AU MÊME

Paris, le 3 octobre 1854.

Cher Campe,

J'ai reçu votre lettre, ainsi que la circulaire qui
l'accompagnait : cette dernière pièce est excellente. — En parcourant la seconde partie de *Lutèce*, vous finirez par voir qu'elle a beaucoup plus
de valeur que la première. Je ne puis lire les feuilles
parce que je suis excessivement souffrant, et qu'il

m'est survenu une esquinancie causée par le froid
et l'humidité de mon nouveau logement. Outre des
faux frais énormes, j'ai encore des difficultés fatales avant de quitter cet appartement, ce qui aura
lieu ce mois-ci. J'avais antérieurement promis à
Kolb, pour la *Gazette d'Augsbourg*, un fragment des
Aveux ; mais je ne l'ai point envoyé, d'abord parce
que je craignais que cela ne vous convînt pas, ensuite parce que je savais que Augsbourg fait cause
commune avec Munich, que là mes pires ennemis
ont la main (et même plus d'une main) à la pâte,
et que, sous le manteau de l'amitié, je n'aurais à
attendre que trahison. Je ne m'étais pas trompé,
car, ainsi que me l'a raconté hier monsieur mon
secrétaire, la *Gazette d'Augsbourg*, sachant d'ailleurs
fort bien que mes *Aveux* sont sur le point de paraître, a eu l'effronterie de publier une traduction
exécrable du fragment de la *Revue des Deux-Mon-
des*, et de me faire plus de tort, par une semblable
parodie de ma pensée, que n'aurait fait l'ennemi le
plus déclaré. Peut-être, ces messieurs, auront-ils
eu vent, que dans *Lutèce*, je m'exprime sans détours
sur la *Gazette d'Augsbourg*, et que je ne puis plus
être leur collaborateur? Il suffit. Vous voyez, cher

Campe, que je n'ai pas tort quand je sens la mèche,
et, à vrai dire, une mèche très-puante ; là où tout vous
semble parfum de roses. Remarquez que Meyerbeer, silencieux lui-même, a une bande d'estafiers
à sa solde, et possède dans chaque journal, en
France du moins, sûrement aussi en Allemagne,
une créature qui ne laisse rien passer contre lui,
et agit partout pour lui. N'oubliez pas que la boutique de scandales que j'ai décrite sans ménagements, a précisément ses familiers à Hambourg ;
sachant cela, il vous sera facile de surveiller, au
moins, les journaux à scandale de Hambourg, afin
qu'aucun mensonge (il ne s'agit pas des injures) ne
puisse y entrer en contrebande. C'est maintenant votre affaire. Je suis complétement isolé
ici, je n'apprends rien ; par ménagement peut-être,
on me cache tout, et il pourrait arriver pourtant
que j'eusse besoin de quelques informations. Je
reçois d'Allemagne beaucoup de lettres pleines
d'enthousiasme, et d'autre part quelques lettres de
menaces anonymes ; je vous en enverrai incessamment quelques-unes des deux sortes. — A cause de
mon mal de gorge, je ne puis dicter davantage, et
je vous dirai après-demain comment je veux dis·

poser des exemplaires que vous voulez me donner, soit dans notre intérêt commun, soit dans mon intérêt privé. — Votre ami dévoué.

CCCLXXVIII

A JOSEPH LEHMANN [1].

Paris, le 5 octobre 1854.

J'ai reçu hier votre amicale lettre, et je m'empresse d'autant plus de vous écrire que les pièces annoncées par vous ne me sont nullement parvenues. Le paquet, avec les petites brochures, que vous avez probablement remis au chemin de fer, n'est point arrivé, et je vous prie d'adresser là-dessus une circulaire aux bureaux; j'espère qu'ainsi le paquet m'arrivera bientôt.

Je vous suis très-obligé de la communication que vous m'avez faite relativement à la *Gazette d'Augsbourg*. Si ce n'est par hasard, je n'apprends vraiment rien, parce que je suis complétement isolé, et que, à part mes deux secrétaires qui sont trop bien

1. Rédacteur d'un recueil important, qui paraît à Berlin, le *Magasin de la littérature étrangère*. — J. Lehmann est d'origine israëlite.

élevés l'un et l'autre pour s'occuper des commérages d'Allemagne, je ne vois pas un seul Allemand.
Mon libraire ne me parle que de ce qui concerne
ses propres intérêts. Pour me ménager, peut-être me
cache-t-on, de là-bas, des choses fort risibles, à moi
qui suis endurci contre toutes les grossièretés, et
déjà mort à presque toutes les vanités de ce
monde.

Ma femme a fait fuir quasi tous les Allemands de
ma maison, et, dans le vrai sens du mot, en a mis
plus d'un à la porte. Plusieurs, dans ces dernières
années, ont été raflés par la mort, d'autres sont par-
tis, d'autres sont dans des maisons de fous ou de
correction, de sorte que, comme je vous l'ai dit, je
ne sais rien de mon pays, ce qui pourtant me serait parfois nécessaire, dans les cas où j'aurais à
démentir un mensonge, et, sous ce rapport, il me
serait fort agréable que vous m'écrivissiez plus
souvent ; assurément, rien ne peut me blesser, et
maintes choses pourraient m'amuser. D'ailleurs,
comme je me replongerai complétement dans mes
Mémoires, aussitôt que j'aurai retrouvé du repos, il
peut se faire que des communications sur les destinées et les changements de vieux amis et compa-

triotes, puissent m'être de quelque utilité. Il en est beaucoup que je crois vivants, qui depuis longtemps sont morts; il en est d'autres que je crois morts, et qui, dans l'intervalle, sont seulement devenus bêtes ou méchants. Vous n'avez pas d'idée de la fureur d'applaudissements qu'a provoquée mon article de la *Revue des Deux Mondes*. Dans quelques semaines, il paraîtra en entier dans mon livre *De l'Allemagne*, pour lequel il a été écrit, sous forme de conclusion.

Je publie mes œuvres en français chez Michel Lévy frères, que l'on m'a recommandés comme éditeurs. J'avais le choix entre eux et un autre libraire qui a été autrefois *bonnetier*, c'est-à-dire fabricant de bonnets de coton, et j'ai donné la préférence aux premiers, précisément peut-être parce qu'ils sont de la tribu de Lévy. Je crois que M. Lévy n'en est pas moins pour cela honnête homme, et mérite ma confiance; et, dussé-je me tromper à mon grand détriment, je ne puis me laisser diriger par le vieux préjugé juif. Je crois que, si on leur fait gagner de l'argent, ils sont au moins reconnaissants, et profitent moins de vous que leurs collègues chrétiens. Une grande civilisation du cœur leur est restée par une tradition inin-

terrompue de deux mille ans. C'est pour cela, si je
ne me trompe, qu'ils ont pu prendre part si vite à
la culture européenne, parce que, en fait de sentiment, ils n'avaient rien à apprendre, et n'avaient
besoin que de s'approprier le savoir. Mais vous savez tout cela mieux que moi, et je vous le rappelle
seulement, pour comprendre ce que j'ai dit dans
les *Aveux*. Bien que j'aie prié Campe de vous envoyer cet écrit, vous ne le recevrez certainement
que le jour où le Messie paraîtra. Si, selon l'ancienne tradition, il arrive monté sur un âne, et ne
prend pas le chemin de fer.

Il m'est infiniment agréable que vous n'ayez pas
oublié ce que je vous ai dit de la compagnie filou-
tière de l'éclairage au gaz du brave M. F...; il a réellement su, par les mensonges les plus raffinés, engager mon frère Gustave à se désister de la poursuite de mes intérêts, et il spécule sur ma maladie,
qui l'affranchira un jour de toute punition. Mais il
se trompe fort.

Je sais à peine ce que je dicte, tellement l'abus
de l'opium m'endort, et je finis en vous remerciant encore de votre bonté. Mes plus affectueuses
salutations.

CCCLXXIX

A J. CAMPE

Paris, le 5 octobre 1854.

Cher Campe,

Je vous ai écrit avant-hier que la *Gazette d'Augs-bourg* avait traduit le morceau de la *Revue*, comme me l'avait dit un ami qui n'en avait là que la moi-tié. Dans ce moment, je reçois une lettre de Bres-lau, où je vois que l'article était accompagné des injures les plus basses, probablement sous forme de conclusion, sans que je sache pourtant bien ce que c'est, parce qu'on ne m'a envoyé que le passage inclus, de sorte que j'ignore encore ce que j'ai à faire. L'essentiel est que je donne maintenant à la *Gazette d'Augsbourg* un coup de pied dans le der-rière, et que je me débarrasse d'amitiés équivoques. Mais je n'y puis rien comprendre, puisque derniè-rement encore Cotta m'a écrit la lettre la plus ami-cale, et que Kolb, depuis vingt-cinq ans, à part la sottise dont j'ai parlé dans *Lutèce*, s'est toujours montré mon ami. La traduction doit avoir été faite

par un de MM. les rédacteurs, qui ont l'habitude d'agir sans le contrôle de Kolb. Mais je dois
rompre en tout cas.

Quant à l'emploi de mes exemplaires gratuits, je
n'ai pas besoin de vous répéter qu'il se fera dans
l'intérêt de mon livre. Je ne demande pour Hambourg que deux exemplaires des *Mélanges*, l'un que
vous voudrez bien envoyer à ma sœur, et l'autre à
mon cousin Charles Heine. Pour ce dernier, c'est un
procédé de courtoisie que je ne saurais négliger,
sans être accusé à bon droit de dureté et d'ingratitude. Envoyez aussi les deux volumes de *Lutèce* à ma
mère, mais non pas le premier des *Mélanges* ; ma
sœur qui les lui remettra, lui fera croire que ce
volume n'a pas encore paru. Envoyez aussi un
exemplaire des trois volumes à Varnhagen d'Ense,
à Berlin. Ne manquez pas non plus d'en adresser
un de *Lutèce* (chaque volume sous bande), aussitôt
l'ouvrage paru, au prince Puckber-Muskau, *poste
restante* à Coblence. Les exemplaires que vous voulez bien m'envoyer ici, doivent être remis au chemin de fer, à mon adresse actuelle. Je demande
douze exemplaires des trois volumes de *Mélanges*, ce
qui me suffira à peine, puisqu'il m'en faut deux

pour mes médecins, deux pour mes secrétaires, deux pour des journaux français, trois pour l'Angletere (même but), et trois certainement pour des demandes pressantes. — Dans ce moment, je n'ai absolument aucune lecture allemande ; si vous avez encore mon ancienne liste de livres, et que vous vouliez mettre dans la caisse de mes exemplaires quelque chose de la Bibliothèque de Laeiss, cela ne pourrait m'arriver plus à propos. J'ai des affaires par-dessus les oreilles, soit pour mes appartements, soit pour des publications françaises, et avec cela jour et nuit les plus affreuses douleurs.

Si vous voyez Schiff, dites-lui que la surcharge d'occupation m'a seule empêché de m'exprimer directement et cordialement avec lui, au sujet de son aimable pensée. Saluez pour moi votre prince royal, le petit Henri l'Oiseleur. — Votre bien dévoué.

CCCLXXX

AU MÊME

Paris, le 13 octobre 1851.

Cher Campe,

Vous aviez raison, une habitation au rez-de-

chaussée ne vaut rien pour moi, et, pour ne pas
périr tout à fait de froid et d'humidité, je fais
arranger aux Champs-Élysées un appartement
plus chaud que j'irai occuper encore avant la fin
du mois. Mon esquinancie m'empêche de parler.
Merci de vos amicales lettres. Le projet d'une
version française de *Lutèce* a du bon, et, en tout
cas, je le ferai annoncer par MM. Lévy frères, avec
lesquels j'ai traité pour la publication française de
mes œuvres, format Charpentier ; c'est même pour
cela que je vous ai demandé deux exemplaires qui
seront déposés au Ministère. J'ai déjà pris mes
mesures pour ne pas être volé. Cette édition
française me rapporte diablement peu, et me
coûte beaucoup de peine ; mais, puisqu'on veut
me rabaisser en Allemagne, je ferai ici pour mon
nom quelque chose de considérable, et l'accroisse-
ment de ma réputation finira par être profitable
à mon éditeur allemand. Une attaque à ma réputation est une atteinte à vos intérêts, et c'est à ce
point de vue, cher Campe, que vous devez motiver
une poursuite contre la *Gazette d'Augsbourg ;* il
n'est pas nécessaire que cette poursuite ait lieu, il
faut seulement l'annoncer dans les journaux. Il faut

montrer qu'il ne s'agit pas d'une couple de thalers qui me sont volés, mais de l'atteinte portée à ma réputation par une traduction illégale et infidèle. Si vous n'avez pas fait imprimer à Hambourg l'article berlinois que vous m'avez envoyé, faites-le maintenant, et, au nom du ciel, ne tardez pas. Les injures de la *Gazette d'Augsbourg* (que je ne connais pas encore) sont un mauvais symptôme, et témoignent d'une coalition qui rappelle le temps où vous avez publié mon livre sur Boerne. Il ne serait pas mauvais d'écrire à Cotta. Je suis trop malade pour venir à bout d'autre chose que de mes tribulations domestiques, et c'est pourquoi je n'écrirai pas à Stuttgart. Il ne m'est plus possible de dicter aujourd'hui, et peut-être ne vous dis-je pas l'essentiel. Grâce à Dieu, avec toutes mes souffrances je suis très-gai, et les plus joyeuses pensées s'ébattent dans mon cerveau. Ma fantaisie, pendant les nuits d'insomnie, représente devant moi les comédies et les bouffonneries les plus belles, et pour mon bonheur ma femme aussi est de très-bonne humeur.

Votre ami.

CCCLXXXI

AU MÊME

Paris, le 24 octobre 1854.

Cher Campe,

Je ne puis vous dire dans quel embarras me met le retard des exemplaires que je vous ai demandés par la voie la plus prompte, et qui ne sont pas arrivés, tandis que mon livre circule à Paris, soit par des envois directs d'Allemagne, soit par les librairies d'ici. Pour plus de sûreté, je vous avais même demandé de m'envoyer sous bande deux exemplaires de *Lutèce*. Je comptais (je vous l'ai dit) les employer dans votre intérêt, et chaque jour de retard était un danger. Je voulais en effet, suivant les prescriptions de la loi, assurer mes droits de propriété, par le dépôt de deux exemplaires au Ministère, de sorte qu'aucune traduction aux doigts crochus ne pût être faite ici par le premier gredin venu; je voulais empêcher aussi que des copies lithographiées du texte allemand ne fussent faites par des gens qui, comme on me le disait l'autre jour, auraient trouvé leur compte à spéculer sur

22.

le prix exorbitant de l'édition originale. N'est-il pas déjà assez contrariant que certaines personnes de Francfort (on me dit que ce sont des Francfortois) prêtent le livre à un franc par jour? Samedi dernier, aucun avis du chemin de fer n'étant arrivé, je fis acheter chez Vieweg deux exemplaires de *Lutèce*. Je les envoyai tout de suite à mes éditeurs français, MM. Lévy frères, pour les remettre, en leur nom et au mien, au Ministère, ce qui eut lieu tout de suite. — Le livre me coûte plus que la vie, je veux dire le repos dont j'aurais besoin pour me livrer à mes plus importants travaux, et vraiment si, dans ce moment critique, le souffle me manque, le dommage sera grand pour vous aussi. Je vous avais très-instamment prié de me laisser en dehors de toute polémique directe ou indirecte avec la *Gazette d'Augsbourg*, et, maintenant, vous m'entraînez, par une nécessité intime, sur le champ du combat. Comme je l'apprends par la circulaire que vous avez adressée à tous mes adversaires, vous leur laissez voir que je m'irrite à mort de l'article de la *Gazette d'Augsbourg*. Premièrement, cela n'est pas vrai, car je puis vous donner ma parole d'honneur que, jusqu'à cette

heure, je n'ai pas lu une ligne de cet article.
L'exemplaire envoyé par vous a passé, sans avoir
été ouvert, des mains de ma garde, dans celles de
l'écrivain de cette lettre. Cet ami ne m'en a pas
encore lu une ligne. Encore une fois, je vous en
donne ma parole d'honneur, et je ne me ferai lire
cet article que lorsque je devrai y répondre. Ensuite ne voyez-vous pas quel plaisir vous faites à
mes adversaires, quand ils peuvent se figurer qu'un
article de journal me vexe à ce point-là ? Il fallait
seulement vous attaquer à la déloyauté du procédé,
mais ne pas écrire une circulaire larmoyante. Si
seulement j'avais du repos ! Le déménagement est
pour moi une question vitale. Je puis avoir, pendant ce transport, des accès qui mettront fin à
toute la comédie. Je resterai encore ici, aux
Batignolles, huit jours au plus, puis on me
transportera, par le premier beau jour, 3, *Avenue
Matignon, Champs-Elysées* [1]. Vous avez raison, il
faut à tout prix que je me ménage du repos pour
travailler ; seulement, j'ai de la peine à digérer ces
dépenses énormes, presque fabuleuses. Malgré tout

1. Ce fut là le dernier logement occupé par Heine; il y mourut en 1856.

mon travail, je retomberai cette année dans le
déficit, puisque les douleurs qui ont précédé et
suivi l'enfantement de mon livre ne m'ont pas
permis d'écrire quelque chose de nouveau. J'enri-
chirais volontiers l'édition française de *Lutèce* des
adjonctions les plus brillantes, mais je gaspille
beaucoup de temps, et ce livre en français, comme·
en général toute l'édition française de mes écrits,
ne me rapporte d'ailleurs que peu de chose, et ne
sert que de réclame à mon nom. Celui qui ne s'est
pas acquis en France un grand renom, ne peut
nullement se vanter d'une réputation européenne;
et c'est ainsi que le propriétaire de mes œuvres
allemandes retirera indirectement le plus grand
avantage de toutes les peines que je me donne pour
les versions françaises, c'est-à-dire la certitude que
mon nom durera toujours davantage.

Adieu, cher Campe, et informez-vous, je vous
prie, pourquoi je n'ai pas reçu encore ma caisse du
chemin de fer. Il semble que pour ce livre je ne puis
avoir que des déboires, puisque ces retards confon-
dent toutes mes meilleures mesures. Continuez seulement à menacer de poursuites la *Gazette d'Augsbourg*, en me laissant toujours, s'il vous plaît, en

dehors du débat, et n'oubliez pas que, si parfois le scandale vous profite, c'est moi, en définitive, qui en fais les frais; quand on se bat avec des ducats, vous recevez les ducats, et moi les coups. Je finis, car dicter me devient insupportable. — Votre ami dévoué et cruellement mal portant.

Comment va le pauvre Gathy ?

CCCLXXXII

AU MÊME

Paris, le 8 novembre 1854.

Cher Campe,

J'ai à vous annoncer l'agréable nouvelle qu'avant-hier au soir je suis arrivé, sans accident, dans ma nouvelle demeure dont je suis très-satisfait. Le voyage a été long et pénible, parce que, quelques jours auparavant, j'avais subi une opération, et je suis dans ce moment excessivement faible et épuisé. Pour le quart d'heure, j'ai tant de diversions de toute sorte autour de moi, que le chagrin causé par le retard de mes exemplaires ne peut m'occuper beaucoup, bien que ce retard m'ait fait un tort inouï.

J'ai bien su, très-cher Campe, et vos amis me l'ont fait assez clairement entendre, que, dans ce moment, vous n'avez personne parmi les écrivains allemands sur les sympathies de qui vous pourriez compter quand vous lancez un nouveau livre de moi ; et que c'est donc moi, en cas semblable, qui dois faire le nécessaire pour ne pas laisser à mes ennemis le loisir de nuire d'avance à mon ouvrage par les moyens connus ; vous avez pu voir, à l'occasion de la *Gazette d'Augsbourg*, que c'était bien là l'intention, puisque l'attaque a eu lieu au moment même où vous alliez publier l'ouvrage. Comme je n'avais point d'exemplaires, je n'ai pu confier à personne la plus petite annonce pour l'Allemagne, pas même remettre *Lutèce* à Taillandier. Je lui donnai seulement la première partie des *Mélanges*, et ce fut la seule dont il put parler dans la *Revue des Deux Mondes*. Je vous envoie les courtes mais belles paroles qu'il a placées en tête de la traduction de mes Poésies. Je lui ai demandé de les intituler le *Livres de Lazare*, parce que, plus tard, d'autres poésies viendraient s'y joindre et formeraient un tout. La traduction est très-bonne, et je reçois de toute part un tribut de louanges auquel je m'attendais à peine.

J'admire combien les gens s'aperçoivent vite que je
fais vibrer ici un ton tout à fait nouveau, et qu'il y a
ainsi un progrès. Vous m'écrivez que les *Grenzboten*,
et la *Gazette de Cologne* se sont occupés de mon livre, et que cette dernière parle de Cotta. Envoyez-
moi donc ces choses, qui me sont plus utiles que la
bouillie jésuitique de Vienne, laquelle, me dit mon
secrétaire, ne contient que des extraits de mes
Aveux, traduits par la *Gazette d'Augsbourg*, lecture dont je ne veux pas m'occuper encore. Quant
aux grossièretés insolentes que vous m'avez souvent
envoyées, je n'en donnerais pas un sou, mais je vous
prie de m'adresser ce qu'il m'importe de savoir;
mon ami Reinhardt, qui ouvre tous les plis, m'en
rendra fidèlement compte. Faites traduire par Gathy l'avant-propos de Taillandier, et publiez-le
dans quelque important journal. Le beau prospectus [1] que je vous ai envoyé est un peu glorieux sans
doute, mais décrit avec beaucoup de vérité ma position en France, surtout au début.—Vous m'écrivez que les dates de mes lettres nuisent à la vente.
Informez-vous auprès de quelqu'un d'entendu, on
vous dira que, si ces chiffres n'avaient pas existé,

1. Pour l'édition française des Œuvres de Heine.

comme artiste, j'aurais dû les inventer. Les Lettres
de Junius ont leurs dates et vivent encore. Les
Annales de Tacite ont les leurs, et vivent aussi. J'espère qu'un jour votre garçon comprendra mieux
cela que vous. Puisque je me mets à bavarder, je
vous prie, au nom du ciel, de ne me plus parler de
l'*Ost-Post*. Je ne savais rien de Kuranda depuis huit
ans, et c'est de vous-même que j'ai appris qu'il
avait écrit à mon sujet contre vous dans son journal, au moment où, je vous priais, dans l'innocence
de mon cœur, de lui envoyer un exemplaire. Ne me
gâtez donc pas ma bonne humeur, et les courts moments que je pourrais consacrer à de plus importantes choses. — Hier, j'ai été interrompu ici par
la visite de personnes qui m'ont raconté, de la manière la plus agréable, que l'on parlait dans toute la
société de Paris, avec le plus grand enthousiasme, de
mes poésies traduites dans la *Revue des Deux Mondes*.

Pendant qu'on tramait contre moi des perfidies
à Augsbourg, Kolb était en Suisse, et il est depuis
quelques semaines à Stuttgart, malade à la mort. —
Adieu, et annoncez-moi bientôt quelque chose d'a-
gréable. J'espère que votre famille est bien. — A
vous.

CCCLXXXIII

A MICHEL SCHLOSS

Paris, le 9 novembre 1851.

Très-cher monsieur,

Vous devez vraiment me prendre pour un charlatan, puisque je ne vous ai pas encore envoyé mon dernier ouvrage. Depuis cinq semaines, j'attends chaque jour les exemplaires que Campe assure m'avoir adressés par le chemin de fer, de sorte que je ne puis communiquer le livre à aucun de mes amis, tandis qu'il est entre les mains de tous mes ennemis et, grâce à Dieu, de nombreux jaloux. Hier, j'en ai fait venir quelques exemplaires d'une librairie d'ici, et je vous en envoie un ci-joint, par le chemin de fer. Je désire que ce livre vous amuse et je vous recommande, comme lecture, les poésies qui s'y trouvent à ma chère princesse norvégienne Ingier, que je salue du fond du cœur. — Depuis que vous êtes venu me voir, j'ai dû déménager deux fois, ce qui m'a causé mille tribulations; mais maintenant je suis fort bien logé, aux *Champs-Élysées, 3 avenue Matignon.*

On me dit qu'il se trouve dans la *Gazette de Cologne*, un petit article relatif à une saleté qu'on m'a
faite dans la *Gazette d'Augsbourg*, pendant l'absence
du rédacteur en chef, mon ami, le Dr Kolb. Vous
me rendriez service en me l'envoyant au plus tôt.
Je suis complétement isolé de tout le mouvement
allemand, je ne vois pas un seul compatriote, et
n'apprends que par hasard ce qui se passe chez
vous, d'autant plus que MM. mes secrétaires me
rendent à peine compte de ce que contiennent les
journaux ; mes yeux ne me permettent pas de lire
moi-même, bien que, chose singulière, je puisse
écrire au crayon, et assez lisiblement. J'écris beaucoup de cette façon.

Bien que la seconde partie de *Lutèce* m'en ait
donné assez d'occasions, je n'ai pas encore éclaté sérieusement contre Meyerbeer, et pourtant, je suis
encore sans réponse à mes réclamations. Cette offense, à elle seule, mérite un châtiment, et le bon
Dieu sait qu'en cas pareil je ne boude pas.

Adieu ; rappelez-moi, je vous prie, au souvenir
de votre femme, et conservez-moi votre bonne
amitié.

CCCLXXXIV

A. SAINT-RENÉ TAILLANDIER [1]

Mon cher monsieur Taillandier,

J'ai encore à vous remercier de la traduction de mes poésies, qui a eu, comme on me dit, un succès foudroyant. Vous m'avez fait un grand plaisir, et rendu en même temps un grand service, un service pour ainsi dire cuit à point.

N'ayant pas encore reçu de Hambourg les exemplaires de la *Lutèce*, j'ai été dans la nécessité d'en demander quelques-uns à la librairie de Frank et

---

1. Cette lettre, qui ne porte pas de date, est des premiers jours du mois de novembre 1854. La traduction dont parle Henri Heine est celle des poésies publiées sous le nom de *Lazarus*, dans les *Vermischte Schriften*. Heine avait demandé cette traduction à M. Saint-René Taillandier, qui la fit pour lui être agréable ; elle fut insérée dans la *Revue* du 1er novembre 1854, sous le nom d'Henri Heine, avec ce titre : *le Livre de Lazare*. Cette traduction eut un très-grand succès à Paris. En Allemagne, M. Adolphe Stahr la critiqua comme inexacte, dans un livre consacré à Paris, et publié en 1855. M. Ad. Stahr, grand admirateur d'Henri Heine, avait eu la maladresse de blâmer, comme des fautes d'un goût timide et académique, toutes les variantes que Heine avait substituées à la version hardiment littérale de M. Taillandier. Celui-ci a signalé la bévue de M. Stahr dans un appendice de son article sur Henri Heine. (Voyez *Écrivains et Poëtes modernes*. Un volume, 1861, Paris, Michel Lévy frères.)

je m'empresse de vous envoyer ce livre, qui, j'espère, vous amusera beaucoup.

Je ne sais si je vous ai dit que Cotta est consterné
de l'infâme perfidie qu'on a ourdie contre moi dans
la *Gazette d'Augsbourg*, pendant l'absence du rédacteur en chef, mon ami Kolb, qui était en Suisse, et
qui, depuis, se trouve mortellement malade à Stuttgart. Vous voyez que la bonne foi ne réside pas
dans la vieille Allemagne, comme des touristes sen-
timentaux veulent le faire croire aux Français.

Depuis deux jours, je suis installé dans mon
nouvel appartement, où j'espère vous voir bientôt.

Votre tout dévoué.

CCCLXXXV

AU MÊME [1]

Mon cher monsieur Taillandier,

J'ai infiniment regretté que, l'autre jour, vous
soyez venu pour me voir juste au moment où je
subissais une vilaine opération, qui me rendait

---

1. La traduction dont il s'agit ici est toujours celle du *Livre
de Lazare*.

inaccessible pour qui que ce fût. C'est un guignon tout particulier, mais je serais désolé s'il devait me priver du plaisir de vous entretenir encore avant votre départ. Outre les remercîments que j'ai de nouveau à vous faire pour les compliments que m'attire tous les jours la réussite de votre traduction, j'ai aussi à vous parler d'une affaire qui regarde la *Revue*, et dont je ne voudrais rien dire à Buloz avant de vous avoir consulté et de m'être concerté avec vous à ce sujet; car, vous le savez, aussitôt qu'on lui parle de quelque chose, il en presse trop l'exécution.

Je vous en prie donc, tâchez de venir me voir aussitôt que vous pourrez, et, s'il est possible, dès demain, où j'espère être un peu mieux; car je me trouve très-malade aujourd'hui, — même excessivement malade. Vous voyez que je mets toujours mon espoir dans le lendemain, et cela ira jusqu'au jour qui n'aura plus de lendemain. — Tout à vous de cœur.

Paris, le 14 novembre 1851.

CCCLXXXVI

A J. CAMPE

Paris, le 14 novembre 1854.

Cher Campe,

Jusqu'à présent, il n'est arrivé ni caisse ni avis du chemin de fer du Nord, et vous pouvez comprendre qu'avec mon état de maladie qui s'aggrave chaque jour, mon impatience dépasse toutes les bornes. De pareilles misères manquaient encore pour me gâter le métier d'écrivain; aussi m'abstiendrai-je à l'avenir, moi vivant, de toute publication. — Mon nouveau logement est superbe, et, pourvu que je vive encore une pauvre petite année, je serai amplement dédommagé des sacrifices d'un double déménagement. Mais ma bourse est vide, et, comme je dois battre du tambour pour trouver de l'argent comptant, je tirerai sur vous dès demain le semestre de ma pension, échéant le 1er février; je croyais ne faire cette traite qu'en décembre. Je suis malade comme un chien, et mon grand succès dans la *Revue des Deux Mondes* m'attire chaque jour des visites enthousiastes, et tout ce qui peut flatter la vanité d'un homme, ne m'égaie que peu, et parfois redouble même ma tristesse quand je pense que tout cela vient trop tard. Dans mon état actuel, je n'ai pas le courage de blasphémer, autrement je me plaindrais amèrement de la perfidie divine. — Adieu ; gardez-moi fidèlement votre amitié.

CCCLXXXVII

A ALEXANDRE DUMAS [1]

Mon cher Dumas,

On m'a lu plusieurs de vos derniers numéros, et je vois que vous faites, avec votre bonté de cœur infatigable, une nouvelle quête au profit de votre grande clientèle, les malheureux. Je m'empresse de répondre à cet appel, en vous envoyant ci-joint

---

1. Cette lettre française de Heine (ou de *Heiné*, pour reproduire l'accentuation dont il se servait lui-même, afin de rendre en français la prononciation allemande de son nom), cette lettre fut publiée par M. Alex. Dumas père, dans *le Mousquetaire* du 14 février 1855. Elle fut écrite à l'occasion d'une protestation versifiée que M. Vanedey fit paraître dans la *Gazette de Cologne*, contre la poésie satirique intitulée *Cobès Ier*. (Voir *Poëmes et Légendes*, page 379, Paris, Lévy frères, 1865.)

Le but de la collecte que faisait alors M. Alex. Dumas était le soulagement des indigents pendant un hiver rigoureux.

un billet de cinquante francs sur la banque de Zurich que j'ai reçu d'un de mes compatriotes résidant en Suisse, et qui prétend m'avoir emprunté la somme de cinquante francs il y a vingt ans. Je voudrais au plus tôt me débarrasser de ce billet, et voici pourquoi : il sent mauvais. Il exhale une odeur d'âne qui me donne des nausées ; l'âne est vraiment l'animal qui m'est le plus antipathique ; c'est une idiosyncrasie qui date déjà de mon enfance ; quand j'entendais braire un âne, j'avais toujours une peur horrible, et je me sauvais à.toutes jambes.

Je n'ai jamais pu vaincre cette aversion que je partage avec beaucoup des nôtres ; le rugissement d'un lion ou d'un tigre ne me fait pas trembler ; les loups affamés qui me poursuivaient quelquefois la nuit dans la forêt, ne m'effrayaient guère davantage par leurs hurlements. Le miaulement des chats m'est déjà plus pénible, mais il ne m'inspire pas une épouvante telle qu'en ressent mon illustre compatriote Meyerbeer, qui pâlit à la seule vue d'un chat ; un disciple de Pythagore, qui croit à la métempsychose, dirait que le grand maestro a été une pauvre petite souris pendant son existence antérieure, et qu'il se trouve avoir encore dans son corps actuel le cœur peureux de la souris qui a peur du moindre chat. Le grognement du cochon ne m'amuse pas non plus, et, lorsqu'on tue un porc, je préfère aux mélodies qu'il fait entendre la musique du même grand maestro Giacomo Meyerbeer.

Ce n'est que par une longue habitude que je me suis fait aux aboiements des chiens de toute espèce, depuis le bouledogue jusqu'au plus petit roquet, et je suis arrivé à me moquer des efforts combinés de toute une meute qui voudrait troubler mon sommeil ; mais la bête que je redoute, comme je l'ai dit, c'est l'âne ; et, ce qui m'est tout à fait insupportable, ce sont les braiments d'un âne qu'on a mis en fureur, comme font nos petits espiègles, en lui fourrant une poignée de poivre dans le derrière. Les cris que pousse alors l'animal irrité, qui voudrait mordre mais qui ne saurait que braire, me saisissent d'effroi, et je ne ris nullement, comme mes amis, de ce terrible et intarissable *y-an ! y-an !* de ce hoquet aussi épouvantable que baroque et scurrile, enfin de tous ces accents inouïs et presque sublimes de stupidité, qu'un âne enragé trouve dans sa colère impuissante. Le monstre, non moins atroce que ridicule, est tellement exaspéré qu'il ne veut

23.

plus rien ménager, ni les oreilles des hommes ni
celles des dieux, et il les déchire sans merci, ne
pouvant déchirer autre chose. Il est vrai que le
premier tort est aux hommes, qui lui ont mis du
poivre où j'ai déjà dit ; mais cet âne torturé n'en est
pas moins une vilaine bête, car ces cris désespérés
révèlent tout ce qu'il y avait d'arrogance, d'envie,
d'impertinence, d'ignoble rancune, d'insigne mauvaise foi et même d'astuce, profondément caché
dans les entrailles de cet être absurde, qui d'ordinaire était si humble, qui supportait les coups de
bâton avec une si touchante modestie, qui possédait
cette vulgarité grave qu'on croit toujours alliée à
une certaine honnêteté, qui était trop sot, trop
insipide, trop niais pour qu'on ne le tînt pas pour
honnête, qui semblait toujours dire : « Je suis un
imbécile, donc je suis honnête ! » et qui, en effet,
parvenait parfois à être nommé l'honnête...

Halte-là ! mon cher Dumas, j'allais faire une
brioche en donnant un nom propre à ce soi-disant
âne honnête ; je m'en garderai bien, j'ose à peine
le nommer Martin, quoique j'aie pour moi ce
dicton populaire : *Il y a plus d'un âne qui s'appelle
Martin ;* car je risque toujours qu'il se trouve par

hasard dans un coin de mon pays quelque obscur Martin qui puisse saisir une semblable occurrence pour faire une réclamation. Je connais cette espèce qui s'accroche avec avidité au moindre propos échappé à une plume de quelque renommée, pour l'exploiter au profit de sa sotte vanité, et qui ne demande pas mieux que de pouvoir braire dans les journaux, et écrire au rédacteur : « Monsieur, l'âne dont il est question dans une lettre de M. Henri Heine, cet âne, c'est moi ! *y-an! y-an! y-an! y-an!* »

Non, je ne veux pas fournir l'occasion d'une telle réclame à un âne qui veut à tout prix mettre son ânerie en évidence, et je quitte ce sujet dont j'ai dû cependant vous entretenir pour vous faire comprendre pourquoi je veux me débarrasser d'un billet de banque qui a l'odeur d'un âne qu'on a mis en fureur en l'assaisonnant peut-être d'une trop forte dose de poivre. Il m'importait, en outre, de vous montrer que la bienfaisance n'entre pour rien dans l'envoi de cet argent, dont je vous prie de disposer comme bon vous semblera au profit de votre clientèle.

J'aurais beaucoup d'autres choses à vous dire ; mais des crampes de gorge et de poitrine, qui

menacent de me suffoquer à tout instant, ne me
permettent pas de trop prolonger cette dictée;
mon médecin m'a même ordonné de ne pas parler
du tout. Ce sont les suites d'un accident fâcheux
qui m'est survenu il y a deux mois, et dont je
commence seulement à me remettre un peu.
Imaginez-vous quel devait être mon état. Toute
distraction par le travail m'était impossible, même
la parole m'était interdite: j'étais, comme un
chien, garrotté et muselé.

Mais pourquoi ne venez-vous pas me voir?
J'apprends que vous demeurez à présent dans la
même rue d'Amsterdam, d'où j'ai déguerpi il y a
quelque temps, pour résider dans les Champs-
Élysées, 3, avenue Matignon, où vous me trouverez
à toute heure. Ce n'est pas loin de chez vous, et
votre cabriolet pourrait vous y mener en cinq minutes. Ayez honte! tandis que vous, jeune homme,
tardez à venir, un vieillard de soixante-quinze ans,
qui demeure au Marais, et qui s'obstine à faire
toutes courses à pied, enfin notre illustre doyen
Béranger, est venu me voir l'autre jour, malgré le
mauvais temps qu'il faisait. Je n'avais pas vu
Béranger depuis vingt-quatre ans, et je l'ai trouvé

alerte comme un gamin de Paris. Une dame, dont vous devinez le nom, et qui était présente lors de la visite de Béranger, était émerveillée de sa bonne mine, et, lorsqu'il nous disait qu'il avait soixante-quinze ans, elle ne voulait absolument pas l'en croire, et s'évertuait à soutenir qu'il ne pouvait avoir que soixante ans tout au plus. La réponse que lui fit le chansonnier m'a égayé pour toute une journée ; car, avec ce ton à la fois triste et malin, avec cette feinte bonhomie sous laquelle se cache la finesse la plus narquoise, il dit, en traînant doucereusement sur ses paroles : « Vous vous trompez, madame, et, si vous pouviez me permettre de vous en donner la preuve, je vous prouverais bien que vous avez tort, et que j'ai réellement mes soixante-quinze ans. » Quel vénérable polisson !

La dame dont je viens de parler et qui, entre parenthèse, se gardera dorénavant de faire aux vieillards des compliments sur leur âge, m'avait depuis longtemps chargé de vous dire ses plus sincères remercîments pour la gracieuse surprise que vous nous avez faite en lui envoyant le manuscrit que vous aviez tracé si soigneusement et expressément pour elle, de cette même main qui a donné au monde 33 1/3 de chefs-d'œuvre. Je dis trente trois et un tiers, car je présume et j'espère que vous avez encore bien deux tiers des *Mohicans de Paris,* en réserve pour votre public, qui les attend le bec tendu.

Mais il faut que je cesse ma dictée, — j'étouffe. Tout à vous. — Votre ami.

Paris, 8 février 1855.

CCCLXXXVIII

A MICHEL SCHLOSS

Paris, le 19 février 1855.

Très-cher monsieur,

Vous ne savez pas que, depuis deux mois, j'ai été plus mortellement malade que jamais, et que je ne suis pas encore en état de parler. Ceci vous expliquera pourquoi je ne vous écris qu'aujourd'hui pour vous remercier de vos communications amicales. Mais faites-moi bientôt savoir comment se trouve mon aimable princesse norvégienne, après sa grande campagne. J'ai beaucoup pensé à elle à cette occasion, et je ne puis sans émotion vous adresser cette prière.

S'il n'était pas très-affligeant pour l'ami des hommes d'apprendre que les ânes ne joignent pas, comme nous l'avions vu jusqu'ici, une certaine honnêteté à leur ânerie, la balourdise de M. *** m'aurait fort amusé [1]; car rien de pareil ne s'était encore vu : la fureur d'un âne s'étalant en vers. C'est à Apollon, et non pas à moi, à punir ce crime, car la poésie tout entière en devient dégoûtante et nauséabonde. On aurait dû envoyer ces vers à Mentschikoff, il se serait tout de suite rendu. Je ne serai point assez sot ni assez ridicule pour entrer en lice avec ce nouveau poëte, et lui disputer le prix; d'autant plus que certains rédacteurs de journaux (je ne pense point, Dieu m'en garde, à la *Gazette de Cologne*,) ont eu l'idée de faire une bonne spéculation en m'extorquant, par leurs attaques, des articles qui amusent leurs lecteurs, et ne coûtent rien au journal. Quant à ce que j'ai à répondre à des accusations absurdes, de meilleures occasions de le faire viendront, et rien n'est pressé. Ce malheureux a-t-il donc fait un riche mariage que

1. Voir la lettre précédente à M. Alex. Dumas.

l'âne, d'ailleurs si modeste, fasse tout à coup un saut
effronté et m'envoie cinquante francs qu'il prétend
m'avoir empruntés il y a vingt ans, tandis que je
suis sûr de lui avoir fait présent de cette petite
somme, et qu'il n'était nullement question d'un
prêt? Quand je prêtais de l'argent, il s'agissait
toujours, malheureusement, de sommes plus fortes,
et beaucoup de nos connaissances pourront l'attester. J'ai donné aux pauvres, tel que je l'ai reçu, cet
argent qui sentait mauvais, et je l'ai donné publiquement, parce que l'âne y fait publiquement allu-
sion; j'ai pris soin seulement de ne lui donner occasion aucune de se faire valoir par des réclames.
Ce qu'il y a de bizarre là dedans, c'est qu'un autre
personnage encore de votre ville, revendique pour
lui le masque de carnaval de Cobès [1], prétendant
qu'il est le Drickès dont j'ai parlé.

Adieu; saluez pour moi votre femme, et gardez-
moi votre amitié.

P.-S. — Je n'apprends rien du monde littéraire
en Allemagne, et je recevrai avec reconnaissance
toute communication me concernant.

1. Voir le morceau en question, *Poëmes et Ballades*, page 379,
(Michel Lévy frères, Paris, 1865.)

CCCLXXXIX

A. J. CAMPE.

Paris, le 30 mai 1855.

Très-cher Campe,

Bien que malheureux comme un chien, et plus
aveugle que jamais (car mon œil droit aussi ne voit
plus rien), je vous écris pour vous annoncer à la
hâte que je suis encore en vie, et que, plus que jamais, je persévère dans mes sentiments d'amitié
pour vous. Ce ne sont pas des dissidences intimes,
mais des différends d'intérêt qui ont pu jamais causer des accrocs et des chamailles entre nous. Il en
est autrement entre moi et M. Richard Reinhardt, mon ancien secrétaire; quoiqu'il défende
très-chaudement mes intérêts aussi bien matériels
que moraux, il lui manque pourtant de cette tolérance de sentiment que je possède à un si haut
degré, et qui me rend possible, dans les cas où il
n'y va que de mon argent ou de ma vanité, d'accepter 5 comme un nombre pair, et, en dépit de
toutes les contradictions, de conserver la paix du
ménage. — Hier, j'ai dû reconnaître toute la diffé-

rence de sentiments qui existe entre moi et mon ancien secrétaire, et ce mot d'*ancien* vous montre que nous avons dû nous séparer. Je vous dirai incessamment ce qu'il demandait de moi, ce que je ne devais promettre qu'en cas de mort, et ce que j'ai pourtant positivement refusé, renonçant comme toujours à tout avantage *momentané*, pour ne pas m'exposer plus tard au reproche d'ambiguïté. Je préfère languir sans appui dans mon isolement. Quand je vous dirai les exigences de Reinhardt, vous reconnaîtrez combien vous aviez tort, en me gâtant par des vétilles, ne fût-ce que quelques minutes de ma vie. — Je n'ai pu vous faire écrire par Reinhardt, et je n'avais d'ailleurs rien d'autre à vous dire, sinon que, après votre départ, j'ai été pendant huit jours à deux doigts de la mort ; maintenant, je ne souffre que de crampes continuelles ; elles cesseront sans doute, si je retrouve un peu de repos.

Lutèce a obtenu le plus extraordinaire succès : pendant un mois, tout Paris a parlé de ce livre. Mais quel travail ! Mortellement malade, et malgré mes crampes, pendant deux mois j'ai été occupé cinq à six heures par jour de cette *Lutèce* française, et je suis enfin parvenu à lui donner l'achèvement de style que possède l'original. Adieu ; gardez-moi estime et amitié.

Saluez le petit !

CCCXC

AU MÊME

Paris, le 26 août 1855.

Cher Campe,

Grâce à la sottise de ma garde, quelques lignes que je vous écrivais hier sont restées sur la table, et, à leur place, on a mis dans l'enveloppe, pour notre petit bonhomme, une fable de circonstance dont je vous donnerai plus tard l'explication. Peut-être n'en aurez-vous pas besoin quand vous saurez quels mensonges la presse de Vienne a couvés contre moi. Je m'en inquiète peu, et cela montre seulement quel mot d'ordre a choisi l'opulente clique de mes ennemis.

Je ne vous ai dit qu'un mot, hier, des proposi-tions qui me sont arrivées d'Amérique. Pourtant, je n'y reviendrai pas, et il me suffit de vous dire que j'ai laissé aussi, sans une ligne de réponse, l'offre de me faire participer dans des proportions très-considérables, au bénéfice d'une édition de mes œuvres complètes, traduites en anglais, à la condition de donner quelque chose d'inédit, une portion biographique par exemple : en ne répondant pas même à des offres pécuniaires aussi séduisantes, j'ai voulu être parfaitement sûr que rien ne se ferait qui pût favoriser un abus de mon nom dans l'entreprise de contrefaçon dont il s'agit, et que vous ne pourriez pas être entraîné vous-même à des jugements immérités sur ma loyauté. Vous voyez avec quels scrupules j'évite tout ce qui pourrait éveiller votre susceptibilité, que je ne me laisse éblouir par aucune perspective de gain, et combien vous auriez raison de me rendre tout entière votre confiance d'autrefois, sans réserve mesquine, sans lésine injuste, et, lorsque nos intérêts sont en collision, de me faciliter toujours un accommodement. Je ne puis voir ce que j'écris, tant mes yeux souffrent de la chaleur. Je n'ai point encore un secrétaire sûr, et vous pouvez comprendre mes ennuis. Aussi je n'ai pu rien vous dire encore de précis, sur ce que j'ai chargé verbalement Gathy de vous faire savoir. Je voulais seulement que vous appris-

siez par lui combien vos désirs me tiennent au
cœur, et avec quel soin j'éloignerai aussi vite que
possible tout ce qui pourrait causer plus tard des différends entre nous. Henri Laube est venu ici, et cet
ami d'un esprit si pratique, auquel j'ai soumis notre convention écrite, m'a assuré qu'il ne pouvait
concevoir comment vous avez pu douter un instant
de mon bon droit. — Vous voyez, cher Campe,
que je puis laisser sans crainte au discernement et
à l'équité de tout honnête homme le soin de juger
si le travail qui peut devenir peut-être ma plus précieuse ressource, doit vous être abandonné presque
gratuitement, lorsque nous n'avons rien stipulé
sur les honoraires de mes œuvres posthumes. —
En cas pareil, je serais fou de toucher seulement
une plume. — Mais il n'est pas question aujour-
d'hui de traiter de tout cela en détail, et je me
borne à vous saluer cordialement.

Votre tout dévoué.

CCCXCI

A ALEX. DUMAS

Mon cher Dumas,

Je ne saurais vous dire combien m'ont ému vos

articles sur Dorval; ces pages, plutôt sanglotées qu'écrites et remplies d'une pitié presque cruelle, m'ont fait verser bien des larmes !

Merci pour ces larmes, ou, pour mieux dire, pour ce prétexte de pleurer; car le cœur humain, cet orgueilleux chien de cœur! est ainsi fait, que, quelque oppressé qu'il se sente, parfois il voudrait crever plutôt que chercher à se soulager par des larmes; ce chien de cœur orgueilleux doit être très-content chaque fois qu'il lui est permis de se désaltérer de ses propres douleurs par des larmes, tout en ayant l'air de ne pleurer que sur les infortunes des autres ! Merci donc pour vos pages attendrissantes sur Dorval !

Le lendemain de votre appel aux sympathies posthumes des amis de la défunte, je me suis empressé d'y répondre en envoyant *vingt francs* aux bureaux du *Mousquetaire*. Aujourd'hui que vous retirez la souscription, et que vous invitez les souscripteurs à retirer aussi leurs versements, vous me causez un petit embarras; mes sentiments superstitieux ne me permettent pas de remettre dans ma bourse de l'argent destiné à m'associer à une œuvre pieuse, même en me proposant de l'employer plus tard à une œuvre analogue. Je vous prie donc, mon cher ami, de disposer de ces pauvres vingt francs en faveur des petites filles incurables, pour lesquelles vous avez quêté souvent d'une manière si touchante. J'ai oublié le nom de la petite communauté des bonnes sœurs qui se vouent aux soins de ces enfants malheureux, et je vous prie de m'en donner de nouveau l'adresse; car il pourrait bien arriver que j'en eusse besoin dans un moment où des velléités de charité me passent par la tête ; j'aime de temps en temps à faire remettre une carte chez le bon Dieu.

Je suis toujours dans le même état : mes crampes de gorge sont toujours les mêmes, et elles m'empêchent de faire de longues dictées. Le mot *dicter* me rappelle, dans ce moment, l'imbécile Bavarois qui était mon domestique à Munich. Il avait remarqué que souvent, pendant des journées entières, j'étais occupé à dicter, et, lorsqu'un de ses dignes compatriotes lui demandait quel était mon état, il répondait : « Mon maître est dictateur ! »

Adieu; je dois déposer ici ma dictature, et j'ai hâte de vous dire mille amitiés. — Votre tout dévoué.

Paris, le 2 août, 1855.

CCCXII

A M. EURÈLE MONTÉGERT, A PARIS [1]

Monsieur,

J'avais chargé M. de Mars de vous faire une *apologie* (terme albionique) de ma part, et de vous dire combien j'étais désireux de vous voir aujourd'hui samedi. Mais l'homme propose et Dieu dispose ! J'ai subi, cette nuit, une attaque de crampes de gorge si étouffante, que je suis condamné à un mutisme complet au moins pour quelques jours. J'ai hâte de vous en avertir, et, au risque d'abuser de votre aimable indulgence, je vous prie de remettre le bienfait de votre visite à mercredi prochain, ou à l'un des jours suivants de la semaine. Je compte sur votre bienveillance, — j'allais dire *dear sir*, car, d'après tout ce que j'ai lu de vous, vous êtes tellement imprégné d'Angleterre, que je suis toujours tenté de vous écrire en anglais. — J'admire véritablement votre connaissance parfaite de ce singulier pays d'outre-Manche, qui restera longtemps une énigme pour tant de Français !

Mille compliments empressés de votre tout dévoué.

1. Écrit au crayon.

CCCXCIII

A SAINT RENÉ TAILLANDIER [1]

Le 8 septembre 1855.

Mon cher Taillandier,

Comme j'ai dans ce moment quelques lignes à envoyer en message à la *Revue*, je saisis cette occasion pour vous envoyer les feuilles ci-jointes, afin que vous ayez le loisir d'y jeter un regard avant de venir me voir. Dans tous les cas j'attends demain votre aimable visite. Venez à l'heure qui vous plaira, mais pas trop tard. Votre traduction est magnifique, et mes corrections ne sont que des variantes que je vous propose, seulement pour y avoir mis la main.

Ah! qu'il est difficile pour moi d'exprimer mes sentiments poétiques allemands! Ma sensiblerie d'outre-Rhin, dans la langue du positivisme, est d'un bon sens par trop prosaïque. Croyez-moi, mon

1. Cette lettre fut écrite à l'occasion d'une traduction du *Nouveau Printemps* que Henri Heine avait demandée à M. Saint-René Taillandier, et qui parut sous son nom dans la *Revue des Deux Mondes*, du 15 septembre 1855.

cher ami ; il se trouve très-mal à son aise, ce pauvre rossignol allemand qui a fait son nid dans la
perruque de M. de Voltaire.

Donc, à demain. — Votre tout dévoué.

CCCXCIV

A J. CAMPE

Paris, le 1er novembre 1855.

Très-cher Campe,

J'ai tardé à vous écrire, parce que, depuis des mois,
j'attendais chaque jour ma sœur, que mon frère,
passant à Hambourg en venant de Vienne, devait
amener ici pour l'Exposition. Si elle n'est pas encore partie, elle vous demandera ou fera demander
certainement vos commissions pour moi, et, dans ce
cas, vous pourriez lui remettre aussi quelques livres
de la Bibliothèque de Laciss; voici l'indication de
quelques numéros de son catalogue. Envoyez-moi
aussi la fin du roman de Meissner; je n'ai que le
premier et le second volume. — Je parlerai sérieusement à Gustave, et cela avancera plus les choses
que toutes les lettres ; je lui dirai qu'il doit estimer,

plus qu'il ne l'a fait jusqu'ici, votre amitié pour moi et le prix que j'y attache. Je me réjouis, pour bien des motifs, de le voir; je suis toujours excessivement malade, et j'ai besoin de réconfort et d'amitié. — Je n'ai pas revu M. Gathy, et j'en conclus qu'il vous a fait mon message, et vous aura montré que je puis laisser au jugement de vos amis les plus éprouvés la difficulté pendante, ou plutôt *éventuellement* pendante entre nous. Malheureusement, l'essentiel est que je ne puis presque pas travailler dans ce moment, et que cette année risque de se solder par un déficit de quinze mille francs environ (suite de tentatives manquées pour me tirer d'affaire). Aussi suis-je forcé dès aujourd'hui de tirer sur vous à trois mois de date les six cents marks de mon semestre de pension, payables le 1ᵉʳ février (à l'ordre de Homberg et Cⁱᵉ). De tels symptômes vous montrent combien je suis toujours tourmenté par la question d'argent. Ne l'oubliez jamais, et vous ne m'en voudrez pas quand je vous importunerai à ce sujet.

Aujourd'hui, je n'y vois presque pas, et mes yeux brûlent. Depuis que je me suis séparé de M. Reinhardt, je n'ai personne à qui je puisse dicter une lettre en allemand ; autrement, je vous écrirais plus souvent. Personne ne reçoit ni lettre ni réponse de moi. Il s'est passé bien des choses. Trois cliques abjectes me font la plus ignoble guerre — et je ne m'en préoccupe pas. Saluez cordialement Schiff ; ses nouvelles m'ont singulièrement diverti, et je lui ferai dire par ma sœur tout ce qu'il m'est impossible d'écrire ou même de dicter, par exemple, ma situation présente, où souvent, pendant des mois, je ne puis voir mes meilleurs amis. C'est précisément parce que j'attendais madame Embden [1], que je n'ai pas écrit à Schiff.

Stahr est ici avec Fanny Lewald ; je les vois souvent. L'Exposition amène une foule d'Allemands ; mais je n'ai pu en recevoir que bien peu.

J'espère que vous allez bien, et que notre cher garçon prospère de corps et d'esprit. Je le salue très-amicalement, comme toute sa famille.

Mes poésies ont, en français, un succès fabuleux. C'est moi-même qui traduis maintenant celles qui sont encore inédites, et ce m'est devenu une occupation agréable, qui me ranime, et a le plus grand attrait pour moi. — Votre ami dévoué.

1. La sœur de Heine.

CCCXCV

A M. ÉMILE MONTÉGUT, A PARIS [1].

Paris, le 6 novembre 1855.

Mon cher confrère,

J'ai reçu votre billet d'hier, et je suis très-sensible à votre bonté. Vous devenez de moins en moins étranger à moi. Tandis que vous pensiez à moi, je me suis beaucoup occupé de vous. Votre article sur *la Jeune Irlande*, qui a paru il y a deux mois, ne m'est tombé sous la main que la semaine dernière, et je ne saurais assez exprimer l'intérêt qu'il m'a inspiré, tant par rapport aux idées neuves qu'à cause du genre de critique tout nouveau qui s'y révèle. Vous expliquez la position politique et sociale d'un peuple par des aperçus ethnographiques, psychologiques et historiques, ou plutôt légendaires, que les écrivains de la routine et de la *cuistrerie* auront de la peine à comprendre. — Quelle heureuse expression que ce mot *cuistrerie*, qui répond si bien à notre *philisterthum* alle-

1. Écrit au crayon.

21.

mand, dont je désespérais déjà de trouver un
équivalent. Nous en causerons, mais pas jeudi
7 novembre ; nous en causerons, si vous voulez, le
jeudi de la semaine suivante ; car je reçois dans ce
moment la visite d'un frère et d'une sœur qui arrivent d'Allemagne, et à qui je dois consacrer huit
jours. Ce n'est qu'après leur départ que j'aurai la
tête libre et ma pauvre gorge assez reposée pour
pouvoir communier avec vous de vive voix. J'espère
que ce retard de notre rendez-vous ne vous dérange pas.

Les *Reisebilder* sont à peine imprimés à moitié ;
ce livre ne paraîtra pas de sitôt. Votre article viendra donc à temps.

Je ne peux pas lire mon propre griffonnage.

Votre tout dévoué et très-malade.

FIN

TABLE

1843

1844

1845

TABLE 429

1851

1852

TABLE 434

TABLE 433

1855

FIN DE LA TABLE

Poissy. — Typ. S. Lejay et Cie.